講談社文庫

赤刃《セキジン》

長浦 京

講談社

目次

赤刃

セキジン

一　水際

寛永《かんえい》十六（一六三九）年、卯月《うづき》の江戸。

浅草《あさくさ》から半里ほど遡《さかのぼ》った隅田川《すみだがわ》、夜明け前の岸辺に菜花の香りがきつく漂《ただよ》っている。

銭も宿もなく、ぼろ布を帯代わりの荒縄《あらなわ》で体に巻きつけた「おんぼろ」と呼ばれる物乞《ものご》いが六人、柔らかな草の上で身を寄せ合い眠っていた。

そのうちの一人が、体をびくんと小さく震《ふる》わせたあと目を開いた。

うめき声が聞こえた気がした。あたりを見ようと寝ぼけながら頭を上げると、「痛《いて》え」脇腹を何かで突かれた。慌てて逃げ出したが、顔を殴《なぐ》られ、首と腰を踏みつけられ、手足に細いものを巻かれた。捕まった。横に二人、仲間が倒れている。声を絞り出し呼びかけたが返事がない。薄暗がりの中、目をこらすと、首がざっくりと裂け、目を閉じたまま口を大きく開いていた。二人とも死んでいた。

まだ生き残っていた三人の仲間は自分と同じように縛られ、河原に転がされていた。でも、すぐに一人が無理やり立たされ、いきなり肩口から腰まで斬られた。そいつはぎゃうんと声を上げ、血を噴《ふ》きながら倒れると、脱臼《だっきゅう》した蛙《かわず》のように手足を震わせ、体をのけ反《ぞ》らせ、動かなくなった。河原の草と石の上に、ぶちまけたように血が広がった。血は流れ続け、転がってゆく赤い糸玉のように細く長く伸びていった。恐ろしくて胸くそが悪くなって、咽《のど》の奥から苦いものが込み上げてきて、こらえ切れず吐《は》いた。自分の嘔吐《えず》く音の向こう、話し声が聞こえた。

「こいつらの臭い、辛抱《しんぼう》ならん。着物も返り血でこの有様じゃ」

「汚さぬよう気をつけろというたじゃろう」

「だが、寝込みをいきなり斬ってしまうより確かに面白い」

「次は誰じゃ。夜が明けはじめたぞ、早《はよ》う」

東の空低くから射す朝陽が、川に映り、ゆらゆらと光っていた。その光が斬った連中を照らし出した。四人の武士だった。若く、身なりもよく、どの顔も笑っている。おんぼろたちは、震え泣きながらも一筋の細い望みにすがりつくように命乞いをした。

「こんな哀れな身の上のわれらを、どんな理由でお斬りなさるのか」

武士たちは笑顔のままいった。

「近ごろ、この界隈《かいわい》で、多くの者が辻斬りに遭《あ》い命を落としているのを知っておろう」

もちろん知っていた。だから用心して、冬のころのように六人で固まり眠っていた。

「その辻斬りを退治するため、何人かの腕に自信の者たちが夕刻にこの界隈に乗り込んだが、皆ふがいなくも朝方には死体となり見つかる始末。ならばわれらが討ち取ってやろうと、一晩中歩き探したが、辻斬りめ一向に姿を見せん。気づけば星は消え空も白むころ。このまま帰っても血が昂《たか》ぶってよう寝つけぬ。手ごろな獲物はいないかと捜していたところ、おまえたちを見つけた」

「こちらには何の落ち度もございませんのに。そんな罪深いことはなさらずに、どうかお見逃しください」

「どうせ生きていても地獄じゃろう。ならば早く死んで楽になれ」

「どうかお慈悲を、どうかどうか」

願いを断ち切るように一番幼い顔をした武士が刀を抜き、またも一人のおんぼろを立たせると首を横から斬りつけた。が、うまく斬れず、刃先が骨に食い込み、動かなくなった。斬られたおんぼろは首に刃を突き立てたまま、目玉を剝《む》き、涙をぼろぼろこぼし、声にならぬ声と血とよだれを吐いた。斬り損ねた武士は、刃を抜こうと焦《あせ》り、汗を噴き、必死で押し引きした。でも抜けない。

「難儀しているようだな」

「名刀が泣いとるぞ」

他の武士たちのはやしたてる声が続いたあと、ぶんと鳴りながら刃先が宙を泳ぎ、ようやく抜けた。とっくに絶命していたおんぼろの体も刃から解き放たれ、潰《つぶ》れるように河原に倒れた。

「大仕事だったのう欣之助《きんのすけ》」武士たちがさらに冷やかす。

欣之助という名の一番幼い顔の武士は、恥辱《ちじょく》にまみれ、意識が遠のきそうなほどの怒りに呑《の》まれていた。どこにもぶつけられぬ怒りは、目の前の死体にぶつけるしかなかった。

「支えろ」欣之助が叫んだ。まだ生き残っていた二人のおんぼろは、その声が自分たちに向けられているとはしばらく気づけずにいた。怯《おび》えている二人を欣之助は蹴りつけ、二人の手足を縛っていた縄を斬り裂き、もう一度叫んだ「そいつを立たせろ」。おんぼろたちはようやく気づき、命じられるまま、縄痕《なわあと》と強い痺《しび》れの残る手で死んだばかりの仲間を肩に担《かつ》ぎ、立たせた。

真ん中に死体、両側から支えるおんぼろ二人。前に立つのは目を血走らせた欣之助。間抜けな光景に、他の武士たちは狂ったように笑い声を上げげた。欣之助は自分が斬り殺したばかりの体を睨《にら》み、赤い肉を晒《さら》している首へ再度斬りつけた。しかし、まも首は落ちない。三度四度とむきになって斬りつけ、七度目にして皮一枚つながった首が胴体からずるりと落ち、少し揺れたあと、ようやく首だけが河原にごろりと落ちた。

汗まみれの欣之助は首につばを吐き、踏みつけた。「おまえが悪い、この糞《くそ》が糞が」何度も踏みつけたあと、歪《ゆが》み、血と脂《あぶら》にまみれ使い物にならなくなった刀を放り、腰から新たに脇差《わきざし》を抜いた。そして、首をなくした仲間を肩に担いだまま失禁している二人のおんぼろを睨むと、「次は上手《うま》く斬る」と小さくいった。

「好きなだけやるがいい」他の武士たちは笑い過ぎて涙を滲《にじ》ませながらいった。

そのとき、誰かが近づいてきた。

河原の若草を刈るように進んでくる足音が、小さいながらもはっきりと聞こえた。音の方へ、若い武士たちも、おんぼろたちもいっせいに顔を向けた。

老いた男だった。腰に大小二本を差し、くたびれた羽織《はおり》には三輪《みつわ》違《ちが》いの紋所《もんどころ》。胸は厚く、上背も高い。髷《まげ》や髭《ひげ》に白いものが混じり、顔には無数の皺《しわ》が刻まれ、そして左右の瞳の色が違っていた。右は黒、だが左は瑠璃《るり》色に輝いている。男が一歩近づくごとに、朝陽を浴びた左の瞳がわずかに色を変えてゆく。

その色に驚きながらも、若い武士たちは威嚇《いかく》するようにいい立てた。

「間の悪いやつめ」

「どこぞの食い詰め浪人じゃろうが、辻斬りを仕留め、名を上げようとでも思うたか」

「早う消えろ、今すぐ立ち去るなら命は助けてやる」

男は向かってくる。

「そうか消えぬか。ならば、老いてなお仕官先を探す身では辛《つら》かろう。おまえも生きていても地獄なら、われらが楽にしてやろう」

と、若い武士の一人が刀を振りかざした瞬間、男は水面《みなも》を走る風のような早さで一気に間合いを詰めた。身を低くし、懐《ふところ》に飛び込み、腰の鞘《さや》から抜きしなに刃《やいば》を若い武士の下腹にぐいと押しつけると、突き飛ばすように斜め下から上へと振り抜いた。曲線を描く刃先を追って血しぶきが伸びてゆく。ばっくり割られた体が大きく飛ばされ、ゆっくりと仰向《あおむ》けに倒れていった。

一人。

男は血まみれた自身の刀を投げ捨てると、斬られた武士の体が河原に横たわるより前、その右手に握られていた刀を奪い、隣に立っていた長髭の武士の喉をすぱっと横に斬り開き、そのままうしろに回り込むと、肩から腰へ背中を斬り下ろした。

二人。

一番長身の武士が刀を大きく振りかぶり絶叫とともに飛びかかる。が、男はぐんとしゃがみ込み、刀が頭に降りてくるよりずっと早く、武士の足首を横から刈り取るように斬った。たまらず武士が倒れ込むと、顔を三度蹴りつけ、腹を踏みつけ、悲鳴を上げているその胸めがけ、手にしていた刀を突き立てた。

三人。

倒れた胸に塔婆《とうば》のように刺さった刀の向こう、慌てて駆けていく姿がひとつ。

「卑怯者《ひきょうもの》」一人逃げようとする欣之助の背に、男はいった。

「仲間たちは、いずれもかすかだが息がある。見捨てて逃げるか」

欣之助は立ち止まると、涙で濡れた顔で振り返った。確かに三人とも血だまりで小さくあえぎ、体を震わせている。どうしてすぐ死なない。股間《こかん》を濡らし、ぼろぼろと泣きながら欣之助は心底思った。「三人とも死んだも同然死んだも同然」と口の奥で繰り返したが、いつしかその声は「なむあみだぶつなむあみだぶつ」と響いていた。

「次は上手く斬るのだろう、欣之助」

あの目からは逃げられない、他にどうしようもない――そう悟ってしまった欣之助は、握った脇差を突き出すと、奇声とともに駆け出した。迫る欣之助。男はそれを苦もなくかわし、胸の真ん中を蹴りつけた。欣之助の息が一瞬止まる。男はすかさず首に腕を回し、叫ぶ間も与えず絞め上げ、へし折り絶命させた。

四人。

呼吸を止めた欣之助の体がぐにゃりと河原に落ちた。

「ありがたやありがたや」命をつないだおんぼろ二人は男の足下に駆け寄り、頭を河原にすりつけ、経文《きょうもん》のように感謝の言葉を繰り返した。だが、老いた男は腰の脇差を抜くと、刃先をくるりと回し、拝《おが》み続ける二人のうち片方の背中に突き立てた。突かれたおんぼろの口が止まり、感謝の言葉が途切れ、刃先は胸から抜け河原の土へとめり込んだ。

五人。

石のように固まった仲間を横目で見ると、一人生き残ったおんぼろは、その場にへたり込んだ。起きたことを上手く受け止められず、まともに考えることもできず、口を半開きにしたまま、ぼんやりと空を見ていた。

「生きたいか」男がいった。

おんぼろの口からしばらく何も出なかった。空を見続けていた。

「それとも仲間とともに死にたいか」

ぶるんと首を振り、おんぼろはようやく我に返った。こわばった唇《くちびる》もどうにか動きはじめたが、「い、い……」言葉にならない。

「生きたいのだな」

男の問いに声を出せぬまま首を縦に振った。

「では、今起きたことを、おまえが見たものを市中の者たちに伝えよ。武家、町人、身分は問わぬ。この場に倒れている五人の死に様を、おまえが感じた恐怖を、一人でも多くの者に知らせるのだ。そうすれば生かしてやろう。簡単なことだ。約束できるか」

　大きくうなずいた。

「もし破れば、どこに逃げ、身を隠そうとも、必ず探し出し、きょう見たどの光景よりも惨《むご》いやり方で命を絶ってやろう。わかったな」

　おんぼろは手を合わせ祈り、うなずき続けた。

「ならば――」男の声とともに、おんぼろの顔に激痛が走り、また夜が降りてきた。何も見えない、月も星もない闇夜。両手で顔を覆《おお》うと、ねっとりとしたものに触れた。血だ。そこではじめて自分の両目が斬られたのを、おんぼろは知った。

「なまじ見えると、この先見るものできょうの出来事が薄らいでしまう。人の記憶など脆《もろ》いものだ。一度安堵《あんど》すれば、すぐにほころびはじめる。おまえはもう見る必要はない。すべきは語ること。今見たことを訊《き》いた者すべてに、訊かぬ者にも進んで子細に語るのだ。よいな」

おんぼろは激痛の中、またも草を刈るような足音を聞いた。足音はすぐに遠く小さくなり、消えた。入れ違いに、ぶんぶんと近くで鳴りはじめた。蝿《はえ》だ。早くも血と臓物の臭気が漂いはじめている。かすかに体を震わせ、命をつないでいた武士たちの息遣いも、もう聞こえない。鳥のさえずりも消えた。ぶんぶんぶん。うるさく飛び回る蝿の羽音だけが増えていく。

しばらくして、土手沿いの道を仕事場へと急いでいた職人がうめき声を聞いた。河原を見下ろすと、顔を血だらけにしたおんぼろが必死に若草を摑《つか》み、土手を這《は》い上がろうとしている。そのうしろ、水際のあたりが赤黒く染まり、九つの死体が転がっていた。職人は大声を上げながら近くの辻番屋まで走った。目明《めあか》したちが駆けつけたころには、百人以上が群れ集まり、この不気味ながらも興奮させる見せ物を遠巻きに眺めていた。

辻斬りの害はまたたく間に市中に広がっていった。町奉行所の厳しい警戒と捜索にもかかわらず、千住《せんじゅ》から浅草の隅田川沿いだけでなく、中橋《なかばし》、京橋《きょうばし》、赤坂《あかさか》と、各地で朝方に斬られた死体が見つかった。この辻斬りが相当な使い手だというのも災いし、思い上がった武士が夜ごと出かけていっては、あの朝の岸辺と同じように殺された。浪人も多く斬られた。幕府が諸国大名を次々と取り潰したため、奉公先を失った武士たちが浪人に身を落とし、あてない仕官を求め江戸に吹き溜《だ》まっていた。それら浪人たちが名を売る好機と辻斬りの成敗に出かけては、逆に殺された。さらには町人も怖いもの見たさでかえって夜に出歩く者が増え、格好の獲物となる始末だった。

燃えさかる火に飛び込んでゆく蛾《が》の群れのように、皆が吸い寄せられ、命を落としていった。市中の住人はこの辻斬りに「目斬りの鎌風《かまかぜ》」と名づけ、好き勝手に噂し合った。噂はさらなる噂を呼び、皆の心をうしろ暗い熱気が包んでいった。

事態はさらに悪化し、二日に一度は市中のどこかに死体が転がるようになった。傷口から推し量られる武器は刀、槍、薙刀《なぎなた》などさまざまだったが、どの現場にも見事な技で斬られた死体があった。そしてときおり気まぐれに、転がる死体の中に、両目を失った哀れな生き残りが一人見つかった。

語らせるため辻斬り自身が残した生き証人がいるにもかかわらず、町奉行所の捜索は進まなかった。与力《よりき》も同心《どうしん》も、目明しも、市中を駆けずり回り、無数の者から話を聞き、ときには脅《おど》し、拷問《ごうもん》にまでかけ、噂の辻斬りの行方を追った。結果、この騒ぎに乗じて人斬りを楽しんだ何人かの小狡《こずる》い者どもが捕らえられた。しかし、辻斬りの張本人については何も摑めぬまま、日々、斬られ死ぬ者の数ばかりが増えていった。

そして梅雨《つゆ》に入るころ、斬殺された数が百二十を超えた。一年に江戸の南北奉行所により死罪に処される罪人の数が百二十あまり。これとほぼ同数がいまだ正体の摑めぬ辻斬りにより半年足らずで殺された。「鎌風は奉行所よりも手際よし」「乱刀はびこり役人いらず」と町衆は笑い呆《あき》れ、上級旗本《はたもと》らも公然と町奉行所を批判し、責任を負うかたちで北町奉行酒井《さかい》因幡守忠知《いなばのかみただとも》が改易処分されるという尋常ならざる事態となった。

目を潰され生き残った「語り部」が八人を数えたころ。八人が語った人相、体つき、声色《こわいろ》を丹念につなぎ合わせた先に、ようやく奉行所は辻斬りの姿をぼんやりと浮かび上がらせた。姿はひとつではなかった。大方の予想通り、何らかの結びつきを持つ複数の者である見込みが強まっていった。どうやら六人いるらしい——血に狂った者の気まぐれな人斬りではなく、同じ企《たくら》みを抱く一味の仕業《しわざ》と知り、市中の住人たちはまたも色めき立ち、噂し合った。辻斬りどもの振りまく災禍《さいか》に町は大きく揺れ、その震動は中心に座する江戸城内にも間を置かず伝わっていった。

二　猫目の羅刹《らせつ》

江戸城本丸の表、奥の詰所で四人が顔を合わせた。

幕府老中《ろうじゆう》首座松平伊豆守信綱《まつだいらいずのかみのぶつな》、老中堀田《ほった》加賀守正盛《かがのかみまさもり》、同じく老中阿部《あべ》豊後守忠秋《ぶんごのかみただあき》、大目付《おおめつけ》井上筑後守政重《いのうえちくごのかみまさしげ》。江戸の南北町奉行は同席を許されず、さらには秘書役である右筆《ゆうひつ》さえも排除し、まさに余人を交えぬ四人だけの会談だった。

室内は蒸していた。障子の外では明け切らぬ梅雨空《つゆぞら》の下、早くも蟬《せみ》が鳴きはじめている。

冒頭、松平伊豆守はこの会が、大老酒井《さかい》讃岐守忠勝《さぬきのかみただかつ》の承認を得た上で、徳川家光《とくがわいえみつ》公より全権を委任されていることを一同に告げた。ここでの決定が将軍の御意思となり、幕府の進むべき道となる。

もう一人の大老土井《とい》大炊頭利勝《おおいのかみとしかつ》には何も伝えていない。幕府重臣と土井家重役にしか知られていないが、土井大炊頭は老いて痴呆《ちほう》が進み、面倒どころか、大きく腫《は》れながらも吹き出さぬ膿《うみ》のような存在になっていた。膨《ふく》らんだ疑心暗鬼により、理由なく家臣を罰し、幕閣の政策に惚《ほう》けた頭で的外れな非難をしては修正と反省を強要していた。前回、松平伊豆守ら四人が顔を合わせたのは、この長生きが過ぎる年寄りの処方を話し合ったときだった。四人はすぐに合意した――取り除きはするが、すぐに鬼籍《きせき》には送らない。以降、大炊頭の朝晩の膳には、露芯提《ろしんたん》という高価な薬が混ぜられるようになった。おかげで今、大炊頭は疑念に浸《ひた》るのも他人を中傷するのも忘れ、昼も夜も夢の中に片足を突っ込んだような心地で過ごしている。このまま数年を生きたのち、消えてなくなるように静かに死んでくれればいい。

だが、この日の四人の顔は、あのときとは較べようもないほど厳しく、半ば怒り、半ばうんざりしていた。春先から市中を騒がせている辻斬りに対し幕閣たちは秘密裏に調査を続けていた。町奉行所は、いくつかの傍証を見つけただけで、辻斬りの消息も正体も摑《つか》めぬまま右往左往している。しかし、幕閣たちは主犯者を突き止めていた。

予測はついていたが、確信させたのは本人が送りつけてきた書状だった。

それは松平伊豆守の屋敷に投げ込まれた。下男が庭の隅に投げ文を見つけ、開いてみると、伊豆守ら幕閣たちへの丁寧な挨拶《あいさつ》に続き、今回の一連の辻斬りは自分を含む六人によるものだと綴《つづ》られていた。家中の誰もが質《たち》の悪い冗談だと思い、すぐに燃やそうとしたが、古参の重役が文末にあった送り主の名を見て驚き、慌てて松平伊豆守に上申した。

送り主の名は赤迫雅峰《あかさこまさみね》。

奥の詰所に集まった四人の幕閣に限らず、本物の戦場を知る老練の武士ならば、誰もが一度は聞いたことのある名だった。

赤迫の生まれは伊勢《いせ》。父の雅治《まさはる》の代から大名藤堂高虎《とうどうたかとら》に仕え、親子とも豪武者として知られていたが、刀や槍を手にしていない平時は目立たず口数も少なかった。同僚たちは陰で「猫目」と呼んだ。少年時代、父との苛烈《かれつ》な稽古《けいこ》で受けた傷が元で、赤迫の左目は見えなくなっていた。開いたままの瞳孔《どうこう》は螺鈿《らでん》細工《さいく》のようで、薄闇の中でもわずかな光を受け、きらきらと輝いた。

元服《げんぷく》から間もない十六歳。豊臣秀吉《とよとみひでよし》による大陸征服「唐入《からい》り」の端緒となるはずだった一回目の朝鮮出兵、のちにいわれる文禄《ぶんろく》の役《えき》で、父とともに海を渡り、はじめて戦場に立った。初陣《ういじん》とは思えぬ活躍をみせたが、赤迫の名が知られるようになったのは二度目の朝鮮出兵である慶長《けいちょう》の役だった。赤迫はまたも父とともに出陣。泥沼のような消耗戦の中、父が討ち取られ、赤迫も馬を殺され、従者ともはぐれた。二日過ぎても自陣に戻らず、味方の誰もが討ち取られたと思った。だが、三日目の朝、明《みん》の武官や朝鮮の兵士たち十六人分の首、耳を詰めた袋を携《たずさ》え、赤迫は血と泥に染まりながら戻ってきた。そのとき赤迫は、荒ぶるでも恐れるでもなく、まるで平時と変わらぬ顔をしていたという。

関ヶ原《せきはら》や大坂《おおさか》の陣でも奮戦し、その勇猛さを見た東軍の同胞たちは赤迫に羅刹《らせつ》の名を贈った。が、同時に「味方までも斬りつけていた」と狂気も囁《ささや》かれるようになった。殊《こと》に大坂夏の陣では、大坂城本丸に誰より早く突入し、一番槍の栄誉を得るなど、目覚ましい武功を立てたにもかかわらず、逃げ惑う大坂方の女中や子ども、味方の傷ついた足軽《あしがる》まで、手当たりしだい刀で斬り裂いていったという。さらには、敵方の名のある武士を見つけると、命が惜しくば走れと脅《おど》し、馬で追い、槍で突いては狐《きつね》のように狩っていった。狩られた武士の死骸《しがい》が串刺《くしざ》しにされたまま十四人分並べられたところで、見かねた藤堂高虎がようやく止めよと命じると、赤迫は「狐のほうが人より賢うございますな」といって槍を収めた。

徳川の天下となり、和平が訪れ、世から戦場が消え去ると、赤迫の狂気はもはや隠しようもないものとなった。

津《つ》藩藩主である高虎の参勤交代に随行し赤迫が江戸に入るたび、功名心に駆られた多くの者が挑戦してきた。挑まれると常に「腕前を見せびらかすだけの試合は受けぬ。命を懸《か》けたほんとうの勝負ならば受ける」とこたえ、誇りを刺激された多くの者が木刀を手放し本物の刀や槍での戦いへ誘い込まれた。結果、赤迫に斬られ死んだ者は十人、かろうじて命をつないだ七人も、残りの半生を一人では生きられない体となった。

流れた血の多さに、津藩家老たちも「無用な私闘を繰り返した」として赤迫を一時国元に戻し自宅に蟄居《ちっきょ》させた。しかし、直後から、津城下では辻斬りが頻発《ひんぱつ》し、武家、町衆の区別なく、ひと月に七人が殺された。誰もが赤迫によるものと信じて疑わなかったが、確たる証拠は何も見つからなかった。

「辻斬りなど瑣末《さまつ》なことはよい」詰所に座る堀田加賀守はいった。「あの乱気者は何をした」

「愚かな岡崎《おかざき》藩士どもを斬ったそうだ」松平伊豆守はいった。

以前、ある岡崎藩士が赤迫に勝負を挑み、敗れ、死んだ。その同僚で腕に自信の岡崎藩士六人が津領内に侵入し、仇討《あだう》ちと称して夜半に赤迫の家を襲撃した。しかし、赤迫は苦もなく撃退した。赤迫の妻と息子たち、使用人には何の被害もなく、逆に四人を討ち取り、残り二人にも重傷を負わせた。二人は大量の血を流しながらも、闇の中、馬を走らせ、舟を走らせ、どうにか伊勢湾を渡り、自領の浜へたどり着いた。一番近くの漁村まで這《は》い、怯《おび》えながらも様子見に出てきた漁師たちに手当てを命じると、二人はようやく安堵《あんど》した。

そこへ赤迫が襲いかかった。二人は斬られ、すぐに絶命したが、それでも赤迫は刀を振るう手を止めず、人のかたちを失うほどに斬り刻んだ。震える漁師たちと無数の肉片を残し、朝陽の海へ悠然《ゆうぜん》と舟を漕《こ》ぎ出し、赤迫は引き上げていったという。

他藩領内へ押し入っての暴挙に、津藩家老たちは激怒した。赤迫は「武士の道理を踏みにじった者への、当然の報いでございます」と上申したが、切腹は避けようもなく、罪人として斬首もあると囁かれ、正式な沙汰《さた》が下るまで城内にその身を留め置かれることとなった。実質的には座敷牢への押し込めであり、赤迫は格子《こうし》の中で昼夜監視され、万一、切腹を免《まぬが》れても、外に出ることなく牢内で朽《く》ち果て一生を終えるはずだった。

が、藩内から意外にも多くの助命を求める声が上がった。非は岡崎藩士にあり、臆《おく》することなく罰を与えた赤迫は津藩士の誇りである――と主張する者が、下級藩士だけでなく藩重役にも少なからずいた。赤迫の無頼を愛していた藩主藤堂高虎も陰ながら支援した。

それでも老中たちは擁護論を黙殺し処罰を強行した。赤迫を野に放っておくのはあまりにも危険であり、岡崎藩の心証を考えてもそれはできない。協議の末、赤迫に刃物を渡しては不測の混乱を招く怖れありと切腹を禁じ、斬首が決まり、その日が刻一刻と近づいていった。

だが、津藩家老たちに一通の書状が届いた。

赤迫を引き取りたいという。

書状を送ったのは慈玄《じげん》。丹波《たんば》にある古刹《こさつ》、延輪寺《えんりんじ》の住職で、戦場で狂気にさらされ心痛めた者たちを、寺に集め住まわせ、仏の功力で癒《いや》す僧として知られていた。

慈玄は同様の書状を当時の幕府大目付の一人にも送っていた。

「戦《いくさ》の世に蝕《むしば》まれ、病んでしまった者に慈悲を」という一部の津藩士からの強い訴えを聞き入れての行動だった。

この世から戦場が消えたあとも、その戦場を駆けていた武士たちは消え去れずにいた。戦場で人に斬られる恐怖と人を斬る興奮を同時に覚え、体に染みつき抜けなくなった年寄りが、まだ数多く生き残っていた。戦乱の記憶に囚《とら》われ、太平の世でうまく生きられず狂気に陥《おちい》る者も少なくなく、夜ごとの辻斬りを止められぬ者、何の前触れもなく他人に斬りかかる者——ほとんどが過去に多くの武功を立て、藩の誉《ほま》れと讃《たた》えられた猛者《もさ》たちで、殺すわけにもゆかず幽閉《ゆうへい》され、治療と称して一日中灸《きゅう》を据えられたり、熱い温泉に浸《つ》けられたりしていた。一日も早い死を望まれ、生きながらに葬《ほうむ》られていた。

「病んでしまっただと」阿部豊後守はいった。「あの化物《ばけもの》はずっと前から壊れておった」

赤迫のような者を救う。それは慈玄以下、延輪寺の僧たちにとって修行であるとともに、新しい時代を生き抜くための手段でもあった。

戦の世の完全な終焉《しゅうえん》は寺社をも変えた。大寺が武装し僧兵を置くことも、戦功あった僧が大名に取り立てられることも、もうない。それはいい。だが、宗論も禁じられ、己の宗派の正しさを証明し、他宗を駆逐《くちく》する機会も失われてしまった。大掛かりな布教や、派手な宣伝も幕府は嫌う。だが、教えを広めることもできず人も救えずに何が寺か、僧か。考えた末に慈玄は小さな奇跡を起こすことにした。

心を失い治る見込みのない者たちを、次々と寺に引き取った。生けるものすべては自癒《じゆ》の力を持ち、その力の大きさは人知を遥かに越える。正しきときに正しきかたちで仏の教えを、功力を与えれば、崩《くず》れ壊れた心もしだいに整い、消え失せた情愛の念が新たに芽吹く——そう信ずる慈玄たちの長く熱心な治療は、実を結び、何人もを狂気の世界から引き剝《は》がし、常軌の世界へと連れ戻した。人々はそれを奇跡と呼び、参拝者は季節ごと年ごとに増え、布施《ふせ》も集まった。大大名から町人まで、病に悩むさまざまな者が慈玄に救いを請い、その教えに熱心に聞き入った。

多くの人と金を動かし、御三家とも強い人脈を持つ慈玄の懇願《こんがん》を、大目付はじめ当時の幕閣たちは無下《むげ》にできなかった。談合の末、慈玄がすべての責任を負う約束で赤迫の身を引き渡した。

延輪寺に入った赤迫は常に僧たちに見守られながら、けれど、決して鎖や牢につながれることなく、自由に暮らした。はじめは読経《どきょう》などすることもなかったが、僧たちとの日々の会話を通じ、少しずつ仏の教えに興味を抱くようになっていった。少なくとも傍目《はため》にはそう見えた。

延輪寺に来て五年が過ぎたころ、誰に勧められるでもなく読経に加わるようになった。あまりに穏やかな赤迫に、幕府御命で監視を続けていた丹波篠山《ささやま》藩士たちの数もしだいに減ってゆき、十年を過ぎたころには一人もいなくなってしまった。ほとんど開くことのなかった赤迫の口は、僧たちの問い掛けに少しずつ言葉を返すようになっていた。

十二年目になると、僧たちと問答を重ね、世の万事に思いを巡らし、ときおり微笑《ほほえ》むようにさえなった。

そして十六年を経て、赤迫は死を悼《いた》む心を持つようになった。親しくしていた僧が長く患《わずら》った末に二十七の若さで死ぬと、沈黙し、静かに涙した。納骨では「来世で会おう」とさえいった。

しかし、赤迫が延輪寺に入り十七年目を迎えた晩。

赤迫は、寝床を抜け蔵へと向かった。以前、どこかの武士が戦功を祈願し奉納《ほうのう》していった太刀を葛籠《つづら》から取り出し、慈玄の寝所へ向かうと、その太刀で慈玄の老いた体を斬り裂いた。さらに、寺に暮らす多くの僧の中から長年寝食をともにしてきた九人を選び、一人を残し八人を次々と殺した。このときも赤迫はあえて一人だけを殺さず生かした。そして、同法たちが苦しみながら死んでゆく様を見せつけた。生き残らされた僧はひどく怯えながら、それでも僧である自分を忘れず、罪を悔い改めるよう諭《さと》した。

だが、赤迫はこういったという。

「皆、信ずる浄土に思いもよらず早く旅立てて、喜んでいるだろう。罪どころか、皆の恩に十分報いるだけの善行を施《ほどこ》したと思うが」

僧はいい返した。

「殺生《せっしょう》など、御仏《みほとけ》の教えに何より反するではないか。御仏の御恩、師匠や同法から受けた御恩、そのすべてを、おまえは踏みにじった」

「これが仏に寄り添い十七年を過ごしたのちにたどり着いた、雅峰なりの悟りなのだよ」

赤迫は静かにいうと、握った太刀の一振りで僧の両目を斬り潰し、姿を消した。

幕閣は大人数を動員し追わせたが、長期の捜索にもかかわらず行方は摑めなかった。手がかりのなさに、死んだのではといい出す者もいた。以来、赤迫の消息は途絶えていた。

松平伊豆守の屋敷に投げ込まれた書状も、はじめはほんとうに赤迫が書きつけたものか多くが強く疑っていた。

「掘らせてみたか」阿部豊後守は訊いた。

書状には、《真偽確かめたくば、溜池《ためいけ》近く、原田町《はらだちょう》の入り口に建つ石地蔵を参れ。夕方、申《さる》の刻《こく》、陽光が地蔵を照らしできる長い影の頭を、二尺掘り下げよ》とあった。

「油紙に包まれた十の数珠《じゅず》が出てきた」堀田加賀守はいった。珠《たま》にも絹《きぬ》の房《ふさ》にも、垢《あか》のような汚れがこびりつき、かびた臭いがしたという。一度血に浸かり乾いた跡だった。赤迫が斬り殺した慈玄はじめ九人の僧と、目を潰された一人の僧が、かつて手にしていた数珠だった。

わずかに吹いていた風が止み、大粒の雨が降り出した。

江戸城表、奥の詰所では三人の老中と一人の大目付が会談を続けている。障子は閉められたまま。蟬の声も消え、空気はさらに蒸している。

話の途中、大目付井上筑後守は眉間《みけん》の皺《しわ》を指先でつまむと、「糞忌々《くそいまいま》しい亡霊め」とつぶやいた。

問題の一つは、赤迫が斬り殺すばかりの阿呆《あほう》ではないことだった。平時は分別をわきまえた物静かな人物としてふるまっている。知恵も高く、舌先三寸で人をたぶらかし、機が熟すまで物事を待つ忍耐力もある。

問題のもう一つは居場所だ。赤迫が江戸市中にいるのは間違いない。だが、旅籠《はたご》に泊まっても、廃屋に潜《ひそ》んでも、すぐに町奉行所に伝わってくる。江戸は、武家も町衆も、宿無しの連中も見知らぬ者には冷たい町だ。しかも、辻斬りが横行している昨今、他所者《よそもの》を怪《あや》しまぬはずがない。商家は与力たちが、寺や神社は寺社奉行の配下が、丹念に調べている。塗《ぬ》りつぶしてゆくと、残るのは武家の、それも高位の者の屋敷だけとなる。

「町奉行所では太刀打ちできぬでしょう」井上筑後守は尋ねるようにいった。

「だが、大番組は動かさぬ」松平伊豆守はいった。

幕府内では江戸府の警護を任とする幕府大番組に討たせるべきだという意見が支配的だったが、数百人で構成される図体の大きな組織を使うことに松平伊豆守は強く反対した。

「確かに野戦はできても捜索などには不慣れな連中ばかり。たった六人の赤迫一派が相手では、かえって動きが鈍くなり、裏をかかれる」堀田加賀守はじめ他の三人も同意した。

「そこで御一同にお願い申し上げたい」松平伊豆守は皆の目を見ていった。

「各御方の配下の中から、知恵高く武芸に秀で、しかも忠義な者たちを急ぎ選び出していただきたい。その者たちに掃討使《そうとうし》という職名と特別な権限を与え、赤迫どもの殲《せん》滅《めつ》にあたらせる」

事態は一刻を争う。治安の悪化は人心の不安を呼び、さらなる治安の悪化や不測の事態を引き起こす。本来なら辻斬りどもに向けられるべき非難と憎悪は、早くも辻斬りを捕らえられずにいる奉行所に向けられている。奉行所へ向けられた敵意は、いずれ幕府へと向けられ、江戸に住まう町人や地方藩士どもの不満や鬱憤《うっぷん》に火をつける導火となりかねない。「幕府が辻斬りごときも退治できぬなどと一寸たりとも思わせてはならない」堀田加賀守は強くいった。

松平伊豆守が続ける。

「赤迫一派の命を完全に断ち、わずかでも協力した者はすべて捕らえ、厳罰を与える。武家であろうと高位の者であろうと、その命を毟《むし》り取る」

「そうして幕府の武威を見せつけることこそ、最良の策か」阿部豊後守も小さくいった。

障子の外、雨は強さを増していた。音を立て、庭石を苔《こけ》を木々を打ちつけてゆく。

長々と続いた会談の締めくくりに松平伊豆守はいった。

「念のため再度御一同に申し上げる。これは罪人の追捕《ついぶ》ではない。此度《このたび》の凶行は単に辻斬りに留まるものではない。幕府の御政道に公然と反逆する者たちであり、謀反人《むほんにん》である。謀反人は徹底的に殲滅せねばならない」

そして最後にこう加えた。

「心せよ、これは江戸市中にて行われる合戦である」

夜になり雨は止んだが、風は吹かぬまま。

上級旗本の屋敷が並ぶ麹町《こうじまち》の路上で、従者四人とともに進んでいた駕籠《かご》が突然止まった。駕籠に乗っていたのは幕府小姓《こしょう》組番頭安藤豊前守《あんどうぶぜんのかみ》弘治《ひろはる》の三男、泰典《やすのり》。周囲で何かが倒れる音を聞いた泰典は、様子を窺《うかが》ったあと外に声をかけた。が、返事がない。身構えながら簾《すだれ》を上げようとしたとき、急に駕籠が落ちた。外に転げ出た泰典が顔を上げると、提灯《ちょうちん》を手にした辻斬りが立っていた。

辻斬りは一人だった。そして自ら名乗った。

「赤迫雅峰と申す」

目をこらすと周囲に従者たちが倒れているのが見えた。その直後、激痛とともに目の前は完全な暗闇となった。赤迫が泰典の両目を斬り潰した。そして何を盗るでも、恨《うら》みごとをいうでもなく、赤迫と名乗る男の足音は遠のいていった。

闇の中、災禍《さいか》は続いた。

福居《ふくい》藩江戸藩邸に何者かが押し入り、まだ四歳の藩主嫡男《ちゃくなん》、万千代丸《まんちよまる》を乳母《うば》とともに連れ去った。そののち、津山《つやま》藩江戸藩邸にも何者かが押し入り、藩主嫡男、森忠継《もりただつぐ》を連れ去った。

どちらの賊も二人。二人はまず外出中の藩士を襲い、虫の息にした。そして藩邸の門前まで運び、「大怪我《おおけが》を負い道脇に倒れている者を見つけた。貴藩藩士だといい残し気を失ってしまったが、御確認願いたい」と門内に呼びかけた。覗《のぞ》き口から見た番役が慌てて閂《かんぬき》を外し、脇戸を開けると、二人の賊はいきなり番役を斬り殺し、邸内になだれ込んだ。夜に乗じてとはいえ、藩邸に正面切って乗り込む者がいるとは想像しなかった藩士たちは、完全に不意をつかれ、武器を取る間もなく、紙を裂くかのごとく斬られていった。賊どもは去り際にそれぞれが自ら名乗った。

福居藩士も津山藩士も闇の中で聞いた名は同じ、正代真兵衛《しょうだいしんべえ》と両角多気乃介《もろずみたけのすけ》だった。

蒸した夜が明けると、幕府老中御一同様と宛てられた新たな書状が江戸城大手門に届いた。

将軍居城の門前にはまるで不似合いな、ひどい身なりのおんぼろが「下馬」と書かれた札の下を通り、ふらふらとやってきた。すぐさま門脇に控えている番役が前を遮《さえぎ》り、「退《い》ね」と怒鳴りつけた。「赤迫様から仰《おお》せつかりました」おんぼろはいった。番役はそんな者は知らぬと追い払おうとしたが退《の》かない。駄賃に豆板銀《まめいたぎん》三つを見せられ飛びついたが、必ず届けねば命はないといわれたという。「こんな割に合わぬ仕事はない」とわめき続けた。無礼と斬り捨てることもできたが、門前を卑《いや》しい血で汚すのをためらった番役たちは、城内にどう処分すべきか伺いを立てた。番役が居座るおんぼろを睨みつけていると、知らせを聞いた松平伊豆守付きの右筆が自ら門外まで駆けてきた。驚く番役たちの前で、右筆はおんぼろから直接書状を受け取り、「御苦労であった」とねぎらいの言葉までかけ、また急ぎ城内へ戻っていった。

書状は、登城したばかりの松平伊豆守の元へすぐさま運ばれた。開封すると、二人の大名嫡男は丁重に扱っているので心配するな、二人とも今の境遇を大いに楽しんでいるなどと書かれ、目の見えなくなった安藤泰典を見舞う言葉も添えられていた。

そのころ、旗本安藤家の屋敷では、泰典の父である幕府小姓組番頭安藤豊前守弘治が、すでに自刃し、果てていた。小姓組とは将軍警護を任とする組であり、弘治はその組番頭を仰せ付かった者である。その息子と家中が辻斬りになすすべもなく斬られたなど、これ以上ない恥である。昨晩、弘治は事態を知るや、出血も止まらぬ三男泰典を駕籠に乗せ、「湯治《とうじ》」と称して那須《なす》に送った。そしてこの恥辱《ちじょく》に関する一切を自分一人で負い、切腹をもってすべてを清算しようとした。

福居藩と津山藩の江戸藩邸内でも、似た事態となっていた。昨晩の大失態の責任を取り、江戸詰の家老や警備役など十数名が切腹していた。

だが、何人が腸《はらわた》をさらけ出して死のうと、旗本三男が目を潰され、大名家嫡男が二人も略取された事実は変わらない。赤迫一派は公然と幕府重臣や大名家の血脈を狙いはじめた。赤迫らの行為は、市中での一見無差別な人斬りから、幕府に対する目的を明かさぬ恫喝《どうかつ》へとかたちを変えた。幕府内の愚かな者たちは、それをわが身の恐怖と感じ、早くも浮き足立っている。狙いは何か、賊どもは何を求めているのか、大勢が憶測し、江戸城内を噂が飛び交った。だが、赤迫一派に狙いなどないことを松平伊豆守は知っていた。連中は将軍殺しも幕府崩しも望んでいない。誰がこの世を動かしているかなど知ったことではないだろう。人を斬ること殺すこと自体が目的の連中であり、他には何もない。

それを試すように伊豆守は午後のうちに市中二十一ヵ所に札を立てさせた。

「猫目の羅刹」に宛てられ「血脈三つ、そちらの持ち物と交換したし。期限は七日、過ぎれば失う」と書かれた札を、道行く者たちは当然怪しみ、顔を寄せ、辻斬りとのつながりを上気しながら囁き合った。

が、何もなく日は過ぎ、七日目の朝、遠く伊勢の津藩領内から女一人と男二人を詰めた三つの網駕籠が江戸市中に運ばれてきた。赤迫の元妻と息子たちだった。

妻はずっと以前に離縁され実家に戻ったあと、剃髪《ていはつ》し尼《あま》になっていた。息子たちもそれぞれ寺に入り僧となっていた。それでも伊豆守は構わず引っ立てた。三人は磔《はりつけ》にされ晒《さら》され、期限を過ぎた八日目の朝に竹槍で突かれた。元妻は経を唱《とな》え続け、長男は「神も仏もすべてまやかし」と繰り返し、次男は「何の罪を犯した、生きること自体が罪だというのか。馬鹿にするな馬鹿にするな馬鹿にするな」と叫びながら死んでいった。

赤迫は何も返してはこなかった。

伊豆守は一人、詰所の障子を開いた。梅雨雲から白南風《しらはえ》の季節へと変わりゆく空を見ながら考えている。

当然の帰結だが、やはり掃討使に期待するしかない。皆、優れた者ばかりを選んだ。しかし、念には念を入れよう。やり足らず後悔するより、打てる手はすべて打ち、やり過ぎたと自嘲《じちょう》するほうがいい。

「小留間《こるま》の若造を召し出すか――」

松平伊豆守は右筆を呼び、長崎《ながさき》まで使いを送るよう命じた。

三　夏炎《かえん》

激しい夕立のあとの泥濘《ぬかる》んだ道を、三人が駆け抜けてゆく。

先頭を行くのは掃討使佐久間《さくま》忠達《ただたつ》。うしろには二人の従者が続く。皆、汗を滴《したた》らせ、暮れゆく町並みの中を走ってゆく。佐久間は怒り、慌てていた。自分と、自分を取り巻く状況のすべてに、明確な理由も見つけられないまま憤《いきどお》っていた。

佐久間の本来の職は江戸城西丸《にしのまる》書院番士。年は三十一。周囲からの評価も高く将来を嘱望《しょくぼう》されていたが、大目付《おおめつけ》井上筑後守政重《いのうえちくごのかみまさしげ》よりの強い推挙を受け掃討使となった。井上筑後守の秘蔵の者だった。

掃討使の命を突然受けてからひと月。辻斬りの逃げ足の早さを探っていった佐久間は、市中の水路を使って荷を運んでいる小さな水運屋に行き着いた。舟が四つに船頭が五人、番頭に雑夫《ざつふ》を加えても、使用人は全部で九人。半年ほど前に店主が替わっていた。元の店主が材木投機で作った借金で首が回らなくなっていたところ、使用人ごと店を買い取りたいと申し出た者がいたという。だが、使用人たちが新たな店主という者と顔を合わせたのは、ほんの二、三度。密かに調べたが、商売の元手に必要な銭も、帳簿も、ときおり「使い」と称する者が届け、持ち帰ってゆく。舟荷は以前と同じ、古着と布の端切れ。届け先も扱う量も、以前とほとんど変わらない。だが、使用人たちの給金だけは以前よりぐっと上がっていた。だから、ごくたまに、いつもと届け先が違う荷が二、三混じっても、誰も文句をいわなかった。店を任されている番頭も、使用人たちも、下手な興味を抱いて割のよい仕事を失いたくないと思っていた。

佐久間は店と使用人たちを監視し続けた。そして、赤迫《あかさこ》一派へと続いているかもしれぬ糸を、いよいよたぐりよせようとした矢先、使用人たち九人すべてが姿を消した。

それが今朝のことだ。使用人の家族たちも、夫や息子の行方が突然わからなくなり、ただおろおろするばかりだった。九人には、それぞれ見張りをつけていた。本材木町《ほんざいもくちょう》七丁目にある店は佐久間自身が抜かりなく見張っていたつもりだった。だが、知らぬ間に一人残らず消えていた。完全に出し抜かれた。朝からこれまで、必死で九人の行方を追っているが、何の手がかりもない。もう陽も落ちかけている。

手詰まりだった。でも、何かせずにはいられない。佐久間は水運屋の元の店主の住み家へ向かっていた。心あたりで捜していないのは、そこしかなかった。場所はわかっている。前に二度、様子を窺《うかが》いにいった。横山町《よこやまちょう》の外れ、塀越しに庭の松が見える小さいながらも整った家だ。よほどよい条件で水運屋を売ったのだろう。その金子《きんす》を元手に新たに船宿をはじめたばかりで、暮らし向きもよさそうだった。

だが、ここでも先を越された。二日前から亭主の行方がわからないと男の女房がおろおろしていた。この町の名主《なぬし》と近隣の者も集まっていた。女房によると、おとといの朝に目を覚ますと、もう男は隣の床からいなくなっていたという。家の中が荒らされた様子もなく、財布も草鞋《わらじ》もそのまま。だが、夜になっても、翌朝になっても、二日過ぎても戻らない。さらに訊こうと佐久間が家に上がりかけたとき、町奉行所の同《どう》心《しん》が目明《めあか》しを引き連れやってきた。この町の名主がしつこく訴えたため、調べに来たらしい。が、何より先に、佐久間を咎《とが》めるように見ると、口調だけは丁寧に、御城勤めの旗本《はたもと》様が、どのような権限で、あれこれ調べようとしているのか、と訊いてきた。

佐久間は羽織《はおり》の前を開くと、大小二本の他に腰にもう一本差してある細く長い小筒を皆にわかるように見せた。同心たちは咎めるような目のまま、それでも即座に頭を深く下げた。女房と名主も、わけもわからぬまま慌てて頭を下げた。

先に三本、尻に二本の金線が入った黒い筒は、五金糸《ごきんし》の小筒の通り名で呼ばれている。掃討使に命じられたとき、大目付井上筑後守から渡された。中には将軍徳川家光《とくがわいえみつ》公より賜《たまわ》った、謀反人《むほんにん》掃討のための調査権、逮捕権、懲罰権《ちょうばつ》を保証する書状が収められている。

それが何かということは同心たちにも十分知らされていた。十手など比べ物にならない権力が詰まった細い小筒を見せられ、皆黙ってなりゆきを見守るしかなかった。この小筒には最上級の敬意を払い、決して無礼なきようにと上司からも厳命されている。

が、それで何が変わるわけでもなかった。佐久間と配下は家じゅう調べ、女房にも覚えている限りのことを話させたが、何の手がかりも見つけられなかった。

諦《あきら》めて外に出たころには、夜も更《ふ》け、蒸し暑い空でいくつかの星々がどんよりと瞬《またた》いていた。腹立たしさと口惜《くや》しさを抑えながら家路をたどる。道沿いに並ぶ商家の戸は閉まっている。横山町を過ぎ、金木町《かなぎまち》に入ったところで、佐久間は迷いを振り落とすように軽く首を振った。

息を吐《は》き、落ち着きを取り戻すと、また前を見て歩き出した。

そのとき、一人の男が目の前に現れた。

佐久間は二人の従者に大きな提灯《ちょうちん》をそれぞれ持たせ、道いっぱいに照らしながら進んでいた。用心はしていた。だが、その男は横道の暗がりから、まるで布きれが風にたなびくかのように、ふわりと出てくると、両手にそれぞれ握った細い手槍で二人の従者の喉元《のどもと》をほぼ同時に突いた。佐久間はとっさに飛び退き、刀を抜いた。男は早くも新たな手槍を握り、佐久間を真っすぐに見据え、構えていた。地面に落ちた二つの提灯が、ぱっと大きく燃え上がった。男は老いていた。細い体、細く整った顔、だが右耳がない。

「梅壺主税《うめつぼちから》だな」佐久間はいった。

探し続けていた六人の辻斬りどもの一人が、今、目の前に現れた。一気に攻めるか、出方を見るか、それともこの場は退《しりぞ》くべきか。退けば二度とその姿を捉えられぬかもしれぬ。だが、行けば、生きて戻れる率はわずか。佐久間は動揺し、迷わなくていいことで迷った。

心の揺れを見抜いたかのように、梅壺は手槍を突いた。佐久間は避《よ》ける。が、思いもよらぬ早さで再度突かれた。見えなかった。左腿《ひだりもも》を貫《つらぬ》かれた。間髪《かんはつ》入れずに梅壺は刀を抜き飛びかかった。佐久間も刀を振るう。梅壺は大きく右へ跳んだ。わずかに見えた梅壺の横顔は削ぎ落とされたように耳が消え、小さな黒い穴だけがあった。佐久間の刀は梅壺の袖《そで》をかすめ空《くう》を斬った。逆に、梅壺の刀は佐久間の右のふくらはぎを斬り裂いた。

鍔《つば》競《ぜ》り合いなどなかった。瞬く間だった。佐久間は膝《ひざ》から崩《くず》れ落ちた。それでも間近に迫ってきた梅壺に刀を振るった。しかし、はじき上げられ、左腕を斬られた。自分の腕から血が吹き上がるのを佐久間は見た。おれは死ぬのだ、と思った。卑《いや》しき生への執着が、逆に自分を惨《みじ》めな死へ追いやったと後悔した。

だが、落ちた提灯の火が道沿いの商家の壁に燃え移った。湿った夏の時季にもかかわらずよく燃えた。火が壁を這《は》い上がる。梅壺は振り上げていた刀を下ろし、火を見た。切っ先から血がとくとくと滴《したた》り落ちている。火は勢いを増し、焦《こ》げ臭さが周囲に広がってゆく。

梅壺はもがく佐久間の腰から五金糸の小筒と脇差《わきざし》を抜き取り、そのまま立ち去ろうとした。

「なぜ、とどめを刺さぬ」佐久間は激痛に悶《もだ》えながらいった。「殺せ」

梅壺は何もいわず一度だけ振り返ると、また背を向け歩き出した。炎が思い起こさせた気まぐれか、はじめから決めていたのか、梅壺は佐久間に生きる屈辱を与えた。死を取り上げられ、見下され弄《もてあそ》ばれながらも、佐久間はその時いちばんなすべきことをした。「火事だ」出せる限りの声で叫んだ。「火元はここだ」叫びながらも、激痛と悔しさで身が裂かれるようだった。道沿いの家々の木戸が開き、大勢が飛び出してきた。女、子どもは慌てて逃げ、男たちは水をかけ、延焼を防ぐため火元に近い家々の板を剝《は》がし、壊してゆく。斬られ倒れていた佐久間と従者二人はすぐに見つけられ、火の遠くへと運ばれた。

半刻《はんとき》ばかりの大騒動の末、小さな商家を一つ焼いただけで火はどうにか消えた。焼け死ぬ者もいなかった。梅壺も消えていた。火消しに走り回った金木町の男衆は、辻斬りらしき姿などなく、佐久間たち三人は、まるで激しい熱風にでも斬り裂かれたかのように倒れていたと話した。

十日ほど生死の境をさまよったのち、佐久間は持ち直し、生き延びた。しかし、ひどく不自由な身となった。二人の従者は助からなかった。

それから先、夏が盛りを迎えるにつれ、九人もの掃討使が斬られていった。佐久間のように生き残ることはなく、皆、死体となり、腰から五金糸の小筒を抜き取られ、持ち去られていた。

生死がわからぬ者もいた。

玉利鉄太郎《たまりてつたろう》は勘定奉行配下の勘定役を務め、家格は低いが槍遣いに長《た》け「槍鉄太《やりてつた》」

の異名をとる男だった。老中《ろうじゅう》阿部《あべ》豊後守《ぶんごのかみ》より掃討使の命を受けて以降、登城することなく江戸市中を探り続けていたが、ひと月後の晴れた朝「ようやく尻尾をつかんだ」と、神田《かんだ》矢来町《やらいちょう》の東、鵜星《うのほし》神社に向かった。鳥居《とりい》脇に小者《こもの》を待たせ、蝉時雨《せみしぐれ》の中、一人、境内への石段を勢いよく上っていったという。

それきり掃討使玉利鉄太郎の消息は途絶えた。

連れ去られた二人の大名嫡男たちの行方もわからぬままだった。万千代丸《まんちよまる》、森忠継《もりただつぐ》ともに死体はおろか持ち物一つさえ見つかっていない。福居《ふくい》、津山《つやま》両藩藩士は二人が略取されたあの日からずっと、死に物狂いで市中を捜し回っている。同じように町奉行所も、落ちた威信を取り戻すため、血眼《ちまなこ》になって辻斬りどもを追っている。が、藩士たちも奉行所の連中も、何の成果も得られず、いら立ちを募らせ、あちこちで武家、町衆の区別なく要らぬ衝突を起こしていた。

暑い陽射しの下、赤迫一派の影さえ捕らえられぬまま、夏は過ぎていった。

四　海道筋

一人の若い武士が東海道を下ってゆく。切れ長の目、細い眉《まゆ》。白い肌。陣笠《じんがさ》には丸に木瓜《もっこう》の紋所《もんどころ》。腰には刃渡り三尺五寸の長太刀を収めた深紅《こきくれない》の長い鞘《さや》。先鋒に槍持を配し、自身は鞍《くら》に跨《また》がり、後方に荷箱を担《かつ》いだ小者《こもの》二人を従え、かつかつと蹄《ひづめ》の音を響かせている。

品川《しながわ》宿を抜けたころ、右手に海が開けてきた。潮風が吹いている。手綱《たづな》を握る拳《こぶし》の前で鬣《たてがみ》がなびく。見上げると空が高い。海沿いに緩やかに弧を描いて伸びる道の上に、雲が薄く大きな影を落としている。

馬上の武士は、空を渡ってゆく雲を目で追った。

「秋も深まりました」鎌平《かまへい》という名の槍持がいった。

武士は空に目を向けたまま静かにうなずいた。

鎌平が続ける。

「長崎《ながさき》を発《た》ちましたころは、夏の名残《なごり》の陽を浴びながら歩いておりましたが、今は吹く風に冷たさを感じます」

道はしだいに海から遠ざかってゆく。高輪浜《たかなわはま》を過ぎると先の沿道に薄《すすき》の林が見えてきた。大きく波打つように風に揺れている。あの黄金色《こがねいろ》の波を越えれば、そこはもう江戸市中だ。

商家の看板が目立ちはじめ、行き交う人の数も増えてきた。呼び込み、揉《も》め事、立ち話――どんな理由かは知らないが、誰もが大声を出している。聞いていると、懐《なつ》かしさと居心地の悪さとが入り混じった気持ちになる。

田町《たまち》を抜け上杉町《うえすぎちょう》に入ると、物売りどもが「御武家様」と、名所案内、絵地図、色街指南、妙薬の類《たぐ》いなど、さまざまな売り物を手に群がってきた。無視して進む。

が、絵地図売りの男が一人あとを追ってきた。他の売り子は新たに市中に入ってきた一行を見つけ、そちらに群がっていった。「お買い上げを」男は諦めず繰り返す。江戸市中に住む者は、この売り子どもを鯉《こい》と呼ぶ。市中に入る旅姿をこのあたりで待ち伏せ、武士も町衆もなく、貧富も問わず、物を高値で売りつけようとする。その様子が、投げ込まれた餌《えさ》なら何でも構わず群がる悪食《あくじき》の鯉のようだからだ。

「無礼だぞ」鎌平に二度三度と厳しくいわれ、ようやく物売りは姿を消した。

進んでゆく。

芝《しば》の神明町《しんめいちょう》に入り、増上寺《ぞうじょうじ》への参道にさしかかったあたりで一行は蹄の音を止めた。武士は下馬し、陣笠を外した。小者たちに手綱を預けると、先に屋敷に戻るよう申しつけた。鎌平も担いでいた槍を小者に託す。江戸市中を騎馬で進んでも、往来を行く者の多さと身勝手さに乗り手も馬もいらだち疲れるばかりだ。

歩き出す。深々と頭を下げ見送る小者たちを残し、鎌平だけを従え歩いてゆく。道の真ん中から二尺左を、首を揺らさず肩を揺らさず、前を見据え、大きな足取りで進んでゆく。

この若い武士、小留間《こるま》逸次郎《いつじろう》という。

知行三千七百石の大旗本《おおはたもと》、小留間伯耆守《ほうきのかみ》得知《えち》勝《かつ》の第二子として生まれた。母は美《み》つね。兄は嫡男の寛太郎《かんたろう》。三歳のときに母が病気で他界。その後、父が後妻を迎え、二人の妹と三男の弟勝弥《かつや》が生まれ、計五人のきょうだいとなった。才のある子どもだった。幼い時期から読み書き算術に長《た》けていたが、それ以上に武芸の才で知られていた。槍では十一歳にして十五歳の者を打ち負かし、刀では、愛宕山《あたごやま》から牛込《うしごめ》にかけての城下の西半分に比肩しうる者はいなかった。弓と馬にも優れ、槍刀と弓馬の四つすべてが逸品の逸次郎——「四逸」と、旗本はじめ大名の家臣連中にまで噂されるほどだった。生まれながらに得意だったわけではない。何千回も槍を突き、太刀を振り続けてきた。手足の皮が切れて痛んだことも数多い。けれど、稽古《けいこ》を嫌ったことは不思議と一度もなかった。敵の攻め筋を思い描きながら鍛練し、試合の場では敵に打たせぬよう動き、狙い、敵を討つ。その単純なことがたまらなく好きだった。

だが、強さは面倒も呼び込んだ。

十四歳のころ、稽古の帰りを待ち伏せされた。静かな屋敷町を歩いていた逸次郎と友を八人が取り囲み、その一人が本物の刀での勝負を迫った。稽古でいつも打ち負かされ、恥をかかされていると恨《うら》んでいた二つ年上の連中だった。逸次郎と友は答える間もなく溜池《ためいけ》のほとりまで連れて行かれた。そして水際近くで斬り合い、逸次郎があっさり勝った。斬られた者は目を開けたまま血を噴《ふ》き、倒れる前に死んでいた。

はじめての人殺しだった。なのに、自分でも驚くほどに落ち着いていた。いつか来るべきものが、きょう来た、そんな気持ちだった。

斬られた者の仲間たちは泣きながら走り去った。友は呆然《ぼうぜん》としながらも家へと歩き出し、逸次郎も山王町《さんのうちょう》の屋敷へ急ぎ帰った。父は神妙な顔で家中を確認のため走らせた。継母は憐《あわ》れみを浮かべた目で見た。今は亡き祖父の得知昌《えちまさ》だけが大喜びした。父を抑えてまで自分でこの一件を収めるために動き、地位を使い、金子《きんす》も使い、死んだ者の家族に、これは武士の誇りをかけた正当な戦いであり、勝負がついた以上、何ら禍根《かこん》を残すものではないと半ば無理やり認めさせた。そして以前にも増して逸次郎を誇り、可愛《かわい》がった。勤勉だが傑出したところのない兄、寛太郎。人柄は良く好かれるが凡庸な弟、勝弥。二人と較べ、「武家にふさわしき才を持つ子」と褒《ほ》め、三十年早く生まれていたなら「戦場で大軍を率いていた」と、近しい友人に目を細め語った。

だが、慶事に感じているのはやはり祖父だけだった。勝負の半月後に元服《げんぷく》をすませると、逸次郎はまるでほとぼりが冷めるまで遠方で身を匿《かくま》われるように、父が奉行として赴任している宇治山田《うじやまだ》に同行させられることになった。

旅立ちの少し前、祖父は改めて逸次郎を褒めた。そして、今後は自分の跡を継ぎ常に腰に差すようにと、時代遅れな深紅《こきくれない》の長太刀を贈った。大太刀使いとして名を馳せていた祖父は、常に戦場でこの艶《あで》やかな鞘色を背にし目印にしていた。この深紅は祖父の誇りであり、祖父そのものだった。

以来、血縁の葬儀や婚礼などで何度か江戸に戻る機会はあったものの、逸次郎の遠《おん》国《ごく》暮らしは今も続いている。

父は遠国奉行として幕府の直轄地である宇治山田、大坂、長崎の各地で政務と治安を担当してきたが、その先々に必ず逸次郎を同行させた。

江戸で若くして人斬りをした逸次郎の身を憐れんでのことではない。

小留間家の将来のためだ。兄の寛太郎は、当主代理として山王町の上屋敷で育ち、教師や隠居した旗本重鎮から、政治の要諦《ようたい》、作法、故事と多くを学んだ。そして今、父が長崎奉行の職にあるにもかかわらず、召し出され、江戸城内で御納戸《おなんど》役を務めている。如才ない寛太郎のことだ、順調に昇進し、十数年もすれば父に代わり遠国奉行の御役を仰せつかるだろう。そのときのために逸次郎は十代半ばのころから父とともに地方での生活を送ってきた。将来、兄が赴任した際、その地の者との「つなぎ役」を逸次郎は期待されている。幕府奉行の権威と上級旗本の家柄をもってしても、それだけでは在地の者どもを掌握《しょうあく》できない。うわべは従うそぶりをしても、内心は遠く離反している。二度の大坂の陣を経て、徳川《とくがわ》の天下が固まり二十四年。胸の内で豊臣太閤《とよとみたいこう》時代の華やかさを懐かしく愛《いと》おしく思っている年寄りどもは、江戸を離れれば武家の中にも町衆の中にも数多くいる。そんな者を取り込むには、恩義の念を植えつけることだ。濁《にご》った水を飲み、芥《あくた》を喰らうような仕事を引き受け、解決してやった先に、人ははじめて恩義を感じ、こちらの言葉を聞き入れるようになる。遠国奉行の権威を振りかざし、目障りなものを押し潰そうとすれば、逆に押し潰される。長く職務をこなしてきた中で、父はそれらを痛切に思い知ったのだろう。

新たな土地に着任すると、父はしばらくの間、誰と会うにもどこへ行くにも常に逸次郎を同行させた。近くに控えさせておくだけだが、そうやって逸次郎の顔を多くの者に見知らせた。それから先、ひと月ふた月ほどすると、奉行のところに持ち込まれるさまざまな用件の中のいくつかが逸次郎の元に回ってくるようになった。奉行の職務外にあるが、「どうにも捨て置けない雑事」を片づけてゆくのが逸次郎の主な仕事だ。本来なら奉行が手を下さない、武士が関わるべきでない揉め事や厄介事《やっかいごと》、誰もが関わりたがらない益少なく危険な仕事、それら「卑しき事」を禍根を残さぬよう解決していく。

博徒《ばくと》の抗争の仲裁。豪商の相続争いの調停。伎芸《ぎげい》一座どうしの興行の縄張り争いの収拾。遊女《ゆうじょ》を奪い合っての他藩士どうしの刃傷沙汰《にんじょうざた》の始末。藩境を越えて暴れる盗賊の追捕《ついぶ》や海賊退治に駆り出されたこともある。どれも銭や欲が深く絡んだ、文字通りの汚れ仕事だ。

はじめの宇治山田では若過ぎて見くびられ、何もできなかった。が、次の大坂では、逸次郎の働きは主たる武家と商家に知れ渡った。今暮らしている長崎では二十三歳の若さにもかかわらず、その名と働きは周辺各藩にもよく知られている。逸次郎のことを人は、妬《ねた》みと差別が入り交じった思いで「法外奉行」とか「浄化役人」などと呼ぶ。

この仕事、面倒ではあるが嫌ではない。格式ばった事には向かぬ質《たち》だし、江戸で旗本次男として部屋住みの窮屈《きゅうくつ》な暮らしを送るよりはるかにいい。誇りだけは高いがすることがなく、役に立ちたくとも立てず、無為に日々を過ごしている連中を多く知っている。

従来、長崎奉行の職制は六月から十月まで現地長崎で勤務し、ひと月半ほどかけ江戸に帰府し、江戸の役宅で勤務、また翌年四月には長崎へ向け江戸を発つ、この繰り返しだった。一年の半分ほどは江戸で過ごせるはずだったし、実際父はそうしていた。だが、逸次郎は戻らなかった。長崎に残り自分の仕事を続けていた。幕府や周辺諸藩も続けることを内心歓迎しつつ黙って見ていた。しかし、状況が変わった。一昨年（寛永《かんえい》十四年）に蜂起《ほうき》した天草島原一揆《あまくさしまばらいっき》を数ヵ月がかりでようやく鎮圧《ちんあつ》したのち、幕府は長崎奉行の職制を大きく改めた。江戸町奉行のように同時に二人が任命され、この先は一年ずつ交代で現地長崎での勤務と江戸役宅での勤務を行うことになる。それでも、やはり逸次郎は戻らぬつもりでいた。大河内善兵衛《おおこうちぜんべえ》正勝《まさかつ》様が、もう一人の長崎奉行に新たに任命されたという。その大河内様が奉行を務めている間、どう過ごすか、一年ぶらぶらと遊び暮らし、次の一年また働こうか、趣味でも見つけるか、などとぼんやり考えていた。

そんな中、突然、江戸に呼び戻された。


逸次郎たちは市中を進んでゆく。

以前とは町並みも変わった。茅《かや》や板葺《いたぶ》きが減り、瓦《かわら》の屋根がずいぶん増えた。居酒屋や煮売屋も多くなった。消えうせたのが女歌舞伎《おんなかぶき》の小屋だ。長崎では呼び込みが元気に声を張り上げているが、江戸市中ではまったく聞こえない。風紀紊乱《びんらん》により幕府が出した禁止令のおかげで根絶やしにされたようだ。代わって、木槌《きづち》や鋸《のこ》や、大工仕事の音があちこちに響いている。家が建ち、道が広がり、さらに人が増えた。

日比谷《ひびや》一丁目に入り、行く先に新橋《しんばし》が見えてきたころ。遠く向こうから橋を渡り、四人の男が歩いてきた。揃《そろ》いの格好だ。高く結い上げた髷《まげ》に、金糸銀糸を縫《ぬ》い込んだ紫《むらさき》羽織《ばおり》。高下駄《たかげた》の鼻緒《はなお》につけた鈴をじゃりじゃり鳴らしながら、道いっぱいに広がり進んでくる。

傾奇《かぶき》どもだ。近ごろ、江戸に住む武家の子弟が下品な傾奇に扮《ふん》し、往来をえばりくさって歩いていると話には聞いていた。道行く人々を両端へ追いやり、構わぬ顔でなおも進んでくる。

すかさず鎌平が目の前の四つ角を左に折れ「こちらの方が早うございます」と、逸次郎を先導した。

だが、曲がって少し進むと、またも傾奇が湧《わ》いて出た。行く先の細い脇道から同じ格好をした別の三人が現れ、道いっぱいに広がった。鎌平が振り向くと、すでに先ほどの四人があとを追い角を曲がり、こちらへと向かってくる。ずいぶん前から目をつけられていたようだ。連中は目の前で立ち止まり、逸次郎の羽織の家紋をちらりと見ると、鼻で笑った。旗本上位の家柄なんぞに怯《ひる》まぬと、己らの意気を示したつもりらしい。

「行く間を少々お空けいただけませぬか」鎌平がいった。

「空けてやりたいのはやまやまだが」頭目らしき傾奇がいった。「気分よく歩いていた道を、無償で譲っては面目が立たん」

隣の傾奇が続ける。

「頭を下げるか、もしくは相応のものを差し出すか――」

「失せろ阿呆《あほう》ども」逸次郎がいった。「江戸の道は公儀のもの。それもわからず威張るとは、よほど頭の弱い連中に違いない」

「愚弄《ぐろう》しおって」傾奇どもの顔がみるみる赤くなってゆく。

「野暮な身なりで恥も感じず、働きもせず金子《きんす》をせびる、世の道理もわからぬ阿呆どもは怪我せぬうちに消え失せよ」

傾奇一同声を荒らげ「今すぐ持ち金すべて差し出して、謝るならば許してやろう。だが、謝らぬのなら容赦《ようしゃ》はせん」と刀の柄《つか》に手をかけた。

怒号を聞き、道行く者たちが立ち止まり、近くの商家の連中も集まって、あっという間に周りを囲んだ。

逸次郎、傾奇ども、互いにしばし睨《にら》み合った。

「仕方あるまい」逸次郎がいった。勝負覚悟の一言だと信じ、やじ馬たちがどよめいた。傾奇どもは鯉口《こいぐち》を切り、身構えた。

だが、逸次郎がすっと動かした右手が、腰の長太刀の柄を通り過ぎ、左の袂《たもと》へ入っていくと、傾奇どもは笑い声を上げ、やじ馬たちはいっせいに侮蔑《ぶべつ》混じりのため息を漏《も》らした。

逸次郎が巾着《きんちゃく》を取り出す。鎌平も巾着を取り出す。緊張が一気に解《ほど》け、緩んだ空気があたりに流れ出す。傾奇どもがさらに大声で笑い、なじる。

逸次郎と鎌平は巾着の中を手で探り、二人同じく、ゆっくりと手を取り出した。

「巾着ごと置いていけ、胆力なしめ」頭目らしき傾奇が詰め寄った、次の瞬間――

逸次郎、鎌平、同時に握ったものを傾奇どもの顔めがけぶちまけた。粉のような灰のような、ねずみ色の煙がもうもうと湧き上がる。傾奇どもは怯み、両目を手で覆った。鎌平が巾着の中身をさらにまき散らす。煙は驚くほど広がり、あたりを霞《かす》ませてゆく。やじ馬たちも驚き叫び、両目を覆った。すかさず逸次郎が深紅《こきくれない》の鞘に収めたままの長太刀で、傾奇どもをしたたかに打ちすえてゆく。一振り二振り——打たれうずくまる傾奇ども。その上を、たんと一気の早さで逸次郎が飛び越える。鎌平も続く。

袂で風を切りながら、そのまま駆け抜けてゆこうとした。

だが、何人もが道の両脇から飛び出し、前を遮《さえぎ》った。すぐに振り向いたがうしろも塞《ふさ》がれている。騒ぎを聞いて駆けつけたこの町の男衆と目明《めあか》しだった。皆、息を切らし目を血走らせている。男衆は黙ったまま逸次郎ににじり寄り、取り囲んだ。向こうでは傾奇どもと別の男衆がもみ合いをはじめた。割って入った目明しも声を荒らげている。派手な斬り合いを期待していたやじ馬も罵声《ばせい》を浴びせる。

道いっぱいに人が入り乱れ、大騒ぎとなった。

騒ぎの渦巻《うずま》く中にいて逸次郎は異様さを感じていた。戦国の遺風は江戸町衆の中にも、いまだ色濃く残っている。話し合いでらちが明かねば殴《なぐ》り合いで解決するのがこの町の流儀。しかも、ここでは町人が武士を尊ぶことなど稀《まれ》だ。皆、天下人の御城下に暮らす天下の町人という誇りを持ち、諸国大名などまるで恐れない。旗本と御三家家臣には払うわずかな敬意も、諸藩家臣にはよほどのことがない限り払おうとしない。旗本でも次男以下の部屋住みは見下され、禄《ろく》の低い御家人《ごけにん》など相手にもしない。しばらく遠国で過ごしていたとはいえ、逸次郎も江戸で生まれ元服まで育った江戸の武士、江戸の町衆の気風も扱いづらさも知っているつもりだ。

けれど、この荒れ具合は尋常ではない。無礼討ちなど覚悟の上、この傾奇ども七人すべてを刺し違えてでも殺してやろうという、暗く澱《よど》んだ殺意が男衆の目に浮かんでいる。鎌平も気づき「御辛抱《ごしんぼう》を」と小声でいった。

間を置かず、この町の名主《なぬし》だという白髪交じりの男が、次いで二人の同心がやってきた。

「辻番屋までお越しいただきたい」同心の一人がいった。断れば事態はさらにこじれ、必ずや血が流れる。

「あいわかった」逸次郎はこたえ、目明しと男衆に囲まれたまま辻番屋へとまた東海道を歩き出した。皆、押し黙ってはいるが、自分たちの領域《シマ》を荒らした他所者《よそもの》を殺気に満ちた目で睨んでいる。長く遠国にいたせいで、こんな目で見られる気分をずっと忘れていたが、思い出した——嫌な気分だ。

おれは江戸に戻ってきたのだと、逸次郎は改めて思った。

五　辻斬り不動《ふどう》

東海道筋から町家一区画を隔《へだ》てた、仙台《せんだい》藩伊達《だて》家下屋敷の外塀沿いの辻番屋。逸次郎《いつじろう》は板間に座っている。鎌平《かまへい》は土間からの上がり口に腰を下ろしている。同心《どうしん》たちは逸次郎と鎌平を連れて来ると、急ぎまた出ていった。一人は常盤橋《ときわばし》門内の北町奉行所へ番方与力《よりき》を迎えに。番方与力も同心も、旗本《はたもと》の子息を捕縛《ほばく》する権限など持たないが、形だけでも検分くらいせねば町衆の心情が収まらぬのだろう。もう一人は幕府目付《めつけ》の元へ事態の報告に行ったようだ。旗本小留間《こるま》家と町奉行所との間に軋轢《あつれき》を起こさぬよう、のちに火種を残さぬよう同心たちは気を尖《とが》らせていた。

傾奇《かぶき》どももここにはいない。無用な小競り合いを避けるため、賢明にも他の辻番屋へ連れていったようだ。大勢集まっていた男衆と目明しも、同心の勧めを聞き入れ、皆の中から見届け役を一人選ぶと、それぞれの家や仕事場に戻っていった。一番兄貴分の克吉《かつきち》という者が残り、土間の隅から相変わらずこちらを睨《にら》みつけている。

他には辻番役としてここに詰めていた、伊達家配下の年取った足軽《あしがる》が四人。訳のわからぬまま旗本子息の監視を任され、露骨に迷惑な顔をしている。連れてこられてすぐに鎌平が「訪問先様に約束の時刻に遅れるとお伝えしたい」と願い出た。はじめ足軽たちは「権限がございません」とこたえた。だが、先様とは松平伊豆守《まつだいらいずのかみ》様のお屋敷だと告げると態度を変えた。幕府老中《ろうじゅう》の名には偉大な幻術のごとき響きがあるらしい。すぐに近くの商家から使い役の小僧が連れてこられ、目の前に白湯《さゆ》も運ばれてきた。逸次郎は書状をしたためると小僧に託した。鎌平が駄賃を渡すと、小僧は笑顔を浮かべ走っていった。

鎌平は次に一両小判を足軽たちに差し出した。「受け取るわけにはいかぬ」「迷惑代、白湯代と思い、お収めを」型通りのやり取りが続いたあと、足軽たちは互いに目配せし、まんざらでもない笑顔を浮かべ、そっと一両を受け取った。

表情が和《やわ》らいだ足軽たちに鎌平が話しかける。まずは御城内の火事のことを、それとなく訊いた。旅の途中、江戸に入る半月ほど前、逸次郎たちは、厨《くりや》より出た火により江戸城本丸御殿がすべて焼け落ちたと聞いていた。足軽たちは、二の丸や天守には類焼せず、火が濠《ほり》を越えることもなかった、などと話しはじめた。将軍家光《いえみつ》公の御身は安泰であり、幕府重臣にも一人として罹災者《りさいしゃ》は出なかったという。鎌平は相づちをうち、労《ねぎら》いやおだてを織り込みながら、町衆の荒れぶりの理由を探り出してゆく。

「失礼ながら、何とも悪い時節にお戻りになられましたな」足軽たちは揃って土間の隅の克吉に背を向けると、逸次郎と鎌平にだけ届くよう小声で話した。

江戸には、今、火事より始末の悪い三厄《やく》がはびこっているという。

厄の一つ目は先ほどのような傾奇ども。四年前に参勤交代の制が正式にはじまり、各国から江戸入りする武家衆が一気に増えた。それにつれ非道の輩《やから》もにわかに増えたという。無礼討ちにすると脅《おど》し、銭をたかる。物を買っても代料を払わぬ。そんな迷惑が無数に起き、町衆は、江戸に入る大名行列が新しい禍《わざわ》いも連れてきたと憂えているという。

厄の二つ目は浪人ども。仕官を求め江戸に集まってきた浪人が、生活に窮《きゅう》した果てに、町人を襲い、銭を奪う騒ぎが続いている。道端で脅すだけでなく、中には、徒党を組み商家に押し入るまでに落ちぶれた連中もいるという。

厄の三つ目は狂気の辻斬り。これまでに類を見ないほど数多くが斬り殺され、皆の気をささくれ立たせ、怯《おび》えさせている。このあたりでも四丁先の町で三人、二丁隣で二人が殺された。噂では、命を落とした者が春先から数えて三百に達しているという。

だが、それで終わらなかった。足軽どもがいうには、この町内では加えてもう一つ災厄《さいやく》が起きたという。

「少年狩りがありました」

土間の隅、聞こえていないはずの克吉の目がよけい鋭くなった。

「若い男子が襲われたのか」鎌平が訊いた。

「襲われた上に、犯されました」足軽たちは昂《たか》ぶった声でいった。

日比谷《ひびや》町《ちよう》自慢の美男二人が、さんざんに殴《なぐ》られ痛めつけられた上、犯されたという。

一人は職人の息子で、端正な容姿で評判だった。だが、その美しさが災《わざわ》いし、伊予《いよ》藩士の片山《かたやま》という者に見込まれ、義兄弟の契《ちぎ》りを結びたいと何度も迫られ、心底迷惑していたという。少年と両親に断り続けられた片山は逆上し、少年の家に押しかけた。居座り、「ここまでして念願果たせねば男が立たぬ」と一家三人を刀で脅し、動けぬほどに殴りつけ、両親の見ている前で少年を何度も犯したという。

もう一人は商家の奉公人で、これも愛嬌《あいきよう》のある美男で評判だった。肥前《ひぜん》藩士の夏目《なつめ》という者が、先の片山のようなことを奉公先の店主にしつこく申し出たが拒絶され続けた。業《ごう》を煮やした夏目は、昼の店先に突然現れ、刀をかざし奉公人たちを蹴散らすと、少年を殴り奪い去り、四谷《よつや》の外れの草むらでさんざんに犯した。

二人の少年とも「日比谷に麗観《れいかん》二つあり」などと呼ばれ娘連中にも人気だったが、人柄のよさも相まって、男衆にはそれ以上に好かれ、可愛がられていたという。

片山、夏目の両名は騒ぎを起したのち、それぞれが住まう藩邸に逃げ帰った。以来、一切外に出てこない。あまりの非道に日比谷の一、二、三丁目の住人たちは町奉行所に訴えた。執拗《しつよう》に訴え、裏で多額の金子《きんす》を使い、町奉行から「武士ならば、隠れず素直に罰を受けよ」との諫書を、伊予、肥前の両藩江戸藩邸に送らせた。だが、町奉行がしたのはそれだけだった。両藩とも「邸内は市中の法の及ばざるところ、これ武士の習わしなり」と不入不干渉の作法をかざし退《しりぞ》け、いまだ両名とも何の罰も受けていないという。

「町人を治め守るはずの町奉行所が何もしてくれぬ。武士は、控えよ、従え、というばかりで大事のときに何の役にも立たぬ」と住人たちは憤《いきどお》り、男衆は「田舎《いなか》藩の平藩士ふぜいに侮辱《ぶじょく》されたままでは面目が立たぬ」と伊予、肥前の藩邸に死を覚悟で押し入る算段をしていた――そこまで話して足軽たちの口が急に止まった。

戸口が開き、名主《なぬし》が入ってきた。つい先ほどまで、傾奇どもが連れていかれた佐多《さた》町《ちょう》の辻番屋にいたという。「御挨拶が遅れまして」名主は逸次郎に頭を下げたあと、鎌平に近寄り、土間に片膝をついた。話があるらしい。

「目が痛い、潰《つぶ》れそうだ、と大そう騒いでおりまして」

「松の根の灰に砂利《じゃり》と山椒《さんしょう》を混ぜただけのもの、子どもだましだ。潰れるものか」

「では医者などは」

「要らぬ、水で丁寧に洗えばすぐ治る」

「ならば放っておくことにいたします」名主の表情が少し緩んだ。

その顔つきを見て今度は鎌平から話した。

「ひどい目に遭ったそうだな」暗に少年狩りのことをいった。

名主もすぐに察し、軽く頭を下げた。

「気の毒に。だがな、われらはゆすりたかりの類《たぐ》いではないし、この町に迷惑をかける気など毛頭ない。ただ静かに通り過ぎたいだけだ。しかも、此度《こたび》はわれらがあの傾奇どもに迷惑を被《こうむ》った側であることも、十分承知であろう」

「わかってはおります。が、あなた様方が妙なものを撒《ま》かれまして、往来をさらに騒がせたのも、また事実。金品その他の被害もなく、むしろ怪我を負いましたのは相手方でございます」

鎌平が遮《さえぎ》るように何かいいかけた。だが、名主はそれをさらに遮るように土間に膝を揃え、手をつき、逸次郎に向けて深々と頭を下げた。礼は尽くしましょう、ですが、武士であろうと旗本の名家であろうと、起こした騒動の始末はつけていただきましょう、と下げた頭と丸まった背中がいっている。

土間の隅の克吉も変わらず逸次郎を睨んでいる。目つきが無礼と斬られようとも構いはしない覚悟で睨み続けている。

この町の衆にとって、傾奇どもも逸次郎たちも、そして少年を犯した藩士どもも、程度の差こそあれ同じ敵であることに、堪忍《かんにん》ならぬ武家であることに変わりないらしい。思い上がった武士どもの好き放題を、これ以上何一つ許せぬらしい。

本来なら松平伊豆守邸に着いていなければならない時刻だが、まだ先になりそうだ。

まあいい、的外れな怨《うら》みをなすりつけられるのには慣れている。間の悪い場に出くわしてしまうのも生まれつきだ。さんざんあがいてみたものの、この宿星《しゅくせい》からはどうにも逃れられない。

開け放たれた木戸の外が薄暗くなった。陽が落ちるには早過ぎる。雨だ。一時《いっとき》ほど前は青空を見上げ、馬を進めていたのに。強まる雨音を聞きながら、逸次郎は足軽たちの話を思い出していた。たかりにゆすり、強盗、強淫《ごういん》——欲にまみれた生臭い騒動の中で、辻斬りにだけは、どこか妙な懐《なつ》かしさを感じる。

斬られ死にが三百か、派手に話を飾り立てたものだ。江戸市中に住めば、辻斬りの噂にも斬られた死体にも、嫌でも慣れる。この辻番屋にしても、今より十年ほど前、逸次郎が十二歳のころに辻斬りがひどく流行《はや》り、幕府が大名や旗本に命じて屋敷の周りに見張り小屋を作らせたのがはじまりだ。辻斬りの起こす騒動は、江戸市中に住む者にとって、見せ物小屋のような感触がある。子どものころから、辻斬りの大げさな風評を嬉々として話す者たちの顔を、逸次郎は何度も見てきた。

此度《こたび》のことも同じだと、このときは思っていた――

目の前の茶碗を手に取り、冷めかけた白湯を一口飲んだ。


江戸に幕府が開かれて三十六年。何度も火災に遭いながらも江戸城の全構造がようやく完成したのが三年前。参勤交代の制も定着し、あちこちで諸国大名や藩士たちの住まう屋敷の普請が進められ、江戸はさらに膨張《ぼうちょう》しようとしている。だが、この幼く巨大な城下町は、暗黙の了解や共通の習慣といったものを、まだ何も持ち合わせていない。江戸らしさなんてものは、どこにも存在しない。武家であれ町衆であれ、生まれた土地も育ち方も違う者たちが、方言と習慣をぶつけ合い、ようやくどうにか思いを通じ合わせている。徳川《とくがわ》ゆかりの三河《みかわ》という下地の上に、越前《えちぜん》やら出羽《でわ》やら安芸《あき》やら、方々の土地の風俗と風習をつぎはぎして、どうにか「江戸の価値観」らしきものに見立ててはいるが、ここに住む誰もが自分は他所者《よそもの》だと感じている。江戸市中、山王町《さんのうちょう》の上屋敷で生まれた逸次郎自身そうだ。江戸が故郷だとは心の底からは思えずにいる。かといって他の土地であるはずもないが、江戸に戻っても決して心は安らがない、寛《くつろ》ぎもない。どこか身構えさせるものがある。この町はまだ知恵浅く、青臭く、そして血腥《ちなまぐさ》い。

雨音の向こうから急ぐ足音が聞こえ、戸口から二人の武士が入ってきた。番方与力でも同心でもなかった。

「小留間殿、迎えに参った」松平伊豆守配下の者たちだ。間を置かず戸口の前に、岩のような体をした四人の人夫に担《かつ》がれた、黒塗り金細工の長棒駕籠《ながぼうかご》が停まった。

逸次郎は駕籠を見つめた。

間違いない、松平伊豆守の駕籠だ。遠く長崎《ながさき》から逸次郎を呼びつけた、その人だ。まさか本人が出向いてくるとは。

伊豆守配下の一人が「幕府御命により、小留間逸次郎殿を預かり申す」と一同に告げ、さらに「事態の詳細は追って松平伊豆守様より伊達家ならびに奉行所へ通達すると、与力、同心らに伝えおけ」と足軽たちに命じた。

逸次郎が立ち上がる。鎌平が草鞋《わらじ》を調え、脇に控える。が、克吉が飛び出し、土間に並んだ逸次郎の草鞋を引ったくると戸口に立ちはだかった。

「お通しするわけには参りません」見届け役の約束を交わした以上、旗本の御子息様に検分を受けていただかねば男が立たぬ——名主がすがりつき止めたが、克吉は奪った草鞋を懐にねじ込み「命に代えても通せねえ」と繰り返した。伊豆守の配下は長い時間をかける気はないらしい。「退《の》け」と小声で一度いったあと、すぐさま鯉口《こいぐち》を切った。

そのとき、

「控えよ」と戸口の外から声がした。

克吉はうしろを見た。が、振り向きざまに、横っ面を扇子《せんす》の頭で激しく突かれた。閉じたままの扇子がみしっと音を立て頬《ほお》に食い込む。克吉はよろけ、懐から草鞋を落とし土間にがくんと両膝をついた。

突いたのは——

松平伊豆守信綱《のぶつな》だ。

寸刻《すんこく》でも待たされるのが我慢ならず駕籠から出てきたのだろう。左右に二人の従者が控え、さらにうしろから二人の従者が二本の傘を差し出している。従者たちも伊豆守の突然のふるまいに驚いたようだ。止めるのも護《まも》るのも忘れ立ちつくしていた。わずかな間だが、傘を打つ雨音がはっきりと聞こえ、それから逸次郎も鎌平も、足軽たちも、いっせいに頭を下げた。名主は呆然としている克吉の頭を力ずくで下げ、自分も続いた。

松平伊豆守は折れ曲がった扇子を放り投げると、敷居の外から逸次郎に向かって「早《はよ》うせい」といった。

外にはもう一つ長棒駕籠が用意されていた。

逸次郎は草鞋の紐《ひも》を縛り上げると急ぎ乗り込んだ。松平伊豆守の駕籠に続いて、逸次郎の駕籠も走り出す。伊豆守配下も鎌平も走り、あとを追う。

降りしきる雨の中、新橋《しんばし》を渡り、京橋《きょうばし》を渡り、南伝馬町《みなみでんまちょう》三丁目の角を左へ。鍛冶橋《かじばし》を渡り、馬場先濠《ばばさきぼり》を左手に見ながら走る。竜之口《たつのくち》を越え、青山大蔵少輔幸成《あおやまおおくらのしょうゆきなり》の屋敷の角を右に曲がり、大手濠《おおてぼり》を左手にし、さらに走る。雨が打ちつけ泥濘《ぬかる》んだ道にもかかわらず、長棒駕籠はまるで揺れない。幕府老中御抱えの、選び抜かれた担ぎ手たちは、掛け声も出さずに乱れることなく走り続ける。遠く右手に松平伊豆守の屋敷の大門が見えてきたころ、滑るかのごとく進む駕籠の中で、逸次郎は最前の出来事を改めて思い出していた。

一人もあろうに幕府老中首座が、一介の町人ごときを扇子で突き倒すとは。やはり江戸城内の厳しい暗闘を生き抜き、今の幕制を作り上げた男。冷静な外見とは裏腹に、中身は何とも激しい。

逸次郎は、これから何が起きるか考えをめぐらすのを一瞬止め、口元を緩めずにはいられなかった。

浅草《あさくさ》、炎魔堂《えんまどう》のほど近く。逸次郎の駕籠を打つ雨と同じく、ここにも強く降っている。

天王町《てんのうちょう》の道端、四本の沙羅《さら》の木の下で二十人が肩を寄せ合っていた。だが、雨宿りではない。歩き売りの商人、人足、職人――集まっているのは四つに分けられた身分の下二つ、工商の者たちばかり。皆の視線の集まる先、一人の男が座り、熱を込め語っている。男の目は閉じたまま。両瞼《りょうまぶた》の上、深く削り取られたように残る一文字の傷――卯月の晴れた朝、命の代わりに光を奪われ、辻斬りの恐怖を喧伝《けんでん》する役目を背負わされた、あのおんぼろだった。道行く者が気づき駆け寄り、三十、四十と沙羅の木の下の集まりは増えていく。あの血の騒ぎのあと、男は唯一の生き残りとして奉行所で簡単な手当てと長い検分を受けると、また野に放り出された。それからずっと、どこに逃げることもなく、辻斬りとの約束を果たすため日々こうして語り続けてきた。

名は「槃次《はんじ》」。勧進の僧が、極貧の中、名だけでも誇らしいものをと、釈迦《しゃか》の弟子の一人、周梨槃特《しゅりはんどく》から一字を採りつけてくれたという。が、その名も、悲惨すぎた生い立ちも、捨て鉢《ばち》すぎた人生も今となってはどうでもいい。語ることがこの男のすべてになっていた。

槃次は血の朝に起きたことを一つ漏らさず語ってゆく。冬の兆《きざ》しを伝える雨が、聞く者たちの背を濡らす。しかし、誰一人気にしていない。槃次が汗をたらし、聞く者も汗をたらす。冷たい空気の中、うっすらと湯気が上がる。

刀が布と肌を裂く音、斬られた肌の中の色、草を濡らす血の色、死の瞬間の声と顔――すべてを細密に語り、そして両目を潰されたあのときへ。目の前の光景が横真一文字に割れ、黒に変わった瞬間を語ると、槃次はうつむいていた顔をばっと振り上げた。一瞬の晴れ間が木漏れ陽《こもびれび》となり、両目の上に刻まれた傷をはっとするほど明るく照らした。

「すべてが見えなくなったにもかかわらず、目に焼きついているかのように辻斬りの背に後光を感じたのでございます。瞬間に悟りました、左目に瑠璃《るり》の光をたたえたこの御方は、仏が遣わされた不動明王《ふどうみょうおう》なのだと。若い武士どものように穢《けが》れた連中を、そして、わたくしの中にあった邪《よこしま》な思いや穢れのすべてを、焼き尽くし消し去るためにいらしたのだと」

槃次は続ける。今、市中には悪や非道がはびこっている、それらを強い意志と力で排除せねばならない。欲望を垂れ流しながら生きる者、王法を失い仏法を滅ぼさんとする者、殺生や放蕩《ほうとう》の中に快楽を見出す者、それらのすべてを、暴力を使ってでも消し去らねば、折伏《しゃくぶく》せねばならない。この両目が見えなくなることで、愚かなこの身にもそれらが見えるようになったのだ、と。

囲み聞く者たちの顔は、どんよりと酔ったような表情に変わっていた。白目を赤くし、新たに現れた聖者を見るような瞳で槃次を見つめている。

市中の景気のよさに押され、力も銭も持たぬ町人も、どうにか日々を暮らしてはゆける。けれど、決して生活は楽ではないし、市中には数え切れぬほどの面倒や苦しみが落ちている。見下し、威張り散らすばかりで何もしない武家ども。傾奇や旗本子弟の、血筋と権威を笠に着てのやりたい放題。同じ町人にもかかわらず、乱暴無法で脅し、「地代、見ケメ《みかじめ》」や「お断り」と称して銭をむしり取ってゆく悪徒やごろつき。必死に働いても銭など貯まらぬし、運良く商売が回りはじめても、先達の大店《おおだな》や親方連中がこぞって締めつけ潰しにかかる。奉行所は見て見ぬふりを決め込み何もしない。この町は貧乏人に厳しく、貧乏から這《は》い上がろうとする者には、もっと厳しい。

そんな泣き寝入りするしかなかった町人たちに、槃次の言葉は光明を与えている。此度現れた辻斬りは、悪や害毒や非道を掃除してくれているのだと——それが正しかろうが、歪《ゆが》み狂った考えだろうが関係ない。気持ちを晴らしてくれる何かを、今、皆は求めている。

肩で息をしながら槃次は語り終えた。聞いていた者たちは興奮し、声を上げ手を打とうとした。が、その腕を強く摑《つか》まれた。家々の陰から飛び出した連中に、うしろから強く突かれ、皆泥水に倒れ込んだ。

「静かにしろい」目明したちだった。その場にいた者すべてを取り囲み、誰一人動かぬよう命じた。同心がゆっくりと近づき顎《あご》で合図すると、目明したちは槃次の体に縄をかけた。

槃次がいったい何の罪を犯したのかと皆が騒ぐと、同心はいった。

「説法を装い、民を惑わす異説禁談を憎でもないのに語り続けたのだ。逃れようもない重罪だ、聞いていたおまえたちも、ただではすまぬぞ」

　うろたえる皆の顔を目明したちは睨み、一人ひとりの人相、名、住まいを帳面に書きつけていく。「追って沙汰がある。心して待て」同心の言葉に、皆はさらに青ざめた。

　ただ一人、槃次だけが凜《りん》としていた。きつく縛られながらも背筋をぴんと伸ばし座る様は、自身の言葉に何の迷いもないと体現しているかのようだった。引っ立てられてゆくときも、その凜々《りり》しさは少しも変わらなかった。口元には軽く笑みさえ浮かべていた。まるで、こんな仕打ちを受けることを予期しながらも、逃げず隠れず、甘んじて受け入れているかのように。皆の蒙《もう》を啓《ひら》き導くため、一人苦行を続けているかのように。

　目明しも同心も、槃次とともに去っていった。集まっていた町人たちも、震えながら早々に散っていった。

　そこには沙羅の木々だけが残り、雨を浴び、静かに揺れ続けていた。

六　凶人帳《きょうじんちょう》

江戸城平河《ひらかわ》御門の道を挟んだ右手、大手濠《おおてぼり》沿いに続く黒塀の内側。

松平伊豆守《まつだいらいずのかみ》邸。

逸次郎《いつじろう》は広い奥の間にいる。伊豆守が上座から見下ろしている。この二人、初対面ではない。ずっと以前、逸次郎が元服《げんぷく》し、はじめて将軍家光《いえみつ》公に拝謁《はいえつ》した際に会っている。

それに前年、遠く長崎《ながさき》の地でも顔を合わせた。

人払いがされているようだ、他には誰もいない。障子が開け放たれ、雨の降る庭から風が吹き込んでくる。だが、寒くはない。

伊豆守は掃討使《そうとうし》の御役が下ったことを逸次郎に伝えた。

「家光公の御意思により掃討使に任命する」

言葉が終わると伊豆守は背後から袱紗《ふくさ》のかかった三方《さんぽう》を取り出した。袱紗が外される。そこには五金糸《ごきんし》の小筒があった。

逸次郎ははじめて見た。噂には聞いていたが、自分が手にすることになろうとは。

伊豆守は小筒を開け、中の書状を広げた。文頭に大きく征夷大将軍徳川《とくがわ》家光公の署名と花押《かおう》。続いて謀反人《むほんにん》掃討のための調査権、逮捕権、懲罰《ちょうばつ》権を貸与する旨が書かれ、最後に小留間《こるま》逸次郎の名。二人の幕府老中《ろうじゅう》、松平伊豆守信綱《のぶつな》と阿部《あべ》豊後守忠秋《ぶんごのかみただあき》の署名、朱印も捺《お》され、この書状の内容を保証すると一筆添えられている。

どうりで用件をいわぬわけだ、と逸次郎は思った。

伊豆守の使者が遠く長崎までやってきたが、江戸に戻って何をさせられるのか訊いても「詳細は伊豆守様より」という。よいことなど待っているはずがないが、ここまで悪いとは。赤迫雅峰《あかさこまさみね》の名は逸次郎も知っている。丹波《たんば》の延輪寺《えんりんじ》の僧を殺し逃走したとき、手配書が遠く長崎にも届いた。素性や罪状が細かに記されていたが、一度読めば簡単には忘れられないものだった。

伊豆守はさらに梅壺主税《うめつぼちから》の名を語った。

元米沢《よねざわ》藩士で、刀の達人であり藩きっての博学者だった。が、阿弥陀如来《あみだにょらい》を戴き万人平等の国を一時だが実現した、かつての惣国《そうこく》の研究に異常なほど没頭。藩を欺《あざむ》きながら同志を募り、なんと藩内山間部にごく小さな惣国を作り出した。近隣の名主《なぬし》と結託し、寺院や神社とは不可侵の密約を結び、「年貢労役なき国」「餓《う》える者のいない国」と呼ばれ、藩による成敗の兵も巧みな戦術で二度三度と撃退した。にもかかわらず二年半で国は自壊した。人が集まり兵力も食料も十分に持ったが、国を導く連中が大義や信念の違いで衝突し、激しく争うようになった。梅壺も「阿弥陀如来を貶《おとし》め辱《はずかし》めた」として地に掘った穴の牢に捕らえられ、ときおり引き上げられては、両手の爪を剝《は》がれたり、半日をかけ片耳を削ぎ落とされたりした。だが、藩による再度の成敗に乗じて、同志五人を殺し、どうにか逃げ延びると、今度は罪と血にまみれた理想郷を作りはじめた。梅壺は盗賊となり手下を率い、出羽《でわ》、陸奥《むつ》、越後《えちご》を巡りながら、相手の身分にかかわらず斬り捨て、銭物を奪い、それらを売りさばく組織を作った。容易に人の近づけぬ出羽の山々の奥深くに豪奢《ごうしゃ》な居を構え、悠々と暮らしていたという。

赤迫、梅壺に加え、こんな奴らがあと四人。六人で日々辻斬りに精を出せば、斬死が三百を越えてもおかしくはない。

「三百の死体など前哨のようなものだ」伊豆守は旗本《はたもと》の子息が目を潰され、大名の嫡男二人が略取されたことを明かした。

逸次郎は訊いた。

「此度《こたび》の御役、これまで何人が仰《おお》せつかったのでございましょうか」

「十三人。おまえが十四人目だ」

「うち何人が生き延びておりますか」

「生きて捜索を続けているのが二人。不自由な身となり御役を離れたのが一人、行方知れずが一人。残りは死んだ」伊豆守は隠さずいった。

逸次郎は少し考え、どうせならばと訊いてみた。

「この御役、お断りすることは――」

「できるはずなかろう」伊豆守は下座の逸次郎をふざけた小僧だという目で眺めた。

だが、その気持ちは伊豆守にもわかっていた。死にに行けというのと、ほぼ同義の御役だ。それも名誉な死ではない。路上や河原で殺され、異臭を放ちはじめたころに見つけられるのだ。

「分別らしきもの腰抜けべし。然《しか》れども分別持ち合わせてこそ真《まこと》知勇《ちゆう》の武士なり、か」伊豆守は胸の内でつぶやいた。それから大きな声で家人を呼んだ。

あけびと固く絞った手拭《てぬぐ》いとともに、厚い冊子が三冊運ばれてきた。

伊豆守がすべての藩および公儀御料地に命じ、域内で消息のわからぬ重罪人、凶暴危険な者、異常者を、その特徴や行状とともに漏れなく書き出させたものだという。

その「凶人帳《きょうじんちょう》」を逸次郎は眺めただけで開こうともせず、横の熟したあけびを手に取り、かぶりついた。伊豆守は呆《あき》れながらも同じようにかぶりついた。

「昨年はよい働きをしてくれた」伊豆守は食いながらいった。

逸次郎ははじめ何のことかわからなかった。

「一揆鎮圧《いっきちんあつ》の際の働きぶりだ」前年の島原天草《しまばらあまくさ》一揆のことをいっていた。

「大変有り難きこと。ですが、御褒めをいただくようなことはいたしておりませぬ」

逸次郎はいった。謙遜《けんそん》ではない、本心だ。誇れる活躍をした感触など微塵《みじん》もなかった。


島原藩領内で一揆勢が蜂起《ほうき》したのは寛永《かんえい》十四年十月末。

長崎奉行である父、小留間伯耆守《ほうきのかみ》にも動員がかかり、父とともに逸次郎も出陣した。以前、歴戦の古老から「一揆の征伐など戦《いくさ》ではない」と聞かされたことがあったが、本物の戦場を知らぬ逸次郎にとっても、その場は奇妙で、周囲を眺めてみるほどに冗談のように感じられた。もっと言葉を選ばずにいうなら、阿呆《あほ》らしささえ漂っていた。二つの、まるで相反した光景が、半里ほどもない距離を挟んで対峙《たいじ》していた。

一揆勢の三万は、廃城となっていた原《はら》城を修復し立てこもっていた。城内には老若男女が混在し、疲労と空腹でやつれ衰えながらも鉄砲と槍を構え、日に数度、切支丹《キリシタン》の神を讃《たた》える賛美歌というものを歌い響かせ、抵抗を続けた。

一方、武士たちは十二万もの大軍が城の周囲に押し寄せていたが、そのほとんどが動こうとしなかった。百姓や浪人の首を取ったところで「何の名誉にもならぬ」と、戦火を交えることを嫌がり、だらりだらりと滞陣を引き延ばしていた。その間、上級武士たちは小姓との男色に耽《ふけ》り、中には自慢の美しい小姓同士を交換して愉《たの》しむ者もいた。それに飽きると、遊女《ゆうじょ》踊りの一座を陣近くに呼び、昼は遊女の舞踊を、夜は遊女との女色を愉しんだ。

武士たちはこの一揆が避けられたはずであることを知っていた。前島原藩主松倉重《まつくらしげ》政《まさ》、現島原藩主松倉勝家《かついえ》。この圧政の仕方も知らぬ阿呆な親子が藩主でなければ、幕府がこんな阿呆な一族を藩主に据えなければ、一揆など起こりはしなかった。

かつてこの地を治めていた切支丹大名有馬《ありま》家を改宗させ、さらには転封によりこの地から引き剝がした幕府は、新たな領主として松倉重政を選んだ。幕府に忠義の者として知られていた大和五条《やまとごじょう》藩主の重政をこの地に移すことを画策したのは、当時、幕府の中枢にいた土井大炊頭利勝《どいおおいのかみとしかつ》。利勝は重政を捨て駒にするつもりだった。

島原周辺には、かつて切支丹大名に仕え、自身も切支丹宗に帰依《きえ》していた数多くの武士が浪人に身を落とし、失意と憎悪を抱えながら暮らしている。古くは、関《せき》ヶ原《はら》で西軍方の切支丹大名小西行長《こにしゆきなが》に率いられ戦い、敗れた家臣の子孫たち。近くでは、有馬家が転封された際、口減らしのため解雇され、この地に置き去りにされた者たち。同じく切支丹宗を棄教させられた百姓も数多く、仏門に入ったふりをしながら、隠れ集い切支丹宗の神に祈りを捧《ささ》げている。こうした連中を刈り取り、根絶やしにすることを代々の職務とするよう幕府は重政に命じていた。そして重政以下の当主が年月と手間をかけ刈り取ったのち、今度は内政の不行き届きを理由に松倉一族を改易し、刈り取るつもりでいた。領民の怨《うら》みも怒りも、すべて松倉家になすりつけ、領主をすげ替えることで一切を水に流す算段だった。

しかし、松倉重政は主人である幕府には尾を振り続ける忠犬だったが、忠義以外に何の取り柄もなく、しかも、主人以外には見境なく吠《ほ》え、噛《か》みつく馬鹿犬だった。

隠れて信仰を続ける切支丹どもを捕らえ厳罰を与えるだけでなく、無茶な公儀普請を請け負い、さらには領内の石高を実際より高く申請し、とことん幕府に忠義であろうとした。苦しみは切支丹だけでなく重税を課せられた領内すべての百姓に広がった。この無謀な統治は、寛永七年に重政が死に、嫡男の松倉勝家があとを嗣《つ》ぐと、統治とも呼べぬ異常なものに変わっていった。

年貢をひどく滞納している百姓は、裸にし縛り上げ、油を吸わせた蓑《みの》を着せ火をつける。切支丹は雲仙岳《うんぜんだけ》の火口近くまで連行し、熱泉の中に投げ入れる。しかも、勝家は従わぬ領民を誰一人許さず、分け隔てなく平等に罰していた。圧政を敷く者が何より考えるべきは、領民どもに団結させないことだ。百姓は取り立てる年貢の量に理不尽な差をつければいい。捕らえた切支丹は与える罰に過度の軽重をつければいい。理由はいらない、むしろない方がいい。不平等な支配をし、領民どもが互いに妬《ねた》み怨み合う種を多く蒔《ま》くべきだった。そんなあたりまえの配慮さえ一切せず、しかも勝家の指示に家老たちが誰一人異論を挟みもせず、家を挙げて幼稚な圧政に邁進《まいしん》した。

そうした経緯《いきさつ》を一揆勢の立てこもる原城を包囲している武士たちは知っていた。だから動こうとしなかった。「阿呆の重政、勝家の尻拭《しりぬぐ》いをなぜせねばならぬ」と思っていた。

しかも当初、幕府軍の指揮を任されていた三河国深溝《みかわのくにふこうず》藩主の板倉重昌《いたくらしげまさ》という男は、明らかに器量不足だった。実直だが、根回しや、人を鼓舞《こぶ》する才にはまったく欠けていた。十二万に軍配を振るえる男ではなかったのだろう。事態が進展せぬことを憂慮した幕府は後任の指揮官を追派遣したが、それを聞かされた重昌は焦《あせ》り、奮い立たぬ軍を率いて原城を無理攻めしたあげく、寛永十五年の新年一日に百姓の銃で撃ち抜かれ死んでしまった。武将たちは「元日から縁起の悪いものを見せよって」と手を合わせることさえしなかった。

戦況は硬直していた。

ようやく状況が動き出したのは、板倉重昌が討ち死にした四日後、松平伊豆守信綱《のぶつな》という新たな指揮官が着陣してからだった。伊豆守は現地に入ると、江戸から連れてきた近習《きんじゅ》たちを陣中各所に散らし、自軍内の有様や士気を調べさせた。

そして近習たちがまっ先に告げたのが、逸次郎の名だった。逸次郎は一人、父や自身の馬など連れてきた六頭の世話をしていた。水と飼い葉を与え、体を拭《ふ》き、毛艶《けづや》や蹄《ひづめ》の具合などを注意深く見ていた。その近くでは、小留間家家中の者たちが、寝転がって飯を食ったり、高いびきをかくなどして休んでいた。

通りがかった武士の一団が、その様子を見てはやし立てたという。

「見事な深紅《こきくれない》の長太刀に、よほどの使い手と思うたが、これはとんだ見込み違い。貴公は配下に馬の世話さえ命じられぬのか」

逸次郎はいった。

「次に自分が心おきなく休めるよう、今はあの者どもを休ませている。おれが深く眠り込んでいる間に敵襲があっても、あの者たちが蓄えた体力気力を振り絞り、命を懸け、おれを護ってくれるだろう」

武士たちは悔し紛れに「敵の奇襲を恐れる臆病者か」といい捨て、去っていった。伊豆守は、陣中にやってきた長崎奉行小留間伯耆守の脇に無言で控えていた若造がその男であると、ほどなく知った。

翌朝早く伊豆守は軍議を開いた。早春の冷気が立ち込める中、島原に集っていた主たる武士たちのすべてが居並んだ。長く広げた陣幕からはみ出すほどの甲冑《かっちゅう》姿の武将と従者たち。その幾重《いくえ》にも並んだ列を、薄い青緑の空を割って昇る太陽が背後からどんよりと照らした。

伊豆守は状況を破るため誰か妙案はないかと問うたが、誰も進んで答えない。二人ほど指差してみたが、歯切れの悪い下らぬ案しか返ってこない。それから伊豆守は偶然に思いついたようなふりで長崎奉行の脇に控えていた若造を指差した。

「おまえならどうする」

逸次郎は少し考え、「乱暴な手法ではありますが」と前置きして話しはじめた。「徹底した兵糧《ひょうろう》攻めをとり、待ちます。その間、原城の地の利を逆に利用します」

海に突き出た岬の上に原城は建っている。

和蘭陀《オランダ》か葡萄牙《ポルトガル》の船に海上から砲撃させる。今なら和蘭陀《オランダ》の船がよいだろう、貿易の認可をやっきになって求めている。少しの利権を提示しただけで、こちらの頼みにも素直に乗るだろう。それに何より葡萄牙《ポルトガル》のような切支丹布教の野心を持っていない。砲撃で城に実害を与えることは期待できないが、帆の印を大きくはためかせ、和蘭陀《オランダ》の船が弾を撃ち込んだという事実を知らしめれば十分だ。同じ切支丹の国の船さえ助けてはくれないと一揆に集った切支丹の心を挫《くじ》けさせられるし、加勢を思案している百姓どもを踏みとどまらせることもできる。砲撃は一、二度がいい。それ以上繰り返せば、武士の中の単純な者どもが「夷人《いじん》を頼るとは無礼な」と怒り出す。

伊豆守は逸次郎の言葉に感心してみせた。そして少し考えてから「この策を採るのに異論のある者は」と問うた。誰も何もいわなかった。「遠慮は要らぬぞ、異論のある者は」重ねて問うたが、皆黙ったままだった。

もちろんこの程度の策は伊豆守の頭にもあったし、ここに集った武将たちの中の知恵ある何十人かは同じことを考えていただろう。

傑出した策とは到底いえない。だが、傑出していないだけに、無謀なところも理解しがたいところもなく、道理にもかなっている。しかも伊豆守は逸次郎に語らせることで自身の武将としての器を見せつけ、さらに皆に賛否を問うたことで一揆討伐《とうばつ》の成否の責任を居並ぶ武士たちの一人ひとりに負わせた。この一つの策を引き出すことで

「中途からやってきた者に何がわかる、何をいう」という反発をすべて押さえ込んだ。松倉重政、勝家、さらに板倉重昌と幕府が選んだ者たちの無能ぶりをたっぷりと見た直後だ、陣中の武士どもが自分をどれ程信用していないかを伊豆守は感じ取っていた。

伊豆守は期待して逸次郎を指差した。逸次郎もその期待をうっすらと感じつつ裏切ることなく答えた。この討伐の大義も、武士の面目も戦う理由も、逸次郎にはどうでもいいことだった。このいびつで下らぬ戦いを早く終わらせ、この気の滅入る場から立ち去ることだけを考えていた。

父の小留間伯耆守はすぐに長崎へ戻り交渉にあたった。そして見事な手腕を発揮し、わずかな貿易利権と引き換えに和蘭陀《オランダ》に軍船による砲撃を約束させた。逆に葡萄牙《ポルトガル》には貿易利権と武力をちらつかせ、完全に切支丹支援の芽を摘《つ》み取った。

和蘭陀《オランダ》軍艦による艦砲射撃を経て、伊豆守着陣からふた月が過ぎた二月二十八日。兵糧はとうに尽き、小便を飲み、木の根を齧《かじ》るまでに餓えた一揆勢に向け、幕府軍は総攻撃を開始した。だが、激戦となった。死後も神の導きで天へ行けると信じる一揆軍が、最後の力をとことんまで絞り出し、死を恐れず奮戦したからだ。加えて幕府軍の統制がまったくとれていなかった。それまでと一変して、武士たちは一番槍を競って我先にと城内に突入し、陣形を崩し、そこを一揆勢に狙われ各個撃破されていった。また、討ち取った百姓の首を切り取ろうとする間に鉄砲で撃たれ死ぬ者もいた。相手が百姓でも多くの首をあげた者や、功のあった者には、かなりの報賞が用意されているとの噂が陣中に流れたからだ。実入りの良い領国への転封も期待できるとも囁《ささや》かれ、伊豆守も否定しなかった。

戦術が稚拙《ちせつ》だったのでも失敗したのでもない。噂を流させたのは伊豆守自身だった。武士たちを奮戦させる目的もあったが、それ以上に、頭の利かぬ猪《いのしし》武者《むしゃ》たちが数多くいては今後の幕府の御政道に有害と考え、あわよくば一揆勢と相打ちにさせる腹積もりだった。愚かな者は淘汰《とうた》され、有能な者だけが残る。それは喜ばしいことだと伊豆守は思っていた。

そんな中、逸次郎は奮戦した。功に踊らされることなく冷静に馬を駆り、確実に敵を槍で突き通し殲滅《せんめつ》していった。だが、心の内は波立っていた。恐怖もあった。

餓えさせ、追い詰め、とことん弱らせる――逸次郎が示したのは、まさに道理にかなった策だった。凡庸ながら必中の策でもあった。だが、同時に非情の策でもあった。十分覚悟はしていたが、それでも強い罪過の念が沸《わ》き上がった。骨と皮ばかりの女、生気の枯れ果てた子どもまで容赦《ようしゃ》なく突き殺してゆく非道を、殺さねば殺されるという恐怖心で抑えつけ塗りつぶし、ようやく平静を保っていた。

が、二十、三十と突いていくうち、張り子の的《まと》か木偶《でく》人形でも突いているような錯覚に囚《とら》われた。百姓や浪人たちの死に物狂いの形相《ぎょうそう》も、ただの模様に見えてきた。

敵の刃《やいば》を避け、突き、斬り、血を浴びる。それが繰り返される恐怖の真っただ中にいながら、何ともいえぬ酩酊《めいてい》を味わった。体はしっかりと動いている。左手は手綱《たづな》を固く握り、右手は強く槍を突き、敵の動きもはっきり見える。ただ頭の中だけがゆっくりと動き、流れの緩い夏の小川にでも浸《つ》かっているかのようだった。亡き祖父、小留間得知昌《えちまさ》もかつて自身が参戦した一揆討伐の一場面を回想し、「その場には滅びの調べが流れていた」と気取った形容をしたことがある。その感触がわずかながらわかった気がした。意識がいよいよ判然としなくなり、何度も酩酊に身を委《ゆだ》ねたくなったが、委ねた先には死よりも深い恐怖が待っていそうで、どうにか正気を振り絞り、踏みとどまった。

そして、気づいたときにはすべてが終わり、逸次郎は累々たる死体の中で馬にまたがっていた。幕府側の武士も数多く倒れている。死臭が漂いはじめた中を、足軽たちだけが元気に駆け回っていた。死者だけでなく、瀕死の人間からも足軽たちは敵味方容赦なく鎧《よろい》や刀を剝ぎ取り、さっきまで自分の主人だった死体から具足を剝いでいる者もいた。

幸いなことに逸次郎が率いていた小留間家家中からは、命を落とす者も重い傷を負う者も出なかった。「戦巧者《いくさごうしゃ》の逸次郎殿」などと多くの武士から讃えられ、大名から褒められたりもしたが、逸次郎自身に誇らしさはなく、深い深い疲労を感じていただけだった。

人殺しの酩酊が頭から離れてゆかなかった。

七　槍先

松平伊豆守《まつだいらいずのかみ》邸の奥の間、伊豆守と逸次郎《いつじろう》はあけびを食っている。

伊豆守はこの無位無官の小僧のことを気に入っている。この小僧は戦いの場で、憎しみも情愛も、おごりも怯《おび》えも、すべての感情を捨て、ただ敵を倒し生き延びることだけを考えられる本物の武士だ。昨年、伊豆守はそれを自身の耳で聞き、目で見て、知った。だからこそ、半ば騙《だま》すようにして遠く長崎《ながさき》から呼び寄せた。逸次郎には伝えずにいるが、伊豆守もこの小僧に自らの進退を賭《か》けている。逸次郎が敗れ、辻斬りどもがさらに跋扈《ばっこ》する事態となれば、伊豆守も老中《ろうじゅう》首座としての力量を厳しく問われることになる。一つの失策により、今の地位など簡単に追われ、蹴落とされる。まあそれも仕方ない。それが幕府であり、幕閣というものだ。老中首座の権勢と栄華など薄氷の上に置かれているようなもの——伊豆守は常にそう胸に刻み、いつでも川越《かわごえ》藩だけを治める一大名に格下る覚悟を、下手をすればそれ以下の身分に蹴落とされる覚悟をもって大手門をくぐり登城している。

あけびのほのかな甘さが一口ごとに咽《のど》の奥に沁《し》みてゆく。

美味《うま》いわけだと逸次郎は思った。そろそろ陽も沈みはじめるというのに、今朝早く、飯も食わずに急ぎ神奈川《かながわ》宿を発ち、それ以降はまずい白湯《さゆ》を二口ほど飲んだだけだった。けれど、あけびを食べ進むうち、甘く潤《うるお》う感触が、どこか末期《まつご》の水のように感じられてきた。

食い終え、口を拭《ぬぐ》うと、逸次郎は切り出した。「他に御用がなければ」

「帰るか」

「はい」控えの間に下がり、座礼をし、襖《ふすま》を閉めた。脇差《わきざし》の横に五金糸《ごきんし》の小筒を差し、各国の極悪人どもを記した凶人帳《きょうじんちょう》を抱え、廊下を進む。広がる庭の向こう、江戸城天守が覗いている。

まだ雨は降り続いている。玄関先には、また長棒駕籠《ながぼうかご》が用意されていた。脇には鎌《かま》平《へい》が控えている。乗り込む逸次郎。「足りなくなったらまた取りに来いとの仰せです」伊橋《いはし》という伊豆守家中から紙封に包まれた小判三百両を手渡された。駕籠は静かに動き出し、山王町《さんのうちょう》にある小留間《こるま》家の屋敷へと進んでいった。

真夜中、早馬が松平伊豆守邸の門前で停まった。

運んできたのは一通の書状。

幕閣は赤迫雅峰《あかさこまさみね》の過去を語らせようと、津《つ》藩に命じ、弟雅元《まさもと》を探させた。雅元は数十年前に一人で大洞山《おおほらやま》に入り、そこで暮らし続けているという。ここ数年は姿を見た者もなく、住み家の場所も生死もわからなかったが、藩挙げての山狩りの末にどうにか見つかった。しかし、その姿は隠者というより、狸《たぬき》や狢《むじな》と変わらぬ獣に成り果てていた。

文字もほとんど忘れ、聞き役の者が代筆するしかなかった。

《われらの父、赤迫雅治《まさはる》は、元々尾張《おわり》藩の武将に仕える小者《こもの》で、戦場で命懸けの功を一つ一つ積み重ね、ようやく武士として取り立てられた男でございました。勇猛で知られる武士となってからも、父はさらなる家の繁栄を切望し、小者として過ごした凄《せい》惨《さん》な日々を忘れられず、餓《う》えと貧しさを極度に憎んでおりました。そのため、われら三兄弟――長兄の雅光《まさみつ》、次兄の雅峰、わたくし雅元――に、父は苛烈《かれつ》な修練を課し、拷問《ごうもん》と見まごうほどに厳しく教育したのでございます。文《ぶん》は要らぬ。どんなに知恵があり、巧みな策で国内を豊かにしても、戦《いくさ》に一度負ければ功など吹き消され、禄《ろく》も土地も失う。今の平《たい》らかな世も一瞬の夢、豊臣の治政もいずれ崩《くず》れる。武を磨け。われらの母も、父を止めることはできませんでした。少しでも異を唱《とな》えれば、母にも教育という名の折檻《せっかん》が待っておりました。

毎日が地獄でございました。そして、月に一度、地獄以上の日がやってまいりました。月ごとに一人、父はどこからか年寄りや病人を買ってきたのでございます。本人も承知の上。皆、先の命が短く、残った家族にわずかでも銭を残したいと願う者たちでございました。

父はその者たちを庭に立たせ、われら兄弟に槍、刀を持たせ、殺せと命じるのでございます。父は、これが慈悲も憐《あわ》れみも捨て、目の前の敵を躊躇《ちゅうちょ》なく殺す胆力を養う最良の方法である、と。良心や優しさなど戦場では己《おのれ》を死に追いやる最たるもの。死にたくなければ平常心で敵を見据え、突き、斬れ。われらは従いました。父は、斬らなければ、おまえたちを斬ると申しました。ですが、殺したあとはわれらも苦しみ、何人殺しても慣れることなどございませんでした。

そしてある月。兄の雅光は父に従うことをやめたのでございます。父が連れてきた重い病に侵《おか》された女を雅光は斬りませんでした。

女は懇願《こんがん》しました。斬ってくださらねば、銭を返さねばなりません、子どもが餓えて死なねばなりません。

雅光は、死ぬ必要も銭を返す必要もない、このまま帰れと申しました。

父は許さず、従わねば、おまえを斬ると申しました。

そうしてくださいと雅光がいい終わらぬうちに、父は斬りつけたのでございます。

左肩から斬り下ろし、さらに腹を突くと、足で雅光の体を蹴り、刺さった刀を抜きました。続けざまに病んだ女も斬り殺しました。そして父は、次兄雅峰とわたくしに申しました。

一人死んでも二人残る。おまえたちが残らねば養子を取る。脆弱《ぜいじゃく》な者は要らぬ。おまえたちは兄の愚を決して繰り返すな。

長兄は倒れ、血を流しながら、次兄雅峰の足元にすがりつきました。雅峰は震《ふる》えながらもその体を強く抱きました。仇《かたき》を、必ずあの男を殺してくれと涙とよだれにまみれた顔で繰り返し、長兄雅光は息絶えたのでございます。

さらに父は雅峰も許しませんでした。死にゆく雅光を抱いたことを責め、慈悲など要らぬといっておろうと刀の峰《みね》で激しく打ち据え、父の手は雅峰が死にかけるまで止まりませんでした。その傷により、雅峰の左目は見る力を失い、玉虫《たまむし》のごとく光るようになったのでございます。

それから七年が過ぎ、文禄《ぶんろく》の役《えき》に続いて再度、海を渡り朝鮮に攻め入った慶長《けいちょう》の役。父とともに出陣した雅峰は、彼《か》の地での幾多の行いの中から一つだけ、わたくしに話して聞かせたのでございます。

――火縄銃《ひなわじゅう》の鳴り響く中、父は足軽《あしがる》どもを従え馬上で突撃の機を待っていた。同じくわたしも馬上で父のうしろに配していた。父の背をじっと見ていた。見続けた。そして力の限り父の背を槍で突いた。二度三度四度、鎧《よろい》の隙間の急所を狙い突いた。父は驚き振り返り、わたしをこれ以上ない憎しみと怨みに満ちた目で睨んだ。火縄銃は絶え間なく響き、足軽どもは父の体が馬上から転げ落ちるまで気づかなかった。転げ落ちたあとも、しばらく呆然《ほうぜん》としていた。流れ弾にやられたようだとわたしはいった。流れ弾など飛んできようがない場所にもかかわらず、皆は信じるしかなかった。父も敵も討ち取ることに何の変わりもなかった。父がわたしに向けた怨みや憎しみも風と変わりない、吹き抜けて、どこかへ消えていってしまった――

次兄雅峰と言葉を交わしたのは、それが最後でございます》

この会話のあと、雅元は自分が殺した者たちの亡霊を見るようになったという。銭を受け取り殺されたにもかかわらず、どの顔も「これでは足りぬ、もっとよこせ。おまえがわれらのいる地獄まで運んでこい」と絶え間なく責めたてた。次兄雅峰のような心の強さも狂気も持てず、消せぬ亡霊に苦しみ続けた。仏法も役に立たなかった。死のうにも亡霊たちが地獄で待ち伏せていると怯え、自刃さえできなかった。いっそ家を捨て言葉を捨て、人間の知恵をすべて捨てて獣に成り下がれば、亡霊が何であるかも忘れ、もう苦しむこともないだろうと山に入ったという。

語り終えた雅元は、自分の罪過とともに父や兄たちの記憶を一切なくすため、また山に入っていった。

障子から耿々《こうこう》と差し込む陽射しの中、逸次郎は目をさました。早くに木戸を引く音が聞こえたが、起き上がらずにいた。少しまどろんでいたつもりが、昼近くになっていた。

障子を開ける。生まれ育った小留間家の慣れた庭、慣れた部屋、ゆっくり見回してみる。下男が手水《てみず》を持ってきた。この屋敷を預かっている兄寛太郎《かんたろう》はとうに出かけたようだ。

「上様が御出仕の際に、寝かせておいてやれと。それで御声をかけずにおりました」

着替え、髭《ひげ》をあたり、髪を整える。

朝食の前に、邸内に勧進された神社に参った。柏手《かしわで》を打ち、深々と頭を下げる。頭を起こし、振り向くと、遠くに子どもが立っていた。

「求馬《もとめ》殿か」逸次郎はいった。

「はい」横に寄り添っている乳母《うば》がいった。やはり兄の息子だ。

「きょうの昼には発ってしまいますので、今のうちにご挨拶だけでもと」もう一人、うしろから見守っていた女がいった。兄の妻の佐和《さわ》だ。

中仙道《なかせんどう》、浦和《うらわ》宿へと移るという。火事が頻発《ひんぱつ》する江戸では、本格的な冬を前に、女、子どもは安全のため近郊の町々へと移ってゆく。特に武家の嫡男ともなれば、いつ火が延びてくるやもしれない市中の屋敷になど置いておけない。

「長崎《ながさき》からお戻りになった逸次郎様ですよ」佐和がいった。

「初めてお目にかかる」小留間求馬がいった。

「求馬殿は御幾つでしょうか」

「五歳である」

生まれて三月《みつき》のころに一度抱いたことがあるが、もちろん覚えていないだろう。それ以降、会う機会もなかったが、物怖《ものお》じしない利発な子に育ったようだ。

「あの」佐和は遠慮がちに、でも伝えずにはいられない顔でいった。「陽《よう》様のこと、まことに残念でございました」

逸次郎は落ち着いた顔で頭を下げた。誰かが死んだ妻の名を口にしても、もう心が揺れることもなかった。

部屋に戻り、縁側近くで膳についた。こんなにもだらだらと眠り、こんなにも遅く朝の膳についたのはいつ以来だろう。逸次郎は心地よい怠惰《たいだ》を味わいながら、ゆっくりと箸を進めた。しかし、邪魔が入った。家中の者が慌ててやってきた。

門前で「小留間逸次郎を出せ。侮辱《ぶじょく》の礼をさせろ」と数人が騒ぎ立て押し入ろうとしているという。逸次郎は立ち上がった。が、深紅《こきくれない》の鞘《さや》の長太刀は持たなかった。

門へ向かう。詰所で控えていた鎌平も急ぎやってきた。「使い古しの槍を六、七本、用意しろ」逸次郎は進みながらいった。

きのうの傾奇《かぶき》どもが七人、揃いの高襟陣羽織《たかえりじんばおり》を着込み、槍や大鉈《おおなた》を手に、大門脇の戸口越しに小留間家の番役相手に凄《すご》んでいた。

鎌平が古びた槍を七本抱えて駆けてきた。逸次郎は一本を手にすると「開けろ」といった。顔をこわばらせる番役に「だいじょうぶだ、開けろ」ともう一度いった。

閂《かんぬき》が引かれる。大門が開く。

「待たせおって小心者が」逸次郎を見て頭目らしき傾奇が怒鳴った。

「臆病と謗《そし》られたくなければ勝負せい。わしらの顔に泥を塗った代料、どれだけ高《たこ》うつくか思い知らせてやる」武家屋敷が続く静かな町の中に、ひときわ大きく響いた。

「逃げれば屋敷の奥まで追ってゆく。押し留めようとする者あらば、容赦《ようしゃ》なく斬り刻む」

「どこの藩の者だ」逸次郎が訊いた。

「藩も家も関係ない。武士の誇りにかけておまえの命を取りに来た」

「名は何という」

「血渋木髑髏丸《ちしぶきどくろまる》」

「ほんとうの名をいえ」

「親がつけた名なぞ、とうに捨てた」

「ならばもうよい。おまえが死んでも悲しむ者などいないだろう」

逸次郎が槍を構える。

血渋木と名乗った男も構える。

「ほんとうにやるのだな」逸次郎がもう一度訊いた。

「あたりまえだ」

「命を賭《か》けるのだな」

「くどいぞ、臆病者」

二人槍先を向け合っている。動かない。

まだ動かない。

「いえい」掛け声とともに血渋木が突いた。逸次郎は滑るようにわずかに右へ動いた。血渋木の槍先が腕をかすめる。が、体勢は微塵《みじん》も崩《くず》れない。血渋木が再度突こうと槍を引いた瞬間、逸次郎は一気に前へ跳んだ。長い槍と逸次郎が一陣の風となり流れとなり血渋木の体に吸い込まれ、槍先が下腹を破り、突き抜け、背中へ飛び出た。「うぎゃあ」激痛のあまり倒れることもできず、血渋木は槍を構えたまま体をこわばらせ叫んだ。逸次郎は血渋木を貫《つらぬ》いている槍をわずかに引くと、柄《え》を二度三度と回転させた。槍先が腹の中でぐるぐると回り、臓物を引き裂いてゆく。「うぎゃうぎゃ」叫ぶ声が弱まり、顔色が黒紫に変わったのを見届けると、逸次郎は槍をそのまま真横へ振り抜いた。

裂けた着物の奥から肉片や血や汚物が飛び出し、路上にびしゃりと散らばった。血渋木は倒れ、少しの間悶《もだ》えていたが、駆け寄る者も助ける者もいなかった。皆、ただ血だまりが広がってゆくのを眺めていた。

血渋木は息絶えた。

逸次郎は見届けると血で汚れた槍を捨て、鎌平が差し出した新たな一本を握り、すぐさま構えた。「次は誰だ」

傾奇どもは立ちつくしていた。

「槍は人数分あるぞ」

「わしが相手だ」歩み出た男の顔は青ざめ、目は血走っていた。

「我が名は天狗《てんぐ》……」

「名乗りなぞいらん。早く来い、来ぬなら行くぞ」

槍を構え、天狗と名乗りかけた男は気合いとともに突っ込んでくる。真っすぐ進んできた槍先をかわすと、逸次郎は腹の横をすり抜けた自称天狗の槍の柄を左手で素早く摑《つか》み、そのままぐいと引き寄せた。顎《あご》を上げ前のめりに倒れてくる自称天狗の首を狙い、自身の右手の槍を突き出す。槍先は喉仏《のどぼとけ》のわずかに下あたりにめり込むと、頭のうしろ、元結《もとゆい》のあたりから飛び出した。

自称天狗は目を開き、身動きもせず、板戸が倒れるようにそのままばたりと横に倒れた。

「次は」逸次郎はいった。

残った傾奇どもは黙っていた。

「次は誰だ。それとも、もう止めるか」

誰も声が出せない。誰かが声を絞り出すのを逸次郎は待った。

「……める」一人がようやくいった。

「よく聞こえんぞ」

「……やめる」

「はっきりせい」

「やめる、やめます」

「ならば、二人を片づけ、血を掃き清め、わずかな痕跡《こんせき》も残すな。そして消え去れ。今後、おれにも、この屋敷にも決して近寄るな」

唇《くちびる》を赤紫にして怯《おび》える傾奇どもの顔を見ることもなく、逸次郎は振り向いた。そして「あの者たちが怠りなくやり終えるよう、見張っておれ」と番役にいいつけると、門の奥へと消えた。

再度、朝の膳の前に座る。飯は冷えかかっていた。ふうとため息を一回。それから飯に白湯をかけ一気にかっ込んだ。

陽射しは一層まぶしさを増し、縁側を照らしていた。

八　外道《げどう》

昼、小留間《こるま》家上屋敷の大門が開いた。

家中が並び深々と頭を下げる。掃き清められ一片の痕跡《こんせき》も残らぬ門前を通って、佐《さ》和《わ》と求馬《もとめ》を乗せた駕籠《かご》は旅立っていった。

戻った静けさは長くは続かず、午後になりまた騒がしくなった。武士を引き連れ駆けてきた二挺の駕籠が、大門前で止まった。

門内から様子を窺《うかが》っていた番役たちによると、駕籠から降りてきたのは高松《たかまつ》藩大名御側付家老の浅川《あさかわ》、同じく高松藩家老次席の並木《なみき》。二人は顔を赤く染めながら名乗ると、「卑怯者の小留間逸次郎《いつじろう》、即刻出てこい」と怒鳴った。数刻前に逸次郎が斬り殺した「血渋木《ちしぶき》」「天狗《てんぐ》」の父親たちだった。浅川と並木は開かぬ大門を蹴りつけ、逸次郎と小留間家を罵《ののし》っていたが、しばらくすると高松藩士らしき数名がさらに駆けつけ、二人に加勢するかと思いきや、二人と大門の間に割って入った。そして「止めるな」と叫ぶ浅川、並木にすがりつき、何やら早口で耳打ちした。二人の息子が陰でしていた悪行と逸次郎が将軍家光《いえみつ》公より掃討使《そうとうし》に任ぜられたことを伝えたらしい。浅川と並木は声を詰まらせ、立ちつくした。二人にすがりついていた連中はその場にひれ伏し、将来藩重役となる二人の息子に脅《おど》され口止めされ、「お伝えできずにおりました。面目ございません」と道に額をこすりつけた。浅川と並木は痛苦の顔でその場にへたり込んだあと、今度は「申し訳ございません、逸次郎様にお目通りを」と大門に向かって懇願《こんがん》した。

逸次郎は会ってやるつもりでいた。だが、小留間家古参の家中や鎌平《かまへい》にこぞって止められた。「目前で割腹でもされたらたまらない、知らぬ存ぜぬを通せ」「息子どもの非道に気づけなかった馬鹿な親には、わが身の愚かさと後悔を味わわせてやればよい」と。

逸次郎は陽が沈んだあとも屋敷内で待ち続け、真夜中にようやく裏門から抜け出し、小留間家の中屋敷へと向かった。

暗闇の道を行く。

八丁堀《はっちょうぼり》の中屋敷に近づくにつれ潮が匂ってきた。海が間近で潮水の流れ込む堀にも面しているため、逸次郎の中屋敷の記憶は、いつもこの匂いとともにはじまる。懐《なつ》かしい。だが、嬉しい懐かしさではない。

八丁堀中屋敷は、祖父の小留間得知昌《えちまさ》が生前、幕職を辞したあとの隠居場として建てさせた。新興の通船の地であり、気性の荒さでは市中でも一、二を争うこの町を、祖父はあえて選んだ。そして移り住むと、死ぬまでここで遊び暮らした。

祖父がどれだけ自分を誇り可愛がってくれたか、それは逸次郎にもわかっている。だが一方で、祖父はあまりにも蛮気に満ちていた。ひどく怠惰《たいだ》だったり、悪事をしでかした奉公人は、ためらうことなく手討ちにした。逸次郎が七歳の時分、身の回りの世話を焼いてくれていた若い下女が突然姿を見せなくなったことがある。田舎《いなか》に戻ったと聞かされたが、のちに何度注意しても悪い寝坊癖がなおらず、我慢しかねた祖父が刀の試し物にしたのだと知った。小留間家に限ったことではない。他の旗本《はたもと》や大名家でも似たようなことが行われていたし、どこの武家も年寄りは荒く厳しく、甘い顔など見せなかった。だから、得知昌が誰憚《はばか》ることなく見せる逸次郎への溺愛《できあい》ぶりを不審に感じる者も少なくなかった。中には逸次郎は伯耆守《ほうきのかみ》得知勝《えちかつ》の子ではなく、得知昌と死んだ母、美《み》つねの間に生まれた「祖父子」ではないかと噂する者もいた。

逸次郎自身、その噂を半ば自嘲《じちょう》気味に信じそうになるときがある。

祖父は淫蕩《いんとう》な男でもあり、年を重ねても枯れることがなかった。

祖父自身、中屋敷を「享楽園《きょうらくえん》」などと呼んでいたが、堅実だった祖母と死別したのをいいことに、日ごと違う遊女《ゆうじょ》や娼妓《しょうぎ》とたわむれ、さらには「たつ」と「とら」という素性の知れぬ中年の兄弟を呼び込んだ。兄弟とはいっても長い髪を高く結い上げ、襟足《えりあし》を白く塗り、紅《べに》を差していた。物腰は常に艶《あで》やか、喉仏《のどぼとけ》もほとんどわからず、遠目には女以上に女らしかった。祖父はこの姉妹のような兄弟と三人で出かけ、湯に入り、床を並べて眠り、三人で夫婦のように暮らした。中屋敷には他にも怪《あや》しげな男女が始終出入りし、いつも酒の匂いや妙な香気が立ちこめていた。

今はもうその祖父も死んだ。中屋敷には、祖父の遺言に従い初老となったたつととらの二人が、半分寝ぼけたような若い下男たちとともに静かに暮らしている。

たつととらは逸次郎の深夜の来訪をとても喜んだ。湯を沸《わ》かし、酒を用意し、肴《さかな》の膳をいくつも並べ、江戸を離れていた息子が久しぶりに生家に戻ったかのように、はしゃぎ、もてなした。会うのは七、八年ぶりだろうか。しかも、さして親しくしていたわけでもない。初対面の人間と会うのとほとんど変わらぬ心構えでいた逸次郎は、あまりの歓待に戸惑《とまど》いを通り越し、迷惑そうな表情を隠さず見せた。だが、二人は気にしていないふうだった。まず逸次郎の手を引き奥の間まで連れてゆくと、上座に座らせた。そして、盃《さかずき》を渡す前に瓶子《へいじ》を渡し、二人声を合わせ「最初の一献《いっこん》は床の間に捧《ささ》げてほしい」といった。

石蕗《つわぶき》の花が生けられた向こう、生前祖父が筆を走らせた書が表装され掛けられていた。


身の終り深紅《こきくれない》に彩《いろど》られ燃え尽きたきや錆《さ》び果つる前

人生の終わりは戦いの中で血に染まり、燃え尽きるように迎えたい、老いぼれ惚《ぼ》けてしまう前に——祖父自作の歌だという。技巧などまるでない、思いを愚直に言葉にしただけ。しかも、筆で紙を斬りつけたような、細く濃く荒々しい文字。祖父らしかった。

祖父の位牌《いはい》は小留間家の菩提寺《ぼだいじ》に安置されているが、たつととらは拝《おが》むことができない。二人は法事にも呼ばれぬし、祖父の墓に堂々と参ることもできない。小留間家はたつととらを縁者でも旧知の者でもなく、中屋敷を預からせているだけの使用人として扱ってきた。二人にとって、この一幅の掛け軸は祖父の形見であり、今もそこに祖父の姿を見続けているのだろう。

逸次郎は床の間の盃に瓶子を手向《たむ》けながら、祖父と、たつととらの三人にいった。

「しばらくこの屋敷を使わせてもらいたい」

掃討使となり逸次郎がまず考えたのは、安らかに眠れる場を確保することだった。生前、祖父は「必要な時がきたらここを使え。好きに使え」と小留間家の孫たちにいっていた。「その時とはいつだろう」などとぼんやり思っていたが、ほんとうに来た。追っている連中に逆に寝込みを襲われたくはないし、敵に怯《おび》えながら眠るのも嫌だ。そのためには、この中屋敷に手を加え守りを強固にするのが一番手っ取り早い。たつととらは「御自由にお使いください。ただし、私たちは他へ移る気は一切ございません。共に暮らし、お世話させていただきます」といって逸次郎に盃を渡し、二人揃いの笑顔で酒を注《つ》いだ。

翌朝、逸次郎は海からの潮の香りで目を覚ました。爽《さわ》やかとはいえない鼻にまとわりつくような香りの中、先ほどまで見ていた夢を思い出していた。

三年前に死んだ妻に逢った。妻の陽《よう》は生まれなかった子を抱いて、横に立っていた。微笑《ほほえ》んでいたが、それは喜びではなく、どこか憐《あわ》れんでいるかのようだった。

障子を開き、朝の光を浴びる。

はじめて陽を見たのは、この中屋敷だった。満面の笑みの祖父に背を押され、陽の前に立った。逸次郎は十一で、陽は九――うなじの白と髪の黒、かんざしの珊瑚《さんご》飾りの淡い桃色を今も覚えている。

もうすぐ陽と子の命日がやってくる。

逸次郎は朝の膳につくと、飯を盛るたつ、茶を注ぐとらに向かって、ゆうべの話を蒸し返そうとした。

だが「そのお話はもう終わりました」と取り合わない。ここにいては命が危ぶまれる、巻き添えを喰うやもしれぬといっても、「ここで死ねるなら本望でございます」と、またも揃いの笑顔でこたえた。

食後、世話になる代料として逸次郎は五十両差し出したが、二人はそれも断った。

「すでに御殿様より頂いております、どうか御気遣いなく」

ずっと以前、同じ言葉を聞いた。

祖父の葬儀のあと、父が親戚連中と話しているのを偶然耳にしたときだ。残されたつととらに、父はいくばくかの金子《きんす》を今後の生活の足しにと渡そうとしたが、二人は受け取らず、先の言葉を父に告げたという。死後も情夫たちに不自由させぬだけの財を残していったのだから、祖父は甲斐性のある男だったといえるかもしれない。だが、その財の手に入れ方を、祖父の死後ずいぶんと過ぎた今でも、逸次郎は心底嫌っている。大きく道を外れた、悪くいえば人でなしな銭儲《ぜにもう》けの方法だ。

逸次郎は膳を下げてゆく二人を黙って見送った。そして手早く外出の支度を整えると、鎌平を率いて南北の奉行所へと向かった。

北町奉行所の門をくぐろうとした逸次郎を、はじめ番役たちは「何用でございましょう」と遮《さえぎ》った。何もいわず腰の五金糸《ごきんし》の小筒を見せると、番役たちはどうにもきまりの悪い顔で頭を下げ、逸次郎を見送った。

最低限の礼儀として逸次郎はここにやってきた。

まず筆頭与力《よりき》に掃討使の任についたことを報告し、今後の協力を願った。が、予想通り応対は頑《かたく》なで「あいわかった」の他には何も返ってこなかった。所内ですれ違う役人どもは皆、逸次郎に気づくと、その顔を自分たちの無力さと無能さを映し出す鏡のように憎しみに満ちた目で睨《にら》んだ。おととい日比谷《ひびや》で逸次郎を連行した同心《どうしん》も見かけたが、逃げるようにどこかへ消えてしまった。老中《ろうじゅう》より協力を厳命されている江戸北町奉行朝倉在重《あさくらありしげ》まで「所用で不在」と、会おうとさえしなかった。

午後には南町奉行所を訪れたが、北と同じく白湯《さゆ》も出てこず、声をかけても誰もこたえず、江戸南町奉行加々爪民部少輔忠澄《かがづめみんぶのしょうゆうただずみ》にいたっては、深々と頭を下げた逸次郎の挨拶を聞き流し、最後にこうつけ加えた。

「これまでも何人かの掃討使の方々に御挨拶頂いたが、皆犬死にを遂げておる。貴殿が犬ではなく、せめて人らしい末期を遂げてくれることを切に願う」

だが、無視と無礼には、同じく無視と無礼でこたえればいい。これで奉行所の連中に同情や憐れみをくれてやる理由はなくなった。


下らぬ作業を終えた夕刻。

逸次郎は神田に店を構える「がまくび」という男を訪ねた。もちろん通り名で、ほんとうは何というのか逸次郎は知らない。由来は首から下げているがま蛙《がえる》だ。

生きたがま蛙の外皮だけを残し、口から内臓や骨をきれいに抜き取り、朱《しゅ》（水銀朱）で防腐処理する。目には磨いた貝殻をはめ込む。口を開き両手足をぴんと伸ばした格好で、首から紐《ひも》でつり下げられていると、遠目にはまるで生きたがま蛙が胸に張り付いているように見える。そんな蛙の細工物の中にいつも二分金を二枚入れ、「招福術」と称しカラカラ鳴らしながら歩いている浅黒く背の低い男だ。神田白川町《かんだしらかわちょう》のほとんどを占める商家を一代で築いた。本業は奉公人や人足を手配する口入れ業だが、他にも物の売り買いの中立ちや諸国物産の卸しなど、銭を生みそうなものなら何でも手がけ、相当な財と力を手にしている。屋号の「帰土屋《きづちや》」は逸次郎の祖父、得知昌が名づけた。貴も卑《ひ》も富も貧も、いずれ等しく土に帰す——商家には不似合いなこんな屋号を、がまくびは喜んでもらい受けた。

以前はあくどい商売ばかりしていたという。慶長《けいちょう》、元和《げんな》のころは、人買い人売りを手広くやり、大名などと組んでは御朱印船での通商により海外にも人を売り飛ばして儲けていたようだ。恥ずかしながら若いころの祖父も、その売り買いに一枚、いや深く嚙《か》んでいた。元和五年に幕府より人身売買の禁令が出るまでに相当な財を成したという。八丁堀に贅《ぜい》を尽くした中屋敷を建てさせたのも、たつととらの今の生活を支えているのも、その時分に手に入れた財だ。祖父の隠居後も八丁堀の屋敷にがまくびはよく訪ねて来ていた。二人で商売を企んでいたらしい。国外から阿片《あへん》を仕入れ、公家や上級武士の間に煙草《たばこ》、茶に代わる新たな嗜好品《しこうひん》として広めようとしていた。企みは進んだが、幸いにも祖父の死で頓挫《とんざ》した。隠居後も祖父は遊び暮らすだけでは物足らなかった。祖父は紛れもない悪党だった。

白川町の広い店先には行灯《あんどん》が並び、夕暮れも近いというのに真昼のような明るさだった。がらの悪い男から身なりを整えた取引先の商人まで、雑多な者たちが出入りし、諸国の言葉で話している。鎌平が大声で店主に会いたいといったが、皆聞こえていないふうだ。何度かいうと、動き回っていた手代の一人が、ようやく返事をした。

「お約束なき方はお取り次ぎできません。あいすみません」。しばらく問答したあと、鎌平が「幕府御役である」と語気を強めていうと、周囲のざわつきが一瞬収まり、ようやく物分かりのよい古参の支配役が笑顔で出てきて、店主を呼びに奥へ走っていった。

遠くからばたばたと足音が聞こえ、がまくびが頭を下げながら、大店の主人らしくうしろに何人もの取り巻きを引き連れやってきた。

「融通の利かぬ馬鹿揃いで、大変御無礼いたしました」低く折った腰を上げると、皺《しわ》が刻まれた黒い顔と、首に下がったがま蛙が見えた。

多くの商人や人足どもが「御世話様でございます」と野太い声を響かせながら頭を下げてゆく。がまくびはそれらには一切目もくれず、右手を振り上げ、取り巻き連中をすべて追い払い、左を向いて鎌平に軽く会釈《えしやく》をし、「御付の方に茶と円座を」と使用人にいいつけた。そして、逸次郎だけを満面の笑顔で店の奥へと招き入れた。二人は長い廊下を進んでゆく。

「お元気そうで何よりです。お戻り早々、質《たち》の悪い傾奇《かぶき》どもを御成敗なさったそうで」

「耳が早いな」

「善行はすぐに広まりますし、早耳は手前どもの商いの内ですから」

がまくびは逸次郎の腰に差された小筒をちらりと見た。

廊下を越えてさらに進む。広い庭の果てにある住居は、店先とは別天地だった。冬も間近というのに、緑が茂り、苔《こけ》むした岩々が転がり、一つ前の季節の山深い庵《いおり》に来たかのようだ。逸次郎は唐《から》風の一室に導かれ、黒檀《こくたん》の卓を挟み、がまくびとともに椅子についた。

「仕事を頼みたい」逸次郎が切り出したが、「その前にお伝えしておきたいことが」と、がまくびはいった。店の者が摑《つか》んできた、心地のよくない話だという。

生きて捜索を続けていた残り二人の掃討使も、どうやら斬られ死んだらしい。三日ほど前、幕府老中堀田加賀守正盛《ほったかがのかみまさもり》の屋敷の門前に死体が二つ折り重なるように打ち捨てられていた。一時はちょっとした騒ぎとなったものの、死体はすぐに処分され、屋敷の下男も「行き倒れらしい」などと曖昧《あいまい》な説明をした。二人は堀田加賀守が掃討使に推挙した者たちだった。さらに、玉利《たまり》鉄太郎《てつたろう》という掃討使も、夏のはじめに行方知れずとなって以降、消息が摑めず、玉利の家や職場の連中からは隠し切れぬ動揺が見て取れるという。

「おれ自身がそうならぬよう、頼みに来た」逸次郎はいった。

こうしてがまくびと言葉を交わすのは何年ぶりだろう。はじめて会ったときのことは覚えている。逸次郎が十二歳。祖父の存命中で、八丁堀の屋敷での桜見の宴の最中だった。知らぬ顔ばかりで退屈していると、客の中にいたがまくびが歩み寄り、挨拶した。はじめて見る顔だったが、がまくびの方は逸次郎のことを十分に知っている様子だった。逸次郎はやはり首から下がっているがま蛙が気になり、そんなものを身につけている理由を訊いた。

「験担《げんかつ》ぎと、周囲への合図でございます」がまくびはいった。

「合図とは何か」

「わたしの生業《なりわい》の要《かなめ》は、外道《げどう》や半端どもを束《たば》ね従えることです。まっとうに生きていない連中を、いかに巧みに使いこなすかに懸かっております。が、そういう類いの連中は意外なほどに用心深く臆病なのです。自分と毛色違いの者を寄せつけようとはいたしません。欠けるところもなく生きている善男善女には、妬《ねた》み憧れこそしますが、決して近づいたり情を通じたりはいたしません。しかしながら、このがま蛙のような様子違い調子外れの証《あかし》をぶら下げていますと、向こうから匂いを嗅ぎ分け、近づき、なついてきます」

「むずかしいが、外道の証と思えばよいか」

「その通りでございます。さすがその若さにして四逸と呼ばれる御方」

以降、がまくびは逸次郎の世話を焼くようになった。珍しい菓子が手に入った、よい反物《たんもの》を見つけた、と様々な物が祖父を介して逸次郎の元に届けられた。理由はわからない。が、それは単に逸次郎をいたく気に入っている祖父への追従《ついしょう》からではないようだった。

祖父が死んだとき、葬儀の席でがまくびは逸次郎にこういった。

「何かお困りの際には、どうかこのがまくびにお声をおかけくださいまし。全力を尽くし、必ずや解決させていただきます」

久しぶりに会って話すがまくびの顔は、年老いていた。皺は深く多くなり、小さな体もさらに縮んだように感じられた。けれど、不思議と衰えは感じさせなかった。両目の奥のぎらつく光は、以前にも増して強く下品になっている。

逸次郎が注文を伝えると、がまくびはそれらを整理し、一つ一つ手際よく段取っていった。すべてを段取り終えると、がまくびは「大変嬉しゅうございます」といった。

「逸次郎様のお手伝いをできる機会を、ようやく戴けました。これで御殿様へも、いくばくかの御恩返しができそうです」

たつととら同様、がまくびも祖父を御殿様という。決して「御先代」「亡くなった」などとはいわない。「御殿様」と、祖父がまだ生きていて三日ほど前にも会ったかのような実感を込め、そう呼ぶ。

逸次郎は帰り支度をして椅子を立つと、もう一度、開け放たれた格子の外を眺めた。陽は沈み、ろうそくを手にした下女が広い庭に散らばる石灯籠《いしどうろう》に火を灯《とも》していた。その明かりが庭の緑をほのかに照らしている。庭の闇はどこまでも深く、葉々に映る小さな無数の光が、闇の中に散らばり浮かんでいるように見えた。

逸次郎はゆっくりと見渡した。美しかった。

ふいに「銭に善いも悪いもございません」とがまくびがいった。逸次郎は胸を軽く突かれたように感じて、目を庭からがまくびの顔へと移した。

「どんないきさつで稼ごうと失おうと銭は常に中庸。善も悪も、きれいも汚いもなく、持ち主によって事情によって、性格も価値も一切変えない。だからこそ、銭は万人にとって尊いのでございます」

悪業で蓄えた悪銭で拵《こしら》えた庭でも、美しいものは美しいのだな、と逸次郎はぼんやり思っていたところだった。

「おれの顔に書いてあったか」

「はい。こうした商売を長く続けておりますと、どうにも身についてしまいます術《すべ》の一つでして。相手の目つき顔つき声色で、大まかなことは察しがつくようになります。ただ、あくまで大まかで、当て推量の域を出てはおりませんが」

「だが、こうも容易《たやす》く見透かされるとは」

「きょうは半ば偶然。此度《こたび》のような真に命懸けの御役を仰《おお》せつかったとなれば、誰でもそうなりましょう。心を大きく占める何かを抱えていると、人はそればかりに意識を取られ、想いに斑《むら》ができ、隙ができ、覗き込まれやすくなるものです。そうでなければ、逸次郎様ほどの御方の心中など、わたしなんぞには覗けません」

「そのわずかな斑と隙をこじ開けられ暴かれ、命を奪われる、か」

「ですが、虚心坦懐《きょしんたんかい》は得意でございましょう」

「平心になろうと思うていつもなれるなら、おれはとっくに解脱《げだつ》しているか、仙人にでもなっている」

「なれるかどうか、一度お試しになってみては」

「冗談は嫌いだ」

「存じております。逸次郎様は生来の御武運を御持ちですから、此度の御役も見事成就《じょうじゅ》なさいますよ」

「気休めも嫌いだ」

「それも存じております」がまくびはこの晩で一番の笑顔を見せた。「ただ、僭越《せんえつ》ながらもう一つだけ。江戸に戻られたといえども、逸次郎様自身、江戸の武士に戻られてしまわぬよう。成敗する相手が、いかに武勇の誉《ほま》れ高き者たちといえども、武士扱いなさらぬよう。自身を落武者と思い、成敗する相手は餓《う》えたる野盗百姓どもと思い、対峙なさいますよう」

「捕らえられたら煮て食われる野良犬の覚悟で戦えと」

「はい、どうかお心にお留め置きを」

　逸次郎は広い庭と長い廊下を通り、店先へと戻る。来たときと違い、今度は店主のがまくび以下、使用人どもが勢揃いして見送る中、帰土屋をあとにした。

柔らかい秋風が吹く中、八丁堀までゆるり歩いてゆく。

その途中、逸次郎は松平伊豆守《まつだいらいずのかみ》の屋敷へ立ち寄り、「当座に必要な五百両をいただきたい」と願い出た。すぐに家中の伊橋《いはし》が出てきて千両箱を差し出し、運び役と道中の用心にと八人の家中を呼んだ。逸次郎と鎌平、千両箱を入れた長持《ながもち》を担ぐ二人、その前後を囲む六人。逸次郎は厳しい顔に守られながら八丁堀まで小走りで帰ることになった。

九　空漠《くうばく》

「早くから失礼いたします」門外から呼びかける声。

がまくびからいいつけられたという大工の棟梁《とうりょう》が八丁堀《はっちょうぼり》を訪ねてきた。朝から配下の者と墨壺《すみつぼ》を持って邸内を細かく見て回り、昼前には見積りを済ますと「明日から取りかからさせていただきます」と逸次郎《いつじろう》の渡した手付料を懐に入れ、仕入れに走っていった。

午後には、立太《りった》という男がやってきた。

きのう、逸次郎が目と耳となる者がほしいというと、がまくびはこの男を推した。

逸次郎は試すつもりで訊いた。

「この春以降、不審な役替えや人の入れ替えがあった大身《たいしん》の武家の屋敷を探してほしい」

「四つございます」立太がいった。すでに調べ上げていた。「小倉《こくら》、松代《まつしろ》、唐津《からつ》、尼《あまが》崎《さき》。次いで長州《ちょうしゅう》、陸奥《むつ》にも動きがございました」

これら各藩の江戸藩邸では辻斬りが激しさを増した梅雨入《つゆい》りごろから、臨時の役替え、身内の葬儀や婚礼など、理由は違うが日ごとに一人また一人と藩士が国元に戻され、代わりの者が江戸に上ってきたという。

「殊に、例の旗本《はたもと》様と大名様の御子息が不幸に見舞われた晩以降、人目を忍んではおりますが、家老格や古参重役の方々の隠居や国元への引き上げが相次ぎ、前触れもなく出家された方もございます」

逸次郎は立太を雇うことにした。

「小倉ら六つの藩邸の見張りは解け。赤迫《あかさこ》どもが近づくことはもうないだろう、用済みのはずだ。調べる先は、当面、石高十万を越える上級大名と旗本の屋敷に絞る。当主に限らず、先代、子、兄弟など血縁の素行も探り、伝えてくれ。かなりの数になるが、できるか」

「承知いたしました」頭を下げ、立太はすぐに出ていった。

逸次郎の予想していた通りだが、この程度のことは松平伊豆守《まつだいらいずのかみ》はじめ幕閣連中もすでに摑《つか》んでいるだろう。もちろん先にあがった各藩は、この騒乱の黒幕などではない。

赤迫雅峰《まさみね》の名を聞き、甘美なものを沸《わ》き上がらせる武家の長老格は多い。若かりしころ、赤迫と同じ戦場に立った連中だ。野戦の陣幕の中で、敵軍の赤迫に怯《おび》え震《ふる》えた者もいる。一時は死を覚悟しながら、駆けつけた赤迫の鬼神のような奮闘に命を助けられた者もいる。

比類なき強さを持ち、多くの武功を立てながら、禄《ろく》も出世も望まず、忠義に生きた。そんな赤迫の表の顔だけを伝える生き様は、かつての若き武士たちの心を捕らえ、連中が年老いた今もまだ捕らえ続けている。赤迫とその一派は、そうした心情につけ込み、利用したのだろう。

世に轟《とどろ》いた猛者《もさ》に「男と見込んで頼む」などと頭を下げられたら、年寄りたちは「承知した」と応じずにはいられない。重職を務める者が罪人として追われる者に手を貸すなど正気とは思えないが、正気の沙汰《さた》ではないからこそ連中は進んで手を差し伸べる。「身に覚えのない罪をきせられ、憎殺しに仕立て上げられた。この汚名をそそぐため江戸に参らねばならない」と無念を滲《にじ》ませた顔でいわれでもしたら、なおさらだ。

理屈や利害に沿って無難に動くことを年寄り連中は潔《いさぎよ》しとしない。むしろ恥と感じる。執念や信念に共鳴し、火中に栗を拾ってこそ、本物の「漢《おとこ》」らしい。

小倉、松代、唐津、尼崎、長州、陸奥——はじめはどの藩の連中も、非行著しい若い武士や、おんぼろ、ごろつきどもが辻斬りに成敗された話をしたり顔で聞いていたに違いない。だが、無数の死体が市中に転がるようになり、様子がおかしいと慌て出し、旗本と大名屋敷が襲われるにいたって、自分たちが騙《だま》され体《てい》よく利用されていたことに、はっきりと気づいたのだろう。

赤迫に使われた連中を領内に戻し、押し込めたり始末したところで、今さらその過ちは取り返せない。が、各藩の過ちや罪を暴き出し、糾弾することは逸次郎の仕事ではない。

逸次郎はその日の午後いっぱい、中屋敷でだらりだらりと考え続けた。縁側に燗《かん》した酒を運ばせ、庭をぼうっと眺めながら、まだ考えている。

夕暮れていく。

これまでの赤迫一派の足取りは、ぼんやりとだがわかった。今、連中はどこに潜《ひそ》み、何を企《たくら》んでいるのだろう。逸次郎はいつものように自分の身に置き換えて考えた。潜むなら大名のところがいい。が、当代の大名では日々の職務や交際や儀式に追われ、身動きがとりにくい。家督を譲り隠居した元大名、しかも、今の世に強い不満を持ち、いくらか狂っている者なら、なおさらいい。そこまではわかる。だが、そこから先は、まだわからない。

辻斬りを重ねたあと、連中は次に何をしたいのか。けれど焦る必要はないと逸次郎は思っている。立太が遅からず何か摑んでくるだろう。あの男は使えそうだ。それに、赤迫一派の方から探さずとも勝手に近づいてくるだろう。これまで掃討使の役に就《つ》いた者たちは、赤迫一派の行方を追いながら、逆に待ち伏せに等しい状況で襲われている。ならば下手に探すより、守りを固めて待つ方がいい。

たつが燗酒をまた一本運んできて、行灯《あんどん》に火を入れた。そして静かに下がっていった。

もう一つ、逸次郎はわからずにいる。

赤迫は、何のために殺すのか。何の理由があり、何を求めているのか。丹波《たんば》の延輪《えんりん》寺《じ》で過ごした十七年、寺を出て江戸に来るまでの三年。二十年はあまりに長い。

その長きにわたり赤迫の中にあり、今また人斬りに駆り立てているものとは、何なのだろう。

松平伊豆守は「何もない。殺すことそのものが目的の狂った連中だ」といった。そうかもしれない。何もないからこそ、その空洞《くうどう》を、底の感じられない空虚さを、多くの血を流し込み埋め合わせようとしているのかもしれない。

逸次郎は自分でもわかるほどしたたかに酔っていた。こんなに酔ったのは、いつ以来だろう。これまでにないほど危うい御役を押しつけられたというのに。

逸次郎は火照《ほて》った顔で夜空を見上げた。


「早くから失礼いたします」またも朝方に門外から呼びかける声。だが、きのうより太く、しわがれている。大勢を引き連れたがまくびだった。

「まずは五人連れてまいりました。この中から、お目に適《かな》った者をお選びください。選ばれた者の数が御希望の三十に達するまで繰り返させていただきます」

逸次郎が頼んだ傭兵《ようへい》の選り抜きだった。五人に順次刀を抜かせ、得意の型で数回振らせた。同じく槍を握らせ、数回突かせた。二人を選び、今度は一人ずつ木刀を握らせ自分の前に立たせた。打ち合いはせず、しばしの間、互いに構え、向き合った。

そして一人を雇い入れることにした。

「明日も五人連れて参ります」といってがまくびは帰っていった。もちろんただではない。がまくびの使用人が手配の代料もしっかりと持ち帰った。

工事もはじまった。屋敷の外塀の瓦には針を並べ、壁自体も厚くする。さらに塀の内周に沿って幅三尺分を掘り下げ、底には竹を敷き詰め、水を張る。庭には竹矢来《たけやらい》を二重に配し、多くの武具も揃えた。逸次郎は屋敷を野戦の本陣のように作り替えようとしていた。

こうして改めて見ると、祖父がなぜこの地を選んで隠居場を建てたのか逸次郎にもわかった。歪《ゆが》みのない長四角に区画され、北西二面の外壁が道に沿い、南東の二面の外壁は堀沿いにあり舟も出せる。しかも堀に漕《こ》ぎ出せば、海まではすぐだ。火事に強く、守りやすく逃げやすい。八丁堀のこの地は有事の際にも悪事を行うにも何かと都合がいい。

日ごと工事は進み、一方では選り抜かれた兵たちが一人また一人と屋敷に移り住みはじめた。厠《かわや》や湯殿《ゆどの》も造り増やされ、布団屋や畳屋がしきりに出入りするようになった。

住み慣れた屋敷が急激に様子を変えていっても、たつととらは不安げな顔などまるで見せず、むしろ活き活きとした。酒屋に注文し、米を買い蓄え、増えてゆく住人たちの生活の一切を淀みなく取り計らった。人手が足らなそうだと見ると、顔なじみの身元のしっかりした婆《ばあ》さんたちに声をかけ、飯炊きや洗濯役に雇い、屋敷に通わせた。給金は高いが命が危ぶまれることもあると聞いても、婆さんたちは「今更惜しむ命でもない。惚《ほ》けや病にかかって子、孫に面倒をかけるよりいい」と度胸の据わったところを見せた。

すぐに音《ね》をあげたのは、以前から住み込みで勤めている二人の若い下男だった。

「急に仕事が三倍にも四倍にもなって、体がおっつきませんよ」

たつととらが叱《しか》りつける。「小娘みたいなことをいうんじゃないよ。文句が過ぎると暇を出しますよ」

この二人、宇吉《うきち》と佐平《さへい》という。怠け癖があり、小狡《こずる》いことばかり企むが、すぐたつととらに見抜かれ叱られる。そのあまりの間の悪さが笑いを誘い、妙に憎めない。

屋敷の改修がはじまって七日目、この日もそうだった。

逸次郎、鎌平、そして雇った兵たち数人が、棟梁に導かれ作業の進み具合を見て回っているとき。裏庭へ回ろうとすると、建物の陰、曲がった先から声がした。

「やれやれ、四逸とお呼ばれだし、波間の三人突き通しやら霧《きり》ケ峰《みね》の大猿《うやま》退治やら、勇壮なお話をいくつもお持ちだから、どれだけ人望厚く敬われた若様かと思ったら」

「こんなにも評判が悪いとはなあ」

宇吉と佐平だった。まだ午前だというのに二人して炭小屋の陰に座り込み、煎《い》った種を喰いながら逸次郎の噂話をしている。油断しているせいか、やたらと声が大きい。一同の中の脇坂源之介《わきさかげんのすけ》という者が面白がり、皆を制すと一人知らぬふりで角を折れていった。

「何やら興味深げな話だな」

「あっ」

「大丈夫だ、告げ口などせん。それより今の話」

「何でもございませんよ」

「四逸の逸次郎様のことだろ、聞かせてくれよ」

「違いますよ」

「つれなくするな。暇にしていたところだ。誰にもいわぬし、小遣いもはずむぞ」

脇坂の手を見て二人の目の色が変わった。「一分金でございますよ」声が震えている。

「一人一枚、悪くなかろう。その代わりしっかり話せよ。波間の三人突き通しとは何だ」

「若様が遠く九州にいらした時分のお話ですが」二人の口がとたんに滑らかになる。

「瀬戸内《せとうち》から豊後《ぶんご》、筑前《ちくぜん》、肥前《ひぜん》、肥後《ひご》の小島辺りまでを広く支配していた七頭《しちとう》の銀鯱《ぎんしゃち》と呼ばれる海賊どもがいたんだそうでございます」

「かつて村上《むらかみ》水軍が、織田信長《おだのぶなが》公配下の九鬼《くき》水軍の鉄甲船に敗れ去った際、その残党が、浪人や土地をなくした百姓などの陸《おか》に生きる場を失った者たちを取り込み、船や漁村を襲うようになったのがその起こりとか。七頭の銀鯱の名の通り、七人の首領たちに率いられ、商人の廻船から大名仕立ての御朱印船まで、銭の匂いのしそうな船はことごとく襲っておりましたが、その襲い方がえげつない。大船めがけて木の葉ほどの小舟が無数に押し寄せ、青虫にたかる黒蟻《くろあり》の群れのように多数が一気に乗り込み、盗れるだけ盗り、殺せるだけ殺し、船まで奪い、あとに残るのは波間に浮かぶ屍《しかばね》をついばむ海鳥の群れだけ」

「この賊どもに南蛮《なんばん》や明《みん》国の商船も多く害を被っており、さらに御朱印船を奪われた各大名からの訴えもあって、若様が成敗に乗り出したのだそうでございます」

「首領どもが一堂に会するときを丹念に調べ、その千載一遇の場を強襲したのですが、その際、押し寄せる無数の賊どもを、一人ずつ討っていては追っつかぬと、弓の一引きで同時に三矢を放って賊三匹を射貫《いぬ》き、若様の船に細板を渡し、伝ってこようとする賊たちを、これまた槍の一突きで三匹突き通し、数の違いをものともせず退治したのでございます」

ほんとうはそんなに格好のいい話ではない。

偽の賭場《とば》を開帳し、払いがよい盆があると噂を流し、釣られてやってきた賊の下っ端どもを捕らえ、刀を突きつけ上役の名を聞き出した。次に上役を捕らえると、その老いた親から、親戚、幼い子まで血縁を探し出し、引っ立て、「聞かれたことを話せば放免、話さねば一族皆殺しにする」と脅した。腕を斬り落とし「次は命を落とす」と凄《すご》んだりもした。こうして一年をかけ、口を割らなかった三十人を斬り、九人を捕らえ、一味以外の者には決して解けなかった銀鯱どもの暗号と符牒《ふちょう》を解き明かした。そして、鎌平《かまへい》ら小留間《こるま》家の配下とともに、首領どもが集う村落もない小島に乗り込み、磯の岩場に潜んだ。が、手持ちの水と食い物が尽きたあとも姿を見せない。カモメの血をすすり肉を食いながら、さらに四日潜み、十一日目、夕刻に姿を見せた銀鯱の七頭どもを強襲し、潮まみれ血まみれになりながら五人を斬り、二人を縄にかけた。遠くにぼんやり浮かぶ漁火《いさりび》に向かって帰りの船が進む中、逸次郎はこんな仕事は二度と御免だと強く思った。

宇吉と佐平、二人揃いで逸次郎の熱闘を調子よく語り、第一幕を終えると、さらに第二幕へ。

「霧ケ峰の大猿退治の方も、これまた大捕り物でございまして。九州の各藩にまたがる山々に、名の通り年中深い霧がたちこめている峰があり、そこに大猿組と渾名《あだな》される凶暴な賊どもが巣くっていたんでございます」

「皆、身の丈が高く、顔から足下まで獣の皮をまとい、旅の行者や行商の一団、果ては御用金を運ぶ一行までもを襲い、奪っては容赦なく斬り刻む。近隣の藩が数回にわたり成敗の一団を送ったのですが、それも逆に斬り刻まれる始末」

「あまりに危うくて物も運べず、このままでは生活が立ち行かず村が廃《すた》れ潰れてしまうという村主どもの悲痛な訴えを聞き、若様が立ち上がったのでございます」

島原天草一揆《しまばらあまくさいっき》の前年、寛永《かんえい》十三年。幕府は異国人と日本人との間に生まれた混血の者たちを国外に退去させる命令を出した。そのため日本にいられず、かといって海の外に知り合いも住める土地も持たない混血の者たちの一部が、霧ヶ峰に逃げ込み、理不尽な仕打ちへの怒りから賊となった。肌が白い者、瞳が茶や青の者もいた。それらの特徴を隠すため、加えて恐怖を煽《あお》るため、皆が狼《おおかみ》や熊や狐などの毛皮を縫い合わせたものを着込んでいた。また、明国や南方など国外の海賊どもとつながっており、せしめた金品の大半が他国へ持ち出されていた。

追捕《ついぶ》の際、逸次郎は用意に三月《みつき》をかけた。年に数日しかない霧の晴れる日を狙い、囮《おとり》の商隊をいくつも仕込み、山中での斬り合いに慣れた素性怪《あや》しき連中を新たに雇い、さらに鍛え、配置し、捨て駒として使った。獣を狩るような罠《わな》も何十と仕掛けた。そして、泥まみれの斬り合いの末、味方に三十以上の死人を出し、ようやく退治した。生き残りの賊どもを引っ立てながら逸次郎は、まともな武士のやる仕事ではないな、とつくづく思った。

宇吉と佐平は気持ちよさげに話し終えた。

「なるほど。面白かった」脇坂は感心したふりで訊いた。「だが、それだけの話を一体どこから仕入れた」

「仕入れるも何も市中の武家屋敷、殊に旗本屋敷勤めの連中には、当家若様の御功績はよく知られておりまして、逆に知らぬ者の方が少のうございます」

「武勇で知られた御方が主人とは、おまえたちも鼻が高いな」

「それがですね、実際は逆で。評判がよろしくないんでございます」

「はっきり申し上げれば、すこぶる悪い。武勇譚《たん》のあとには、必ず『ところが』とくる。御上の法を平気でお外れになるらしく、勝手ばかりして皆が迷惑していると。旗本上位の御家柄の中には、悪目立ちしている迷惑な小僧とはっきりおっしゃられる方もおりまして」

「陰では四逸ならぬ『四外れ』といわれているそうで。難事を常識外れの発想と桁外《けた》れの胆力でやってのけるが、あまりにやり過ぎ外れ過ぎで、いつも仲間外れにされている、と」

「使いに出た先で、他の旗本屋敷勤めの連中と出くわしたりしますと、『はみ出し若様が市中を騒がせに長崎《ながさき》からお戻りか』なんて嫌味を並べたり、『外れ者の若様に仕えるおまえらも外れ者がふさわしい』と話の輪から締め出したり」

「江戸の武家屋敷に勤める者は、ただでさえ性格曲がりへそ曲がり揃いなんでございますから。そこに悪口の火種なんか投げ込まれたら、もう手がつけられませんよ」

「悪口に精を出すとは。忙しそうに見えて市中の奉公人は暇なのだな」脇坂が笑った。

「笑ってなんぞいられませんよ」

「まあ、そこを耐えるのも奉公人の勤めだ。男なら我慢しろ」

「主人の不徳もじっと耐え忍んでこそ、真の忠臣でございますか。御屋敷勤めとは辛いものなのですね」

こらえ切れず笑い声を漏らしながら逸次郎たちが姿を見せた。宇吉と佐平は飛び上がって驚くと、「申し訳ございません」と大声で繰り返しながら、転《こ》けつ転《まろ》びつ逃げていった。「見事な逃げっぷりだ」脇坂がいった。二分儲かったなと周りから声が飛ぶ。「田舎芝居《いなかしばい》のようだ」鎌平までもが笑っている。

だが、派手に彩《いろど》られてはいるが二人の話に嘘はなかった。逸次郎自身も驚くほどにその名は市中に知れ渡っていた。それも単に知られ、罵《のの》しられ面白がられているだけではない。

この日の夕刻、兄、小留間寛太郎《かんたろう》から書状が届いた。

少し前、兄が同僚と小伝馬町《こでんまちょう》の「ぎんに」という料理屋に出かけたときのことだという。

美味《うま》い酒と洒落《しゃれ》た料理を出すと評判で、その日も店は多くの客で賑《にぎ》わっていた。店主の案内で廊下を奥の間へと進んでいくと、途中、障子の向こうから大声が聞こえてきた。

「ひと月あとには死体になっている」「ふた月は持つ」上機嫌で逸次郎の今後の生死を推し量っている声だった。

加賀《かが》藩の連中だというが、逸次郎の知り合いとは思えない。にもかかわらず、長崎だけでなく、大坂での所業などにも詳しく、兄である寛太郎の知らない出来事まで話の端々に出てきて、しまいには「何枚乗せる」といい出した。

店主はどうにも困ったという顔で「恐れながら、弟君を扱いました賭《かけ》の話でございましょう」と寛太郎に詫《わ》びたという。

江戸に暮らす武士たちにとって、赤迫一派と掃討使の暗闘は公然の秘密となっていた。誇り高い一部の旗本は、自分が掃討使に選ばれなかったことをこの上ない屈辱と感じていたが、残りの大半の旗本、御家人、地方各藩の藩士は、この暗闘を胸躍らせる大きな娯楽と感じ、赤迫一派と掃討使どちらが勝ち残るかの賭博《とばく》に大勢が賭け、胴元《どうもと》を介し相当な額が動いていた。

逸次郎は怒りも呆《あき》れもせず「そんな賭が成り立つのか」とぼんやり思った。勝ち目のないおれに賭ける物好きなど、そういないだろうに。

逸次郎自身でさえ、自分の勝ちに賭ける気にはなれなかった。

十　邪法

中屋敷の改修がはじまり十四日目。

必要としていた傭兵《ようへい》三十人が揃った。全員が、きょうあす中に八丁堀《はっちょうぼり》中屋敷に移り、当面ここで暮らしながら奉公する手はずになっている。ほとんどが浪人だが、素性は一切問わなかった。相当な変わり者や、一見様子の危うい者もいるが、払った代料の分だけ忠義を示してくれればそれでいい。三十人とも、この仕事に必要なだけの技量は持っている。

一人の雇い賃は、手付にまず五両。雇い賃が二日で一両。加えて無事御役を果たした際には各人に三十両ずつ配られる。さらに遺金の行き先として、全員に一人ずつ名前を挙げさせた。万一、勤めの途中で死んだとしても、払われるべき賃料はその名義人に届けられる。破格だが、危険の大きさを考えれば割のよい仕事ではない。それに、支払うのは逸次郎《いつじろう》ではなく、老中《ろうじゅう》松平伊豆守《まつだいらいずのかみ》であり幕府だ。どれだけかかろうと見事御役を果たせば文句はいわれないし、果たせなかったとしても、それはほぼ同義で逸次郎の死を意味するから、いずれにしても支払いで頭を悩ます必要はない。逸次郎はこの三十人の傭兵のうち、二十六人を屋敷の守備組とし、大貫多江蔵《おおぬきたえぞう》という者を組頭にした。

そして残りの四人を馬廻り組とした。組頭は脇坂源之介《わきさかげんのすけ》。逸次郎が屋敷の外へ出る際は、脇坂を筆頭にこの四人が必ず随行し、逸次郎の馬の周囲を固める。市中では徒《かち》を選ぶ逸次郎だが、やはり身を守るには馬上の方が有利だ。生き残るには「市中を騎馬では煩《わずら》わしい」だのとはいっていられない。

さらにこの日、がまくびの紹介でもう一人やってきた。武家の子息で小瀬新志郎《おぜしんしろう》、生業《なりわい》は医者で、酒好きなところに、背徳の意を暗に込め、人は「盃庵《はいあん》」と呼ぶらしい。少し前に師匠と対立し破門になったというが、漢方と蘭方《らんぽう》の療法どちらにも市中随一といえるほど精通しているという。

「瀕死の者も出るだろう。救えるか」逸次郎が訊いた。

「斬り傷は得意だ」盃庵は袖《そで》を、続いて裾《すそ》をめくって見せた。左腕と両脚に斬り傷を縫い上げ治した跡がびっしりとついている。

「治療の効果と経過を見るには、己《おのれ》の体で試すのが一番だ」

相当に様子のおかしな医者で、気のせいか酒臭い。だが、どんな術を使ったのか、確かにどの傷も治っている。逸次郎は盃庵を雇った。

そして翌日。屋敷の改修が仕上がった。十五日ですべての作業をやり遂げた棟梁《とうりょう》以下の者たちは、その早さと苦労に見合う十分な賃料をもらい、一同笑顔で日本橋《にほんばし》の吉原《よしわら》へ繰り出していった。大工たちが邸内から消えると、屋敷内の二つの門、一つの水門についている鉄錠の位置と種類を替え、廊下や通路には目に付かぬ位置に鳴子《なるこ》や鈴を配した。

支度は整った。

逸次郎は大広間に兵たちを集めると、その日の朝早くに伊豆守から届いた書状を読み上げた。

「三十名すべて、小留間《こるま》逸次郎配下として勤める間、元の身分にかかわらず松平伊豆守預かりの武士身分として取り立てる」

一同から声が上がった。士気を高めるため逸次郎が仕込んだちょっとした興だった。幕府老中首座と同時に川越《かわごえ》藩主である松平伊豆守が、皆を臨時の川越藩士として召し抱えるという。名目だけ、限られた期間だけ、禄《ろく》も給されないが、それでも武士は武士だ。

兵興はこれだけで終わらなかった。たつととらが羽織《はおり》と胴服《どうぶく》をあつらえたという。一人につき二枚の羽織と胴服が運ばれ、三十人分並べられた。いつの間に用意したのか、各人の家紋もしっかり入っている。逸次郎は知らなかった。羽織と胴服の意匠はほぼ同じ。襟《えり》と袖口は照りのある黒で、さらにその外側には一段明るい濃紺《のうこん》で細い縁取りが施されている。全体はわずかに青みの入った濃い灰色、だが艶《つや》やかな銀色と呼ぶのがふさわしく思えた。光を当てると白く深く輝く。陽光の下で広げると、ひときわ美しい。

さらにもう一つ、合印《あいじるし》が入っていた。丸の中に、大きさの不揃いな星が七つ散らばっている。

「北斗《ほくと》の七星でございます」たつがいった。「どうか北斗星君《せいくん》となられますよう」とらがいった。

逸次郎は苦笑するしかなかったが、兵たちは手を打ち鳴らした。北斗星君は唐土《もろこし》では死を司《つかさど》る神と信じられている。辻斬りどもを冥界に送る者となれというつもりらしい。だが、こうした遊びは、にわか作りの一団である皆の気持ちをまとめ、強めてくれる。皆が銀地の羽織を長着の上にひっかけた。

午後になり逸次郎は鞍《くら》に跨《また》がった。新たに揃えた馬廻り組とのはじめての外出だった。行き先は山王社《さんのうしゃ》、御役を無事成就《じょうじゅ》できるよう願を掛けにゆく。より重厚な構えとなった八丁堀中屋敷の表門を逸次郎たちはくぐり出た。馬上の逸次郎を中心に、前方に脇坂、左右には樽木屋《たるきや》悠里《ゆうり》と金森藤孝《かなもりふじたか》という二人を配し、鞍脇に鎌平《かまへい》、さらに馬のうしろに音羽新兵衛《おとわしんべえ》が続く。総勢六人の一行だった。

中屋敷の塀沿いに進み、橋を渡り左へ折れると八丁堀が見えてくる。道をさらに進み、木挽町《こびきちょう》から紀伊国橋《きのくにばし》を渡り三十間堀《さんじっけんぼり》界隈へ。行き交う人の数が増え、馬脚を緩めた。

逸次郎たちは往来の目を引いていた。槍を持つ鎌平を除き、武士たちは皆、揃いの美しい銀羽織姿。馬上の若き逸次郎を護り、進んでゆく。すれ違う者たちは、その凛々《りり》しい姿に、どこの武家の一行かと足を止め、羽織に縫い込まれた北斗七星を見つめた。

数寄屋橋《すきやばし》御門まで進み、道行く者が少なくなるとまた馬脚を速めた。日比谷《ひびや》御門、桜田《さくらだ》御門を通り長い坂を上ってゆく。桜の井戸、柳の井戸を過ぎ、隼町《はやぶさちょう》に入ると大《おお》鳥居《とりい》が見えてきた。

逸次郎は大鳥居前で下馬し、長く急な石段を上った。山王社と小留間家の結びつきは、曾祖父小留間忠房《ただふさ》のころよりはじまる。天正《てんしょう》十八（一五九〇）年。神君徳川家康《とくがわいえやす》公が江戸に移封され、江戸城を大規模に改修し新たな居城とされることが決まった際、それを近隣の有力寺社や土着民の長たちに通達する伝使役を忠房が仰《おお》せ付かった。そのときの忠房の道理を心得た働きぶりが、多くの有力寺社の長たちの目に留まり、中でも山王社とは強い結びつきを得た。その後、小留間家が一族挙げて江戸城下に移り住んでからは、山王社への崇敬《すうけい》を絶やさず氏神《うじがみ》のごとく信仰してきた。さらに、二代将軍秀忠《ひでただ》公の治政下での江戸城大改造の際、山王社が城内紅葉山《もみじやま》より新たに城外に遷祀《せんし》されると、神官の方々の強い勧めにより、小留間家は新築なった山王社の近くに上屋敷を移した。現在も変わらず小留間家当主はその地に住み続けている。曾祖父忠房の「道理を心得た」とは、簡単にいえば神官僧侶、地主たちの顔を潰さぬよう、手際よく、そして法の枠を多少逸脱して領地の再配分を行ったということだ。忠房は誰にも損をさせず、必ず何がしかの得を握らせた。

逸次郎は神前へ進み、御武運賜《たまわ》りますようにと深く祈った。

その帰り道。一行は来たときと同じ道を、山王から八丁堀へと逆に進んでいった。途中、道中で一番人が溢れている新両替町《しんりょうがえちょう》界隈。遠く左に京橋《きょうばし》を見ながら東海道を横切ったころ。

行く手で、きゃあと女の悲鳴が上がった。少し先の十間堀端《じっけんぼりばた》あたり、町の賑《にぎ》わいが一瞬途切れた。

「死体だ。斬られ死にだ」。皆が、やっぱりそうだ、辻斬りだと騒ぎ、声の方へと走り出す。馬廻り組の金森も様子を見に走る。逸次郎は下馬し、道端に寄せると、手綱《たづな》を鎌平に託した。脇坂と音羽がすっと逸次郎に近づき前後を護る。やじ馬が次々と逸次郎たちの横をすり抜け、吸い寄せられるように死体へと集まってゆく。人の流れはさらに数を増してゆく。その流れの中から突然男たちが飛び出し、逸次郎に襲いかかった。

二人が逸次郎に殴《なぐ》りかかる。

脇坂が立ちはだかり、飛びかかってくる一人の喉元《のどもと》を左手で押さえ、もう一人の襟元を毟《むし》るように摑《つか》むと、同時に地面に引きずり倒した。

が、新たに二人が逸次郎に飛びかかった。

脇坂が身を翻《ひるがえ》すより早く、逸次郎が叫んだ。「おれがやる」

逸次郎は一人の殴る腕をかわし、手首を摑むと一気に背中までねじり上げ、ぼきりと鈍い音を響かせた。もう一人の男が逸次郎の左肩をがっと手で押さえつけたが、入れ違いに逸次郎の左手は男の右耳をつまみあげ、そのまま投げ飛ばした。びりっと音を立て耳の端がちぎれ、血を流しながら男は地面に叩きつけられた。

まだ終わらない。さらに一人が逸次郎の背に迫る。

逸次郎が振り向くより早く樽木屋が男の前に立ちはだかる。

しかし、樽木屋が組み伏せるより早く、横から勢いよく伸びた音羽の足が男の横っ面を蹴り飛ばした。

男は独楽《こま》のように体を二度回し、地面に倒れた。音羽はすかさず馬乗りになり殴りつけた。たちまち男の両目は腫《は》れ、歯が飛んだ。

「殺すな」逸次郎がいった。「もうやめておけ」

音羽は手を止め、「承知いたしました」と笑顔でこたえた。

五人の男たちは地面に並んで腹ばいにされた。脇坂に音羽、鎌平も加わり五人を細縄で縛り上げ、数珠《じゅず》つなぎにした。道を駆けてゆく二、三人が立ち止まり、その様子をちらりと見たが、期待を裏切られたような顔でまたすぐ死体の方に駆けていった。今はけちな喧嘩《けんか》より斬られ死にの方が大事らしい。

「何者だ」脇坂が男たちの髷《まげ》を摑み詰問《きつもん》する。「雇われただけだ」顔半分を腫らした男がこたえる。他の者たちは痛みから顔を歪め青白くし、こたえる気力もない。

五人とも浪人で、つるんで呑み打つ仲間だという。今朝方まで博打《ばくち》に興じ、銭を切らして暗い顔で帰る途中、見知らぬ男に呼び止められたらしい。

「年寄りだ。背が高くがっしりとして、左の瞳だけが水にこぼれた油のように瑠璃《るり》色に光ってやがった」

赤迫だ。逸次郎たちは慌てて周囲を見回したが、もちろんいるはずなどない。逸次郎たちの立ち回りを十分眺め、今ごろは遠くの道を悠然《ゆうぜん》と歩いているだろう。

どれほど楽しませてくれる相手か、試されたようだ。

「若い武士をこらしめてほしいといわれた」前金で二分金一枚ずつ。従者をかわして武士を殴れたらさらに一枚、顔なら二枚。出来過ぎている上、かなり危ない匂いがしたが、報酬に負け、引き受けた。

「昼過ぎにここを馬で通るから待ち伏せろ。こちらで仕掛けをし、必ず足止めし、下馬させる。ただし、刀は使うな。素手《すで》ならいくら打ってもいい。近くで様子を見ているぞ。約束通り代料は払う、嘘はない。ただし、引き受けた以上、やらずに逃げたら、捜し出し皆殺しにする。そういいやがった、それで全部だ」

男がまたぐったりと座り込んだところで、金森が戻ってきた。

下帯もつけず丸裸にされた死体が一つ転がっていたという。若い男だった。肩口から腰への斬り傷、さらに脇腹への突き傷。見事な斬り口だったという。

「やじ馬に大分《だいぶん》かき消されてしまいましたが、前後に深い蹄跡《ひづめ》と浅い蹄跡と、二種ございました。何人かが直前に荷馬が通るのを見たと」

むしろにでも包み、馬で運び、皆の意識がそれる一瞬を見極め、投げ捨て、駆け去ったのだろう。目立つ手法だが、確かに逸次郎たちは行く手を止められる。

逸次郎が江戸に入った晩から、市中では静かな夜がしばらく続いていた。辻斬りは途切れ、連中は江戸から去ったのだとか、秘密裏に公儀に捕らえられ、すでに処刑されたのだとか、勝手な噂で市中は沸いていた。死人が出なくなったことを喜ぶ者はほとんどなく、誰もがまた何か起きると信じていた。

そして半月ぶりに、またも市中に斬られ死にが転がった。逸次郎が支度を整え動き出すこの日に合わせたかのように。

「死体の男、武士でございました」金森が加えた。肩幅が広く、二本差す側の左腿《ひだりもも》が太く、大きかったという。

同心《どうしん》が目明《めあか》しを引き連れやって来た。

「早いな」脇坂がいった。辻斬りにさんざん出し抜かれてきた奉行所が、同心や与力《よりき》までも動員し、昼夜を分かたず市中を見廻らせる異例の勤番を敷いているためだった。

逸次郎が掃討使《そうとうし》となったのも連中に悪い刺激を与えていた。

「散れ」目明しがやじ馬を派手に押しのけ、かき分け、同心を先導してゆく。が、先頭の目明しが死体を一目見ると、突然声を荒らげた。「じゃまだ。散れってんだ」十手を振り回し、むきになって人払いをする。目明しの何人かが、さらに人を呼びに血相変えて走ってゆく。同心が悲痛な顔で着ていた羽織を丸裸の死体にかけるのが遠目に見えた。

斬られ死んだ者は与力だった。ただならぬ様子に周囲のやじ馬たちも去り、十人ほどが離れ眺める程度になった。大板が運ばれ、死体を乗せ、頭から足までむしろを掛け、また運ばれてゆく。

逸次郎は取り押さえた五人の浪人どもを引き渡すつもりだったが、渡せなくなった。鎌平がかけ合ったが、同心も目明しも「今は勘弁してくれ」と繰り返した。

逸次郎たちは自分を襲った浪人どもを自身の手で連行するはめになった。顔や体を腫らした五人を縄につないで常盤橋《ときわばし》門内の北町奉行所まで。京橋を渡り、竹屋町《たけやちょう》から紺屋町《こんやちょう》へと人通りの多い中を堀沿いに進む。奉行所の捕物でも罪人の引き回しでもない。不可解で間抜けな行列は、道行く者から好奇の目を向けられた。逸次郎たちの纏《まと》う見事な銀羽織がよけい奇異に見せている。これが将軍家光公より大権を与えられた掃討使の初仕事だった。

険しい表情を崩さぬ一同の中で、音羽が小さな笑い声を漏らした。

「楽しそうだな」樽木屋がいった。

音羽は詫《わ》びたが、口元はまだ緩んでいる。「気を抜いているわけではない」

「何がそんなに嬉しい」金森が訊いた。

音羽は馬上の逸次郎をちらりと見た。「がまくびは、此度《こたび》の仕事ほどおまえに似合いのものはない、この新たな雇い主はおまえの期待するものを与えてくださるといった。その通りだ。退屈のない毎日を、興奮を、この御方は引き寄せてくれる」

逸次郎は何もいわず、ただ前を見て馬を進めた。

陽が落ちると強い風が吹きはじめた。厚い雲の合間から、半月がときおり気まぐれに照らしている。

逸次郎は屋敷に戻り、湯を浴びたあと、晩の膳についていた。傍《かたわ》らには立太《りった》がいた。斬られ十間堀端に投げ捨てられた与力について早々と調べ上げ、逸次郎に伝えていた。

死体の生前の名は杉江利常《すぎえとしつね》。北町奉行所に勤め、今朝も出仕の予定だったが姿を現さず、行方知れずとなっていた。さらにもう一人、田端重秀《たばたしげひで》という与力も出仕せず、奉行所は両名を捜していた。杉江、田端ともに年は二十四、近しい間柄だった。職務はおおむね忠実にこなしていたが、両名とも役者見習いの少年たちが春を売る陰間《かげま》の茶屋に頻繁《ひんぱん》に出入りしていたという。茶屋の主人たちから後見料と称して結構な金子《きんす》を受け取っていたらしい。

杉江は死体となって戻ったが、田端の行方は依然摑めず、奉行所の連中は宵《よい》に入っても探し続けているという。

逸次郎は飯を食いながら聞いていた。が、途中、守備組の二人が駆けてきた。老いたおんぼろが一人、「逸次郎様にお届物」と大樽《おおだる》を担《かつ》ぎ門前で待っているという。

逸次郎は立ち上がると、守備組の全員を配置につけた。立太には裏門から即刻帰るよう命じ、自身は馬廻り組の四人と鎌平を引き連れ表門へ向かった。

表門が開き、逸次郎が出てゆく。皺《しわ》と垢《あか》だらけのおんぼろが歩み寄り、土下座した。

「あちらをお届けするようにいわれました」大樽を指さしていった。

「誰に頼まれた」

「誰といわれましても。不忍《しのばず》でうずくまっておりましたら、頭巾をかぶった御武家様とも町衆ともつかぬ方に、声をかけられまして」

「開けてくれ」大樽の蓋《ふた》には南京錠《なんきんじょう》が三つついている。

「代料をいただきたく存じます」錠を開ける鍵一つにつき一両、全部で三両よこせという。図に乗るなといいかけた鎌平を制し、逸次郎は払うよう命じた。

蓋が開くと腐臭が立ち昇った。案の定、中には死体が入っていた。体をかがめられ大樽に押し込まれている。提灯《ちょうちん》で照らす。額と肩に刀傷が見える。血の気は引け、肌色はどす黒く、死斑《しはん》も見える。目の周りは暗く深く落ち込んでいる。

「斬られて三日というところか」逸次郎がいった。鎌平がさらに検分する。「背に傷はございません。不意打ちではなく、知り合いか、勝負の末に斬られたか」

胸には書状が添えられ、開けると生前の名が書かれていた。行方知れずとなっている与力、田端重秀ではないようだ。

「夏目《なつめ》克紀《かつのり》、四逸殿に御届け致す」この名、聞き覚えがある。美しいと評判の少年を殴り、犯した男。日比谷町の名主が話していた肥前《ひぜん》藩士の名だ。

逸次郎は大樽を門内に運ぶよう命じた。

「どうぞお収めくださいまし。それでは」おんぼろが機嫌よく身を翻《ひるがえ》し、帰ってゆこうとした。

そのとき、遠くでひゅんと小さく鳴った。風の音とは違う、逸次郎は急ぎ右を見た。

「伏せろ」逸次郎の言葉に、皆がいっせいに身を低くした。

横一線に伸びる道の右奥、闇の中を青白い光が走ってくる。「ぎゃっ」おんぼろが叫んだ。火矢だ。おんぼろの腹に突き刺さったあとも燃えている。間を空けず二の矢。またもおんぼろに刺さった。声も出せず倒れる。三の矢。今度は大樽に刺さった。吹く風が矢の火を揺らし大樽を焦《こ》がす。四の矢、五の矢。闇の中を青白い光が続けざまに走り、表門脇の台灯籠《だいとうろう》に刺さった。ぼっと大きく炎が上がる。

守備組の者たちが慌てて門の左右に据えられた大水瓶《おおみずがめ》に走る。

そこを狙い射《う》たれた。「だっ」と声を上げ、守備組の一人が大水瓶の上に積まれた桶《おけ》をがらがらと崩《くず》しながら倒れた。さらにもう一人、矢が太腿《ふともも》に刺さり火が着物に移り、袴《はかま》をはたきながら転げ回っている。騒ぎを聞いて屋敷内に散っていた他の守備組連中が駆けてきた。長四角い木板の表に鋼《はがね》を打ちつけた大楯《おおたて》が何枚も運ばれる。さらに数本の火矢が射込まれ台灯籠はめらめらと大きく燃え上がった。桶から続けざまに水が撒《ま》かれる。

火矢は止まず、暗闇の中を続けて飛んでくる。が、塀を越え屋敷内には射込まれなる。

い。射込もうとする気配もない。挑発だ、表門前の人だかりだけを狙い射っている。火矢の数からして射手は二人、種火を携《たずさ》える役が一人か二人。敵は最低三人。通常の矢よりはるかに重い火矢を、夜とはいえ姿を捉えられぬほど遠くから易々《やすやす》と射ってくる。

いきり立った守備組たちは手に手に大楯を携え、火矢が射られてくる元へ走ろうとした。「護りを固めろ」守備組支配の大貫《おおぬき》が大声でいった。守備組たちはわれに返った。この機に敵に乗じられぬよう、屋敷内の守りを固めるべく、それぞれの持ち場へ走った。

火矢はまだ止まない。

逸次郎は敵の挑発に乗る事にした。その場を大貫に任せ大楯を取った。馬廻り組の中から樽木屋を選び、その場に残らせ、一刻《いっとき》過ぎても自分が戻らねば松平伊豆守邸に走り、逸次郎が討ち取られたと伝えるよう命じた。

「ゆくぞ」大楯を正面に構え逸次郎が進む。馬廻り組の三人、さらに鎌平も大楯を構え続く。暗闇に伸びる道を、遠く揺らめく火矢の炎を頼りに走る。青い光の尾を引きながら火矢が体の横を通り過ぎる。だんと音をたて一本が大楯に突き刺さった。だん。また刺さった。大楯の表の鋼を火矢は苦もなく裂いてゆく。逸次郎はひた走る。

間合いが詰まってきた。敵の足音が道の先からかすかに聞こえる。四つ角にさしかかる。大楯から身を出さず、耳をそばだて敵の行く手を探る。前と右、離れてゆく足音が二方から聞こえる。二手に分かれたようだ。脇坂と音羽を前へ走らせる。逸次郎は鎌平と金森を引き連れ右へ。

こちらを分断したいらしい。ならば、その挑発にも乗ってやろう。

さらに走る。また四つ角。足音を探る。今度は左。さらに間合いが詰まる。そこで敵の足音が止まった。逸次郎も立ち止まり、大楯の裏で息を殺す。鎌平と金森もすぐに追いつき、逸次郎と並び大楯を構えた。

道の先、敵の動きが止まったまま、何も起こらない。逸次郎たちも動かない。息を殺し、言葉も交わさず待っている。

矢によほど油を含ませているのだろう、大楯に刺さった矢柄《やがら》が、まだぱちぱちと小さく音を立て燃え続けている。

月も見えない。風だけが吹いている。まだ何も起こらない。

しかし、道の先の暗がりでガランと一瞬響いた。鐘の音らしい——単純な牽制《けんせい》だが金森は釣られた。音に引きずられ、何が起きたか探ろうと大楯の裏からわずかに身を出した。

「まだだ」逸次郎は金森の袖を思いきり引き倒した。

遅かった、「がっ」と金森は短く声を発した。頭は避けられたが、暗闇を走ってきた矢が金森の右腕を射貫《いぬ》いた。火のつけられていない矢だ。火矢に慣れていた金森の目は捉えることができなかった。敵はこの瞬間を待っていた。逸次郎の呼ぶ声を待たずに、鎌平が金森を看《み》に駆け寄る。大楯に隠れながら、手拭《てぬぐ》いを金森の口に詰め、肩口を細縄できつく縛る。鏃《やじり》は右の二の腕を突き抜けていた。金森が体を震わせながら「ちくしょうめ」と詰め物の入った口で唸《うな》っている。鎌平は血にまみれた鏃を指で拭い、口に含むと、すぐさま吐《は》き出した。「盛られております」鎌平が鏃に毒が塗られていたことを告げる。

遠のいてゆく敵の足音がまた聞こえた。「頼んだぞ」逸次郎は一言告げると、暗闇の中へ一人駆け出した。

鎌平は小刀をとり出し傷口ぎりぎりのところで矢柄を断ち切ると、己の着物の袂《たもと》を裂いて鏃に巻き付け、強く握った。そして「御辛抱《ごしんぼう》を」の言葉とともに、一気に金森の腕から引き抜いた。血がどっと噴《ふ》き出す。ぐうと金森が咽《のど》の奥から苦悶《くもん》の声を漏らす。傷口の上下を再度細縄で固く縛ると、鎌平は呼子《よぶこ》をくわえ吹いた。

逸次郎は敵を追ってゆく。また間合いが詰まりだしたが、敵も足を速めてゆく。だが、この先にもう道はない。屋敷の周囲の地理は頭にたたき込んである。

前方で、きしりと鳴った。棹《さお》が堀石を突く音だ。続いて水をかき分け進む音がした。やはり舟か。だんだんと舟板の上に飛び乗る音がした。

逸次郎は走った。そして道のどん詰まりの堀端まで行き着いた。誰の姿もない。そこでしばし周囲の様子を窺《うかが》った。満潮で水位が上がっている。敵らしき気配はすっかり消えてしまった。舳先《へさき》が水を割る音ももう聞こえない。堀を進めばすぐに海。敵はもう夜の江戸湾に出ているだろう。逸次郎は再度あたりに気を配ってから、ようやく重い大楯を投げ捨てた。くすぶっていた矢柄の火もとうに消えていた。振り向いて歩き出すと、屋敷と蔵が並ぶ暗い道の先から声がした。

「御無事でございますか」追ってきた鎌平だった。

「無事だ。金森はどうした」逸次郎が訊いた。

「生きております」

逸次郎、鎌平、互いに三歩ほど歩み寄ったとき、ずっとうしろで小さく音がした。

「伏せろ」逸次郎が叫び頭を沈める、鎌平も沈める。逸次郎の頭のすぐ上を何かがすり抜けた。闇を飛ぶ細長いものが雲間からの月明かりを受け光った。

気配などまったく感じ取れなかった。なのに誰かいる。

逸次郎は身をかがめながら投げ捨てた大楯へと走った。その脇腹に何かが刺さった。が、ぎんと鈍く鳴って跳ね返った。吹き矢だ。

続けざまに背中に二の矢。しかし、またも刺さらず、逸次郎が着込んだ細目の鎖《くさり》帷子《かたびら》と着物裏に仕込んだ薄い鋼《はがね》がはじき返した。さらに腕に三の矢。が、厚く巻いた鋼が受け止め、細く長い矢がぽとりと落ちた。

逸次郎は転がるように大楯まで進むと、ぐいと引き起こし、その裏に身を隠した。つん、と短く詰まった音とともに吹き矢が大楯の表に刺さる。鎌平も道を這うように進み、大楯の裏へ。二人顔を寄せる。

「火入れは」逸次郎が訊いた。

「ございます」鎌平は懐から小さく丸い真鍮《しんちゅう》の器を取り出した。蓋を開ける。中に収まった小石のような炭が新鮮な空気を吸い込み、鮮やかな赤色に変わった。

「合図は出せん。頼むぞ」逸次郎が大楯の取っ手をぐっと握った。

「承知いたしました」鎌平が道にうずくまった。

またも半月に長い雲がかかり、降る光が遮《さえぎ》られた。

大楯とともに逸次郎は一人駆け出した。吹き矢の飛んできた軌道を辿《たど》るように、うしろの鎌平を護るように一直線に進んでゆく。

逸次郎のずっと先、吹き矢で狙っていた老いた背の低い男は、手にしていた長い矢筒を投げ捨てた。闇の中迫り来る大楯を睨《にら》む。腰の二本を同時に抜く。右手に刀、左手に脇差《わきざし》、男は二刀流で構えた。

逸次郎はなおも走る。左手で大楯を支え、走りながら深紅《こきくれない》の鞘《さや》から長太刀を抜いた。厚い雲の向こうから照らす月が、二人を滲《にじ》んだ墨絵のように薄く照らす。互いの距離が縮まる。道幅は狭く両側は高い壁、互いにもう逃げ場はない。逸次郎は大楯に身を隠したまま。二刀流の男は大楯の向こうに意識を集め、迎え撃つ。距離はあとわずか――

ぶつかり合う直前、逸次郎は駆けながら左手の大楯を投げ捨てた。すかさず二刀流が斬りかかる。逸次郎がぐんと身を沈めた――瞬間――丸く大きな光がぱっと道の奥に湧《わ》いた。地に引きずり下ろされた月のような明るさで逸次郎をうしろから照らす。逆光が姿を強く歪ませ滲ませ、すぐに消えた。その煌《きら》めきは二刀流の男の両目を真っすぐ捉えた。光に射貫かれ一瞬動きの止まった男の真下へ、逸次郎は足先から一気に滑り込んだ。

逸次郎が見上げ、男が見下ろし、互いの目が合う。

二本の刀が降ってくる。逸次郎は長太刀を真横に力の限り振るった。二刀流に突かれるよりわずかに先、長太刀が男の腕に触れた。そのまま振り抜く。男の体は横に吹っ飛んだ。

男は路上に倒れ、そのまま横にごろごろと転がった。斬り取られた左腕も路上にどさりと落ちた。「邪法を使いおって」叫んでいる。

「正代《しょうだい》」逸次郎は駆け寄り、
二刀流、岩のような体軀《たいく》――赤迫一派の一人、正代真兵衛《しんべえ》だった。

「あの光は何だ、何をした逸次郎」正代が叫び続ける。火薬をまぶした綿の球に、鎌平が逸次郎の動きに合わせ火をつけた。それだけの仕掛けだが、逸次郎は教えてはやらなかった。黙ったまま正代を見据え、構えた。

雲が過ぎ、空に浮かぶ半月が照らしはじめる。

「卑怯者が」正代が残った右手で斬りかかる。

「卑怯はお互い様だ」逸次郎は長太刀ではじき返すと、正代の右腹を斬った。

正代はそれでも倒れず立っている。だが、体が痙攣《けいれん》をはじめた。

「刃に毒まで塗ったか、卑怯者」叫びながら正代がまたも斬りかかる。逸次郎は小さく避けると長太刀で右肩を突いた。そのままぐんと押し込む。間近に迫った正代の顔が、口を尖《とが》らせおどけ笑っているように見えた。はっとして柄を握る手を放し、逸次郎はうしろへ――正代が何かを吹き出した――飛び退いた。小さな光るものが顔の横を流れてゆく。含み矢だ。紙一重でかわしたが、いつの間に仕込んだのか。

逸次郎は正代を引き倒し、地面に横顔を押しつけた。

この男、肥後宇土《ひごうと》城主の小西行長《こにしゆきなが》に仕えていたと、伊豆守から渡された凶人帳《きょうじんちょう》に載っていた。弓使いでありながら、鉄砲組差配《さはい》の名手でもあり、酒好きで面倒見がよく、女も大好きだった。ある日、酔って登城した上、城内でも酒を飲み、よい心地になっているところを上司に見つかり「切腹に値する」と激高されたという。正代は切腹を承知し、「死に際の一局を」と上司に碁《ご》の勝負を頼んだ。上司が引き受け、打ち合いがはじまると、局面が二転三転する大接戦となり、正代を憐《あわ》れみ離れて様子を見ていた同僚たちも、いつしか碁盤を囲み一手一手に息を漏らし、さらには城主の行長までもが見物にやってきた。夜までかかった大勝負は上司が勝って終わったが、皆が名勝負に拍手を送る中、「それでは」と正代は下がり、着物の前を開き、脇差を抜いた。だが、上司は「もうよい」と苦笑いをし、「今後は気づかれぬように飲め」といった。城主の行長は盃《さかずき》を運ばせ二人に酒を振る舞ったという。

そんな正代を文禄《ぶんろく》の役《えき》が変えてしまった。

各地での戦いを勝ち続け、朝鮮半島を北上した正代たちを待っていたのは厳しい餓《う》えと寒さだった。手足を凍《こお》らせ、餓えて動くこともできず死んでゆく兵たち。村々で徴発しようにも、食い物の蓄えをすべて明《みん》軍に焼き払われ、村民たちまでが痩せ細っていた。殺した敵兵を食ったが、それも数日で尽きた。死んだ仲間も食ったが、皆で分けるとすぐなくなり、骨を砕いて髄《ずい》までほじり食った。そして何の利もないまま撤退となった。

戻った正代は別人となり、ささいなことで仲間を斬り、町中でも人を斬り、逃亡し各地でも人を斬り、その肉を正代にしか見えぬ祭壇《さいだん》に、自分だけの神に捧《ささ》げるようになった。


「負けを認めろ、そして自分を取り戻せ」逸次郎はいった。

「小僧が偉そうにほざくな。わしが海の向こうで見たのは、地獄ではない。極楽じゃ。法悦《ほうえつ》の世じゃ」押さえつけられながら正代はいった。

「まだ覚めぬか。いつまで赤迫と悪夢に浸《ひた》っている」

「悪夢なものか。わしも赤迫も、誰よりほんとうのこの世の姿が見えておる」

次の瞬間、正代は舌を嚙《か》み切った。逸次郎は指を突っ込み歯をこじ開けようとした。が、正代は嚙み切った舌を飲み込んでいた。悔しさをにじませる逸次郎の顔を見て、正代は苦しさに目を血走らせながらも引きつった笑いを浮かべた。逸次郎はぎくりとしたが、もう口から矢が飛び出ることはなかった。

血走らせた両目を見開いたまま正代は息絶えた。どこで赤迫と出会い、なぜ行動を共にするのか、それさえも聞き出せずに死なれた。

鎌平が駆けてきた。うしろからさらに二人、脇坂と音羽も駆けてきた。

「そちらの賊は」逸次郎が訊いた。

「舟で逃げられました。堀から海へと出たようです」脇坂がいった。

「こちらも舟だ。漕ぎ出したあと、残り隠れていた一人が隙をついてきた」

逸次郎は正代の死体を屋敷へ運ぶよう命じた。脇坂たちは大楯に正代の死体を乗せると、持ち上げた。「笑って死ねたか、幸せ者め」死体を眺め、音羽がいった。

帰り道も半月が明るく照らしていた。逸次郎の額も頰も、銀の美しい羽織も袴《はかま》も、すべてが返り血で赤黒く染まっていた。

中屋敷に戻ると、逸次郎はすぐさま盃庵の元へ向かった。

火矢を浴びた守備組の二人が治療を終え、ぐったりした顔で壁にもたれている。

「そっちは少々の火傷《やけど》とかすり傷だけだ」盃庵がいった。太腿に刺さったように見えた矢も、佩楯《はいだて》（膝鎧《ひざよろい》の一種）が防いでいた。

横には金森が寝ていた。眠らされているようだ。

「具合はどうだ」

「どうにか切り取らずに済んだ」盃庵は金森の肩にかけられていた白布を取ってみせた。腕は体についたまま、矢傷も塞《ふさ》がっていた。阿片を吸わせたあと、熱湯で一度蒸し上げた針と糸で傷口を縫ったという。縫い跡の上には馬油《ばゆ》がたっぷりと塗られている。

「毒も心配はない。三日ほど体が痺《しび》れ舌も回らんだろうが、それで抜ける」

「この先、腕はどうなる」逸次郎が訊いた。

「大分不自由にはなるが、どうにか動く」

「そうか」逸次郎はその場にどっかりと腰を下ろした。「いい腕だ」

「金森の腕か」盃庵はいった。

「いや、其方《そなた》の技量《うで》だ」

「安い買い物だろう」盃庵は手にしていた茶碗の中身を一気に飲み干した。

運び込んだ正代の死体は、すぐに身ぐるみ剝《は》いで調べたが、赤迫らの消息につながるようなものは何一つ出てこなかった。

おんぼろが運んできた大樽も、中に入っていた肥前藩士の夏目という男の死体も、焼けずに残っていた。明日にでも藩邸に使いを出し、引き取りに来させよう。

老いたおんぼろは死んでいた。射貫《いぬ》かれて死んだが、体の半分に火傷ができている。

「老いて枯れた身だけに、よく焼けています」守備組の一人がいった。夜も更けていたが、逸次郎はすぐに火葬場に運ぶよう命じた。守備組の者は承知したが、一つだけ困った事があった。死体が硬直し、握った手から三両の金が取り出せないという。

「そのまま持ってゆき、焼き代にすればいい」逸次郎はいった。

「さぞ入念に焼いてくれるでしょう」守備組の者はいった。

それから逸次郎は再度湯を沸かさせた。

湯が沸くまでの間に音羽がやってきた。女を買いにいきたいという。今晩の騒動で熱くなったらしい。逸次郎は許したが「抱くだけにしろ」と釘を刺した。

浴室に行き、返り血を浴びた着物を脱ぎ去り、腕や腹に巻いた鋼を外した。体が軽くなる。鋼には吹き矢の痕《あと》が深々と残っていた。

逸次郎は体にこびりついた血を洗い流すと、湯に浸《つ》かった。けれど、緊張は湯に解けてゆかず音羽と同じように頭の中は冴《さ》えていた。無理やりに下らぬことを考えようと、宇吉《うきち》と佐平《さへい》が昼に話していた菓子のことをぼんやりと思い浮かべた。須田町《すだちょう》にある店の蓮餅《はちすもち》というものが大そう評判らしい。明日にでも買ってこさせるか。

立ち昇ってゆく湯気をぼうっと眺めた。これまでの人を斬り殺した晩とは違う興奮を、逸次郎はほのかに感じていた。


音羽は立ち上がると袴をつけた。木戸町《きどちょう》のもぐりで商売をしている女の部屋。行灯《あんどん》の中で、小指の先ほどの火がぼんやり光っている。

「また来てくださいまし」たらいの水で股《また》を洗いながら女がいった。

「ああ」その気などまるでないのに音羽は笑顔でいった。

提灯を手に一人、部屋の外へ。出てすぐに、膝を抱え長屋の壁にもたれている子どもを見つけた。音羽は提灯を近づけた。幼い娘が、両目を閉じ、口を薄く開け、かすかに寝息をたてている。あの女の娘だ。商売の間、いつもこうして外で待たされているのだろう。

「おい」音羽が声をかけると、娘はびくりとして目を開けた。

「待たせて悪かったな、もう帰る」

娘は壁にもたれたまま、怯えた目で見ている。音羽は財布から丁銀《ちょうぎん》を二枚取り出し、娘に差し出した。娘は見つめたが受け取らなかった。

「どうした。ここで待ち、男の情につけ込み銭を巻き上げるのが、おまえの仕事だろう」音羽がいった。娘はびくりとしたが、すぐにいった。「多すぎる。もらいすぎは面倒の種になるし、あんたみたいな生臭い連中にはかかわるなって」

「あの母親にそう教えられたのか」

娘はうなずいた。さっきまでの怯えたあどけない目は、老いた猫の目に変わっていた。

「その鼻と目があれば生き抜けるだろう」音羽は笑うと、提灯を手に裏道から表通りへとゆっくり進んでいった。

薄衣《うすぎぬ》のような雲が流れ、半月がさっきよりずっと西に浮かんでいる。風が冷たい。

音羽は宇都宮《うつのみや》藩士の嫡男として生まれた。父は小禄《しょうろく》ながらも武士だった。しかし、藩主本多正純《ほんだまさずみ》が改易されたのに伴い、失職。新たな主《あるじ》を探して方々を巡ったが、職を得られぬまま、父と母と幼い音羽の三人は江戸へ流れついた。日に一度も食えぬほど困窮《こんきゅう》し、音羽の父と母は断腸《だんちょう》の思いで誇りを捨て、雑役として人形浄瑠璃《じょうるり》の小屋に勤めはじめた。演目が次々と当たり小屋は流行り、音羽親子も恩恵にあずかり、どうにか食えるようになった。

だが、一年半ほど過ぎたころ、父の姿が見えなくなった。母は、知らぬ間に出ていったといった。年を重ねてから音羽は知ったのだが、音羽の母は小屋に勤める多くの男たちと情を通じていた。父は、その悔しさに耐え切れず一人逃げたのか。それとも、男たちを責めて逆に簀巻《すま》きにでもされたのか。どちらにしても音羽は悲しまなかった。元々、影が薄く、遊んでもらった記憶もほとんどない。父には弱さしか感じられず、必要とも思っていなかった。母も何かを気に病む様子もなく、前にも増して奔放になった。

音羽は一日のほとんどを人形浄瑠璃の小屋で過ごした。楽しみを求め母に会いに来る多くの男たちの中には下級武士や浪人もいた。音羽は連中から、武芸の真似事を教わり、夢中になった。木刀で物や人を打ちすえるのは快感だった。本人の筋のよさもあり、武芸が得意な変わった小僧として近隣では知られた存在になった。あちこちの相手と戦っては、勝ったり負けたりを繰り返していたが、誰かに打ちすえられ負けると、前にも増して木刀を振り、修練した。一度負けた相手に再度挑み、打ち負かし復讐を果たすのは快感だった。そのうちに「陰闘《いんとう》」の場にも出入りするようになった。陰闘とは上級旗本や大名の重臣たちが、人目を忍び屋敷の奥に集まり、秘蔵の武芸者を持ち寄り、戦わせ、競い合う遊興だった。闘犬とたいして変わらない。違うのは犬ではなく人が、牙《きば》ではなく木刀や木槍で闘うところだけだった。大金や名品を賭けることも多い。本気で打ち合うため、ときには死人も出る。音羽はこの戦いにのめり込んだ。はじめから強かったわけではない。何度も打ち負かされ、死にかけたことさえある。だが、その度に必死で技を磨いた。そこで、がまくびとも知り合い、実入りはいいがうしろ暗い仕事を請け負うようにもなった。

音羽の母は今も元気にしている。老いてなお男に色目を使い、婆《ばばあ》のくせにまだ女のつもりでいる。音羽が幼いころは厳しく、まさに武家の妻といったふうだったが、今となっては片鱗《へんりん》も残っていない。変えられたというより、こちらが生来の気性なのだろう。この母といい自分といい、どうにも狂った親子だと、音羽自身も思っている。

月が霞《かす》んでゆく。

音羽は急に足を止めた。

「何か用か」振り向かずにいった。振り向けなかった。

「相談があってな」うしろの暗闇から男の声がした。「少し話そう」

近寄られるまで音羽は足音に気づけず、気配も摑めなかった。

「ならば手短に話せ」

「われらの側に付かぬか、われらとともに楽しまぬか」

赤迫か、梅壺《うめつぼ》か――誰かはわからぬが赤迫の一派であることは間違いない。

「中屋敷の連中に声をかけているのか。何人がそちらに転んだ」

「皆に声をかけているわけではない。其方を選んだ」声の主は近づいてくる。だが、音羽に間合いを摑ませぬよう、声に強弱をつけ、一歩ごとに左右に揺れ、歩幅まで変えている。

「誘うのならば教えろ。狙いは何だ、何を求め斬り続ける」

「そうよな。徳川家光に天秤棒《てんびんぼう》でも担《かつ》がせ市中を回らせるか。あやつが菜を売る声を聞いてみたくはないか」

音羽は言葉を返せなかった。

「いわせずともわかっているだろう」男の声がさらに近づく。「こちらに来い」

「考える間がほしい」音羽は声を絞り出した。

「では待とう」声が離れてゆく。「いずれ返事を聞きに来る」さらに離れ、気配が消えた。

寒い風に吹かれているにもかかわらず、音羽の体は熱くなり、酔ったように意識が滲んだ。頬を汗が流れてゆく。

音羽は振り向くことなく、また夜道を歩きはじめた。

十一　死臭

逸次郎《いつじろう》は目覚めるとすぐに宛名の違う三通の書状をしたため、守備組の中から使い役に二人を呼んだ。

出てゆく使い役と入れ違うように、立太《りった》が部屋へやってきた。探し物とは別に伝えたいことがあるという。明け方、辻斬りの仕業《しわざ》らしき死体が出たが、不審な点があり逸次郎自身の目で検分することを立太は勧めた。死体は三つ、それぞれ違う場所で見つかっていた。

「さらにもう一つ」立太は逸次郎に近づき、声を一段落としていった。

「北町奉行所の一部に不穏な動きがございます。二、三人が隠れて寄り合い、何やら事を進めている様子。何者かがうしろで糸を引いているやもしれません。御用心を」

立太が去ると逸次郎はすぐに身支度をはじめた。

馬廻り組に外出の準備をするよう伝え、それから盃庵《はいあん》が看《み》ている金森《かなもり》の元へ。横になったままの金森に、もう御役に就《つ》く必要はないと告げた。そして、上手く使えば一年は暮らせる金子《きんす》を枕元に置き、回復するまでこの屋敷で過ごせと命じた。意地と見栄から金森はすぐに御暇《おいとま》させていただきたいといったが、屋敷から出せば敵の手に落ち人質にされかねないと逸次郎は許さなかった。それに金森自身、まだ体の自由が利かず、まともに歩くこともできない。

「甘んじて受け入れろ」盃庵の言葉に、金森は黙ってうなずいた。

自室に戻ると、宇吉《うきち》と佐平《さへい》が朝食の膳を運んできた。普段の朝ならば、たつととらの役目だが、昨夜の火事騒ぎを詫《わ》びるため二人で早くから近隣の屋敷を回っているという。

宇吉の飯を盛る手を遮《さえぎ》り、逸次郎は「茶だけでよい」といった。食べる気が湧《わ》かなかった。佐平の急須《きゅうす》を持つ手が小さく震《ふる》えている。二人を見ると、どこかおどおどしている。先日の逸次郎に陰口を聞かれた一件が、いまだに不安で仕方ないらしい。「きのう話していた蓮餅《はちすもち》とやらを買ってこい」と金子を渡しても、一瞬喜び、何か裏があるのではとまた怯《おび》え出す。猿楽《さるがく》でも観ているかのようだ。結局、下がってゆくまで二人は疑い、危ぶみ、顔を引きつらせていた。見送る逸次郎の顔が自然とほころんだ。

障子を少し開いた。曇っている。近くで雨が降っているような湿った風が吹き込んでくる。少しの間、その風を浴びていた。

襖《ふすま》の向こうから樽木屋《たるきや》の声がした。逸次郎がこたえると、襖を少し開き、湯気の立つ茶碗を差し出した。橙《だいだい》と生姜《しょうが》の汁に蜂《はち》の蜜《みつ》を混ぜ、湯で溶いたものだという。たつととらが帰ってきたのだろう。宇吉と佐平が下げていった手つかずの膳を見て、樽木屋に頼んだに違いない。

樽木屋は蜂蜜取りを生業《なりわい》としている「蜜狩《みつかり》」の家の出だった。自身も幼いころから蜜蜂《みつばち》たちとともに季節の花々を追って各地を周り、蜜や王乳《おうにゅう》を得ていたという。

大木の輪切りを、外皮を厚く残して中をくりぬき、網を張った木枠を何枚も並べて入れ、そこに蜜蜂に巣を作らせるのだそうだ。樽木屋というのは姓ではない。蜜蜂が巣を作った樽木を背負い、野山を歩く様子からつけられた呼称であり、本来は屋号らしい。薬草毒草の知識も豊富で、盃庵とも対等に話ができた。花を追って人里離れた深い野山に入ることも多く、しかも蜂蜜は貴重で高価なため、賊に襲われることも少なくない。そのため武芸は必須であり、刀と槍の腕は、養蜂《ようほう》の腕と同じくらい蜜狩の器量を左右するという。

茶碗の中身を一口含む、庭を見ると小雨が降りはじめていた。

「行こう」茶碗を空にすると逸次郎は立ち上がった。

逸次郎一行が出発して、少ししたころ。八丁堀《はっちょうぼり》中屋敷の表門前。松平伊豆守《まつだいらいずのかみ》邸からの一団が遠くに見えた。小雨の降る中、家中重役の伊橋《いはし》が駕籠《かご》や小者《こもの》どもを引き連れ駆けてくる。

たつととらが出迎える。逸次郎の不在時、来訪者への応対は二人に任されていた。少し離れたうしろには守備役支配の大貫多江蔵《おおぬきたえぞう》が常に控えている。

伊豆守の使者たちは皆一様に息を切らしていた。小走りで正代真兵衛《しょうだいしんべえ》の死体の元へ。検分し、ほぼ間違いないと伊橋は声を弾ませた。この成果に軽く興奮しているようだった。そして持ち帰り精査するため、腐乱《ふらん》臭が漂いはじめた正代の死体とその持ち物一式を、小者どもに命じ菊花が詰まった駕籠に乗せさせた。

「迅速なる御成果、誠にお見事」

労《ねぎら》いの言葉も早々に使者たちは戻っていった。

小雨は降り続いている。

それから四半刻《しはんとき》、今度は書状を受け取った日比谷《ひびや》の名主《なぬし》が数人を引き連れ駆けてきた。

「わざわざの御連絡、まことにかたじけのうございます」

門前で深々と頭を下げる。うしろには七人の男衆と、一人の美しいがひどく顔色の悪い少年が続いている。

たつととらは昨夜屋敷にやって来たもう一つの死体の元へと案内した。名主たちは、上に掛かったむしろを外し、肥前《ひぜん》藩士夏目《なつめ》克紀《かつのり》の死体を見つめた。男衆がうなずく。少年も目を伏せながらうなずく。夏目に犯された少年だった。

「間違いございません」名主がいった。たつととらは死体と名主たちに背を向け、その場を離れた。男衆が死体に駆け寄る。硬直し臭気を放つ夏目の死体を三人がかりで無理やり立たせた。男衆の一人が少年に長短刀《ながどす》を握らせる。少年は憎しみと怯えが入り混じった顔で、死んでいる夏目と向き合った。そして「えい」と発し死体の胸を一突きした。引き抜き、さらに突く。傷から血が流れ出ることはない。少年は息を荒らげ四度突き、男として恥辱《ちじょく》を拭《ぬぐ》う作業を終えた。

「見事」男衆の声が飛ぶ中、死体は何事もなかったかのように、また横たえられ、むしろを掛けられた。名主は金子《きんす》が包まれた袱紗《ふくさ》を差し出したが、たつは「逸次郎様の御意思に反します」といって受け取らなかった。名主一同は表門までの短い距離の間に何度も礼を繰り返し、屋敷から去っていった。

逸次郎たちは神田川《かんだがわ》沿いを進んでいた。流れを左に見ながら蹄《ひづめ》を鳴らしている。小雨が止み、雲間から薄く陽が射してきた。

浅草橋《あさくさばし》の手前を右に折れ、雲光寺《うんこうじ》の門前近くで逸次郎は下馬した。被り付きの羅紗《ラシャ》のカッパを脱ぎ、鎌平《かまへい》に渡す。雲光寺の塀沿いに建つ辻番屋へと、馬廻り組の四人——脇坂《わきさか》、樽木屋、松井《まつい》、音羽《おとわ》——を引き連れ歩いてゆく。一行から負傷した金森の姿が消え、新たに松井恒昌《つねまさ》が加わったが、それで別段何が変わるわけでもなかった。

戸の前に立つと、中から笑い声が漏れてきた。

飯田町《いいだまち》から連尺町《れんじやくちよう》と辻番屋を回り、ここが三ヵ所目。いずれもゆうべ辻斬りに殺されたらしき死体を検分するためだった。

逸次郎が戸を開けると笑い声がぴたりと止んだ。中には、同心《どうしん》が二人、目明《めあか》しと辻番役が三人。むしろを掛けられ土間の隅に追いやられた死体が一つ。背を向けていた同心どもが振り返る。やってきたのが逸次郎だと気づくと、顔つきは憤《いきどお》りの表情へと変わった。

何もいわず逸次郎は入っていった。目明したちは視線を外し壁際へ身を寄せた。同心たちは袖《そで》を擦《す》り合うほど逸次郎の間近を通り、戸口から出ると、痰《たん》を一吐《ひとは》きして姿を消した。

死体は町人だった。

鎌平がまず調べた。指と手の甲、足の裏が固くなっている。窮屈な姿勢で作業を続けていたのだろう。手先の荒れ具合から見ても指物師《さしものし》のようだ。次に死体の斬り傷の幅、長さ、深さを計っていく。人を斬り慣れた者、腕のよい者ほど斬り傷に個性が出る。己《おのれ》の間合いと呼吸で斬るため、相手が違っても同じ部位に、同じ長さ深さの傷が残る。

飯田町の死体は江戸へ出てきたばかりの足軽だった。連尺町は菜売りの商人。そしてこの浅草橋。職種も年も違うが、三体とも辻斬りに殺されたのは間違いない。肌色の変わり具合い、死斑《しはん》の出方から見て、斬られたのもほぼ同時刻。昨夜、八丁堀中屋敷が襲われたのと同じころだ。

だが、赤迫《あかさこ》らの仕業ではない。斬り口が汚らしい。三つの死体とも七、八もの斬り傷があり、幅も深さも違う。刺した刀が急所を外れ、無理に引き抜き何度も刺すなど、手慣れているには程遠い。さらに鎌平が死体の足回りについている土を見た。死体が見つかったあたりの土と、色や質、湿り具合を較べることで、その場で殺されたか他から運ばれたかが摑《つか》める。この死体も前の二つと同じように、殺されたその場に捨て置かれたようだ。

死体にむしろを掛け、逸次郎が帰り支度をはじめると、急に外が騒がしくなった。戸が開き、大声がした。「また来やがった」目明しの一人が露骨《ろこつ》に嫌な顔をした。町人の女とその縁者たちが辻番屋に押し入ろうとして目明しに止められた。女は逸次郎に気づくと「御武家様も聞いてくださいまし」と潤《うる》んだ目で呼びかけた。

女の亭主だという男が、どこかの藩の家老が乗った駕籠と従者たち、総勢十人ほどの一行の供先《ともさき》を切った（行列の目前を横切った）らしい。家老の従者が咎めると、男は「急に四つ角を曲がられてきたのはそちらでしょう」と反論した。男は従者に突きのけられ、家老が駕籠の中からいった「斬り捨てい」の一言で無礼討ちにされた。おとといのことだという。

女は「道理が行かない」と涙声で繰り返している。だが、目明しは、ここに来て泣き叫んでも何もしてやれぬ、正式に町奉行所へ訴え出よと何度もいい聞かせた。

それでも納得しない女は「こうなったら辻斬り様に斬り殺してもらえるようお祈りしてやる」と叫んだ。とたんに目明しは女の顔をきつく張り飛ばした。

「滅多《めった》なことをいうんじゃねえ」と怒鳴り、女を辻番屋の外に押し出し、戸をぴしゃりと閉めた。それから目明しはうんざりした顔で椅子に腰掛け、戸の外の女たち、斬られ死んだ男、斬らせた家老、その誰に向けるともなく「面倒を起こしやがって」と、つぶやいた。

赤迫とその一派が市中に蒔《ま》いた種は深く根を張り、いまや芽を出しはじめていた。町衆は辻斬りが誰を選び斬っているかに十分気づいていたし、そこに薄暗い意図を感じながらも、陰での称賛を惜しまなかった。

事実、赤迫らによって、それまで市中の夜を徘徊《はいかい》し、皆を悩ませていた武家の辻斬りどもはほぼ一掃されてしまった。さらには傾奇《かぶき》連中、銭をたかる役人、食い物をたかるおんぼろや御貰《おもらい》と、江戸の町衆が消えてほしいと願う者たちばかりを選び、赤迫とその一派は斬ってきた。

町衆たちは、無能で無用な武士どもが肩で風切り町中でえばり散らすことを控え、妙におとなしくなったことを何より歓迎していた。武士など数は多いが、できることといえば刀や槍を振るうだけ。算盤《そろばん》も使えぬ、米も道具も作れぬ。何も採れず育てられず、殺すばかりで何も生み出せぬ。太平が戻ったこの世に、どうしてこれほど多くの武士が必要なのか。武士は有能な一握りがいて、御政道を預かってくれればいい。御城におわす将軍様とその配下だけ残し、他は消えてなくなればいい——町衆は無駄な武士どもを黙らせ減らしてくれる「辻斬り不動《ふどう》様」を、ありがたい存在と感じるようになっていた。

番屋の中はまた静かになった。逸次郎たちは死体の前で手を合わせた。そして、外で騒いでいる女たちの声が遠ざかり、すっかり消えるまで待った。

戸を開くと、また小雨が降り出していた。


正午の八丁堀中屋敷。表門の脇戸から出てきたがまくびが、たつととらに頭を下げた。補充の守備組一人を送り届け、帰るところだった。

脇戸が閉まっても、たつととらはその場に立ち続け、次の客が来るのを待った。近くには、火矢に焼かれ焦《こ》げた大樽《おおだる》と、むしろを掛けられた肥前藩士夏目の死体。

雨が表門の屋根瓦《がわら》を伝い、滴《したた》り落ちている。

閉ざされた門の向こう、びしゃびしゃと水をはね上げ多くの足音が近づいてくるのが聞こえた。たつととらは門を開けさせ、大樽と夏目の死体を門外に運び出させた。そして、何があっても「手出しは無用でございます」と大貫以下守備組の連中に告げた。

路上に並ぶたつととら、うしろで閉まってゆく表門。その前に六人の武士が駆けてきた。顔を赤らめ、息を荒らげ、汗を垂らしている。夏目克紀の死体を預かっているという逸次郎からの書状を見てやって来た肥前藩江戸藩邸の連中だった。

「お改めを」たつととらは門前に広げられたむしろを指差した。

肥前藩士たちが剝《は》ぎ取る。焦げた死体を見て顔色はさらに赤みを増した。

「当藩夏目に相違ないが」藩士の一人がいった。「顚末《てんまつ》をお聞かせ願いたい」

たつととらはありのままを話した。昨夜、見知らぬ老いたおんぼろが「頭巾の男に頼まれた」と死体入りの大樽を運んできた。その際、正体のわからぬ敵から無数の火矢を射かけられましたと。

嘘はない。これ以上は説明のしようがない。それでも藩士たちは納得せず、いら立ち、睨《にら》みつけ、埒《らち》が明かぬので逸次郎を出せと騒いだ。

たつととらは逸次郎は不在であり、戻るまで待っても応対しないと告げた。二人の落ち着いた口ぶりが藩士たちを余計いら立たせた。凛《りん》とした態度も癪《しゃく》に障った。

「薄汚い女形《おやま》ども」藩士の一人がいった。それをきっかけに他の五人も罵《のの》りはじめた。

「女を気取った色惚《いろぼ》けのじじいと問答するために来たのではない」「われらは武士だ、本物の武士と話をさせろ」「何かいえ、いわぬなら年寄りといえども容赦《ようしゃ》はせん」

皆が刀を抜き、構えた。

たつととらは両手を帯前で軽く合わせ、表情を崩《くず》すことなく立ち続けている。六人は憎しみを込め見つめた。だが、見ているようで何も見ていなかった。四日前まで肥前藩士夏目克紀は藩邸内に監禁同然に留め置かれていた。確かに藩邸内にいた、見張りもつけていた。なのに、忍び込んだ何者かによって、知らぬ間にどこへともなく連れ出されてしまった。奪われたのか、望んで逃げたのかさえわからぬままだ。それがなぜ、こんな小留間《こるま》などという旗本《はたもと》の次男坊が住む家の前に、死体となって転がっているのか——

己の藩から、少年を強淫《ごういん》した夏目のような下衆《げす》を出した恥。その下衆な夏目を、重役からの厳命とはいえ藩邸内に匿《かくま》い警護せねばならなかった恥。さらには厳重に監視していた夏目に消え去られてしまった恥——ここで騒いで塗り重なった三つの恥が拭えるわけではない。それでも怒りを吐き出さずにはいられなかったし、そんな心情はたつととらも十分承知していた。

「もう一度いう、小留間逸次郎と話をさせよ。不在なら外出先から今すぐ呼び戻せ」

たつととらは何もいわない。

「そこまで愚弄《ぐろう》するか」顔を真っ赤にした一人が飛びかかった。

たつととらは微塵《みじん》も動かなかった。

刃先がたつの左袖《ひだりそで》を裂いた。割れた袖の奥、血の滴る腕が覗いている。だが、傷口を押さえようともせず、たつも、とらも、藩士たちを見続けた。

藩士たちはそれ以上刀を振るうことができなかった。口をつぐみ、苦々しげな顔で握った刀を鞘《さや》に戻した。たつととらはまだ見ている。見られる息苦しさに耐えられず
「頭のおかしな色惚けどもに関わっている暇はない」と一人が大声でいった。声を待っていたように藩士たちは夏目の死体を大樽に詰め、人目を避けながら急ぎ運び去っていった。

離れて見ていた盃庵と大貫が駆け寄る。たつの傷口に焼酎《しょうちゅう》をかけ血を流し、湿布《しっぷ》を貼《は》ると布できつく巻いた。

「上手く斬られましたな」盃庵はいった。「これなら十日とかからず元に戻るでしょう」

たつととらは門を閉じるよう告げた。

雨は止んだが、雲が敷き詰められたように広がっている。晴れ間は見えてきそうになかった。

逸次郎たちは雲光寺近くの辻番屋を出ると、また神田川沿いへと向かった。今度は川の流れを右に見ながら来た道を戻り、八名川町《やながわちよう》から佐久間町《さくまちよう》へ。さらに和泉橋《いずみばし》を渡って東本願寺《ひがしほんがんじ》の裏手まで進むと、御家人《ごけにん》や小禄《しようろく》の連中の家々が並ぶあたりで馬を停めた。

佐久間忠達《さくまただたつ》の屋敷へ入ってゆく。

逸次郎より前に掃討使《そうとうし》の役に就いた十三人のうちの一人。だが、はっきりと今も生きているといい切れるのは、この男だけになってしまった。他は皆、死んだか、行方知れずのまま。佐久間も無事に戻ってこれたわけではない。

逸次郎一人が玄関を上がった。

脇坂は佐久間家の塀の外、門のすぐ脇に静かに立っている。樽木屋と松井は門内の長椅子に腰掛け、白湯《さゆ》を飲んでいる。音羽は地べたに座っている。鎌平は下男に古桶《ふるおけ》を借り、馬に水を飲ませている。

逸次郎は奥へと通された。廊下を進む。小さな庭の山茶花《さざんか》が白い花をつけていた。佐久間は大きな背もたれのついた座椅子に座り、庭の花を見つめていた。椅子は同僚たちが職人にしつらえさせ、贈ってくれたという。一人の少年が介添えをしている。佐久間の嫡男で名は忠明《ただあき》。前年に急逝した母に代わり、父の横につき、かいがいしく世話を続けていた。佐久間は左腕、左脚の腿《もも》から下、右脚の膝《ひざ》から下を失っていた。

「御高名は以前より存じておりました」逸次郎がいった。

「それはこちらのほうだ」佐久間がいった。「一度会いたいと思うてはおったが、こういうかたちで会おうとは」

夏のはじめに斬られこの体になって以来、佐久間は家の外の動きを一切知らぬという。見舞いに来る上司や同僚たちも、家人も、外のことを語ろうとしない。「知っているのは庭の草木の移り変わりと、子どもたちの背の伸び具合だけだ」と笑った。

佐久間には忠明に加え、小さい女子が三人いる。慰労《いろう》のつもりか、佐久間を掃討使に推挙した大目付井上筑後守《おおめつけいのうえちくごのかみ》は、嫡男の忠明を将来、父と同じ西丸《にしのまる》書院番に就けると書状で保証したという。娘たちの縁談も世話するといったそうだ。

「空証文にならぬよう、それまで生き続け、この目で確かめたいものだ」佐久間はいった。

本題に入る前、逸次郎は佐久間の息子を見た。

「お気遣いは無用でございます」忠明はきっぱりいった。父が辻斬りになぶられた記憶を語るのを聞かせたくなかったからだが、慣れたという。佐久間の意識が戻って以降、幕閣の使者や奉行所の連中が入れ替わりやってきては、血腥《ちなまぐさ》い記憶をさんざん語らせ、帰っていったそうだ。

佐久間は淡々と語った。自分が何を調べ、赤迫一派の何を摑み、なぜ捜索にゆき詰まったのか。梅壺主税《うめつぼちから》はどのように現れ、従者と自分はどんなふうに斬られたのか――佐久間はいい終わると、訊いた。

「だが、聞いたところで役には立たぬだろう」

「いえ、とても有益な話でした」

「気を遣わずともよい」

「ならば気を遣わずいいます。どう動いてはならぬのか、何が惨《みじ》めな失敗を生むのか、よくわかりました。あなたの轍《てつ》を踏まずにすみそうです」

「それでいい、そうしてくれるのが嬉しい」佐久間はうなずき、言葉を続けた。「で、そなたはどう動く。これまでに何を手に入れ、この先をどう読んでいる」

すべてを隠さず話した佐久間に対し、逸次郎も隠さずいった。「昨夜、赤迫一味の正代真兵衛らしき者を討ち取りました」

瞬間、佐久間の顔が別のものになった。肌に赤みがさし、口元も眉《まゆ》も上がり、強い目で逸次郎を凝視《ぎょうし》した。目の中にあるのは怒りでも妬《ねた》みでもない。勝負に対する執念だった。

佐久間家の門脇に脇坂は立っている。

不測に備えての用心ではあるが、職責からではない。こうしていた方が気が休まり、落ち着く。そう、ただの癖だ。脇坂は逸次郎とはじめて顔を合わせる前から、その名も素性も知っていた。逆に逸次郎も脇坂を知っていた。父とともに大坂にいた時分、周りからよく脇坂源之介《げんのすけ》の男ぶり槍巧者ぶりを聞かされたからだ。

外様《とざま》大名加藤貞泰《かとうさだやす》の治める大洲《おおず》藩。脇坂の父はこの四国の小藩の藩士であり、弓巧者として知られていた。妻との間に脇坂をはじめ三人の男子をもうけ平穏に暮らしていたが、妻が豊臣《とよとみ》の遠縁であり、元は北《きた》の政所《まんどころ》おねの生家と同じ杉原《すぎはら》姓であったことから悶着《もんちゃく》が起こった。大坂の冬と夏の陣を経て徳川《とくがわ》の天下が揺るがなくなった世で、家中に豊臣縁者がいるのは「本人にも藩にも疫《えき》となろう。即刻実家へ送り返すべき」と上司や同僚たちから勧められた。この水のようにごく薄い血縁さえも危ぶむ臆病心に対し、脇坂の父は離縁ではなく藩職を辞すことでこたえた。武士の身分を何のためらいもなく捨てた。そして、妻や子らとともに大坂に移り商人になる道を選んだ。本人の才覚もあり、また「けちな藩職より妻との絆《きずな》を選んだ男」と根強く太閤《たいこう》びいきが残る大坂商人たちにも気に入られ、営んだ紙問屋は繁盛した。今その店は父の商才を継いだ脇坂の弟が営んでいる。

一方、脇坂自身は父から武の才を継いだ。大坂では若くして槍の使い手として知られ、そののち、江戸に出て大藩重臣の子息や豪商などの警護を生業とした。同業の者は脇坂を尊敬を込め「頼義《よりよし》」と呼ぶ。平安の昔、三条《さんじよう》天皇の皇子で小一条院《こいちじよういん》と称される御方がいらした。少々ぬるい御方だったが、源《みなもとの》頼義という武勇と知略に優れた武士を従者にしていたので、人々は畏《おそ》れかしこんだという。この故事になぞらえ、脇坂は武と知を併せ持つ「雇い主の格を上げる男」として多くに認められていた。

脇坂は空を見た。西に傾いているはずの太陽は厚い雲で見えない。冷えてきた。人の気配がした。目線を遣《や》る。屋敷前の道の右手奥、細い横道から一人の武士が出てきた。頭巾を被っている。ゆっくり近づき、脇坂の前で止まった。

「小留間逸次郎殿にお渡し願いたい」頭巾の武士は懐から書状を取り出した。

脇坂は黙って武士を見つめた。まだ若い。頭巾から覗く目元と声だけで十分わかるほどの若さだ。「早《はよ》う受け取られよ」頭巾の武士はいった。

「貴殿は何者か」脇坂は訊いた。

「それはいえぬ」

「ならば書状の差出人はどなたか」

「運んできた者も、書いた主もわからぬ。そんなものは受け取れぬ」

「それもいえぬ」

「受け取らねば後悔するぞ」

「立ち去られよ」脇坂は挑発するようにいった。

「玉利《たまり》の命に関わる書状ぞ」頭巾の武士は語気を強めた。玉利とは、赤迫一派の捜索中に神田矢来町《やらいちょう》の鵜星《うのほし》神社で突然消えうせた掃討使玉利鉄太郎《てつたろう》らしい。一番やっかいなかたちで生き延びているようだ。

「取り戻したくば、ここに記されている通りにせよ」頭巾の武士は書状を投げつけ、脇坂の胸にあたって道に落ちた。「拾うがいい。早う拾え」

「信用できるものか」脇坂はいった。「その言葉が真実である確証はどこにある」

相手は若い。脇坂はその若さにつけ込むつもりだった。

「嘘だというのか」

「証拠を出せといっている」

「ならば玉利が死んでもよいのだな、見殺しにするのだな」

「よいも何も、われらはその者を救う任など受けておらぬし、殺すのはわれらではなく貴殿であろう。それに――」脇坂は強く睨んだ。「もし救いたくば、こんな書状など見ずとも、この場で貴殿を捕らえ、居所を白状させればよい」

「できるものか」頭巾の武士はあとずさりした。

「できる」脇坂は前に出た。踏み出した草履《ぞうり》が落ちた書状の上に乗った。頭巾の武士は慌てて振り返り、先ほど自身が出てきた横道へ向け「来い」と叫んだ。

新たに二人が姿を見せた。手前は口に布を嚙《か》まされた娘、首に脇差《わきざし》を突きつけられている。突きつけているのは大きな鼻と切れ長の目をした若い武士。早くも額から汗を垂らしている。

「動くな」頭巾の武士はかすかに余裕を見せ脇坂にいった。「何の用意もせず来るものか。動けばあの娘が死ぬことに――」いい終わる前に脇坂は動いた。頭巾の武士は慌てて刀の柄《つか》に手をかけた。が、すでに脇坂の右手が柄頭を押さえていた。抜けない。脇坂はさらに左手で頭巾の武士の襟元《えりもと》を摑むと、締め上げながら背後に回り込んだ。

一瞬だった。

大鼻の若い武士は動転し、訳もわからず娘の首に刃を押しあてた。赤く細い血筋が走り、布を嚙まされた娘の口から声にならない悲鳴が漏れた。

「そこまでだ」脇坂は頭巾の武士の首に脇差を突きつけた。大鼻の若い武士の手が止まる。娘の両目から涙がこぼれ、嚙まされた布の奥で嗚咽《おえつ》している。脇坂は捕らえた武士の頭巾を剝《は》ぎ取った。美しく、まだ子どもらしさを残した顔が出てきた。

「放せ。放さねばほんとうに殺すぞ」大鼻がいった。

「殺せばこちらも殺す」脇坂もにじり寄った。

脅し脅され、対峙する二組。

「我らに人を殺せる胆力がないと思うてか。見くびるな」脇坂に頭巾を剝がれた美男は、首元を押さえられながらも大声でいった。

「昨夜、三人を殺した辻斬りはおまえたちか」脇坂が訊いた。

「そうだとも、恐れ入ったか。人の命を取るなど、われらにはたやすいこと」

「丸腰同然の町人を斬って偉そうに。同じ秘密を持って仲間内の結束を高めるためか、それとも威勢をつけるためか。どちらにしても、あんなに下手な斬り口では三人とも悶《もだ》え苦しんだだろう。恨《うら》みで成仏できず、おまえたちに憑《つ》いて回るぞ」

「黙れ。惑わされぬぞ」大鼻がいった。「われらが二人だけと思うてか。一声上げれば周囲に潜《ひそ》む仲間が飛び出し、おまえを取り囲む」

「ならば呼ぶがよい」脇坂がいった。

大鼻は言葉を詰まらせた。

「早う呼べ」

大鼻は声を出せない。

「呼ばぬならこちらが呼ぼう――皆、出会えい」脇坂の声と同時に樽木屋、音羽、松井の三人が飛び出し、娘と大鼻をまたたく間に取り囲んだ。皆、早くから異変に気づき、門の陰で構え、機会を待っていた。

「怯《ひる》むな、正義はわれらにある」美男が大鼻に叫んだ。

「少し黙っておれ」脇坂がいった。

「黙るものか、下郎め」美男は叫び続ける。「卑《いや》しきおまえらにわれらの大義がわかるものか」

「黙っておれ」脇坂は美男の顔の真ん中を拳《こぶし》で激しく打った。美男の両目は空《うつ》ろになり鼻と上唇《うわくちびる》はみるみる腫《は》れ上がり、鼻血が垂れ、ようやく黙った。

「さて」脇坂は大鼻にいった。「今すぐ娘を放すなら、貴殿らも今すぐ解き放とう。どこへ行こうとあとは追わぬ。だが、強情を通して娘を殺せば、貴殿らも即座に死ぬことになる。われらが殺す。誰も死なぬか、三人死ぬか、どちらか選べ」

「出会えい」という脇坂の声は、佐久間家奥の間にいる三人の耳にも届いた。すぐに佐久間の息子の忠明が不安げな顔で立ち上がったが、逸次郎は止めた。何かあれば自身の配下が必ず知らせに来る、今はむしろ不用意に出て行かぬほうがよいと。

佐久間忠達はまだ強い目で逸次郎を見続けている。二人の前では淹《い》れられたばかりの茶が細い湯気を立ち昇らせている。茶の匂いに負けない山茶花の強い香りが庭から漂ってくる。

「恥ずかしながら未練があるのだ」佐久間がいった。

「もう一度梅壺と戦いたい。この弱き心を磨き上げて再度戦ったなら、梅壺におくれを取らぬ、この体でも必ずや打ち破れる。そんな気がしてならぬのだ。鍛え上げるまでの間、梅壺に生き続けてもらいたい。そして今度こそわたしが討ち取る」

佐久間は少しだけ口元を緩め、そして続けた。「わたしは死なん」

逸次郎もいった。「わたしも死にません、生き延びます」

庭先で声がした。

佐久間家の家中に先導された鎌平だった。「先ほどから、御当家門前をお借りして一つ小さな用事をしてございます。御当家にはまったく関わりなきことではございますが、どうかお許し願いたく存じます」

「大分かかりそうか」逸次郎が訊いた。

「いえ、間もなく終わるかと」

「ならば、そろそろ退散しよう。長居すれば、無用な迷惑をおかけするやもしれぬ」

逸次郎は立ち上がった。

「生き延び、また会いに来てくれ」佐久間は笑顔でいった。

「はい」逸次郎も笑顔でこたえた。

忠明の先導で玄関まで進む。逸次郎の見る忠明のうしろ姿は、来たときよりもたくましくなっていた。逸次郎との会話の中で佐久間が発した言葉は、佐久間自身だけでなく息子にも魔法をかけていた。

開いた玄関の先、表門までの短い石畳の上で樽木屋が見知らぬ娘を抱きかかえていた。足下に小さな砂時計を置き、娘の首に指を添え脈を取っている。膏薬《こうやく》の匂い。娘は気を失い、首にはさらしが巻かれていた。

脇坂が顚末《てんまつ》を説明した。

「藪《やぶ》を突《つつ》いてみたか」逸次郎がいった。

「はい。早々に何か出るかと」脇坂は若い武士たちが運んできた書状を逸次郎に渡した。逸次郎は目を通すと、すぐに懐に入れた。玉利鉄太郎を返してほしくば二日後の夜四つ（午後十時ごろ）、高輪《たかなわ》の大乗寺《だいじょうじ》跡に来いとあった。回りくどく古風な手を使うものだ、と逸次郎は思った。

娘が目を開いた。はじめは動転し怯えていたが、少しずつ落ち着きを取り戻した。傷は浅く脈も乱れてはいないと樽木屋がいった。久右衛門町《きゅうえもんちょう》の小さな油屋の娘で、使いの途中、細い路地に入ったところでいきなり口を塞がれたという。

逸次郎は家まで送り届けるつもりだった。

「当家でお預かりいたします」忠明がいった。しばらく休ませ、それから忠明自身が家まで送り届けるという。

「失礼ながら小留間様のお側《そば》にいては、またどんな恐ろしい目に遭うやもしれません」

その通りだ。無事を願うなら、むしろ、われらから遠く離した方がいい。自分たちの周囲こそが今は何より危険な場所なのだと逸次郎は改めて思った。

娘を忠明に託すと逸次郎はいった。

「確かに一悶着《ひともんちゃく》ありそうです。帰り道の用心に、できれば武具を貸していただきたい」

十二　詭法《きほう》

逸次郎《いつじろう》たちは佐久間《さくま》家の門を出ると和泉橋《いずみばし》を渡り、連尺町《れんじやくちょう》、新石町《しんこくちょう》、比久町《ひさちょう》と進んだ。町名が変わるたび道幅が広がってゆく。問屋町で道を左に折れ日本橋《にほんばし》通りへ。日本で一番人と物と店《たな》に溢れたこの通りを、逸次郎たちはあえて選んだ。暗い道では、いきなり矢を射掛けられる。細い裏通りだと、前後を塞《ふさ》がれ火をつけられ周囲の家ごと燃やされかねない。この通りならば、大立ち回りを演じても通行人を巻き込まないだけの広さがある。手槍や長巻《ながまき》、さらには古めかしい三叉《みつまた》の鎌槍《かまやり》、大まさかりなどを携え、出陣さながらに騎馬を囲み進む逸次郎と馬廻りの姿は、その凛々《りり》しさと美しい銀羽織《ぎんばおり》も相まって、またも道行く大勢の目を引いた。

道沿いには数々の大店が並ぶ。その二階建ての屋根が連なる向こう、暗い雲の下に朱色の空が広がっている。その朱色がみるみる黒く塗りつぶされてゆく。町は夜に入ろうとしていた。大店の店先は、終《しま》うもの、明かりを灯《とも》しさらに活気づくもの、様々だった。行き交う人の流れは途切れない。流れの中に提灯《ちょうちん》を持つ手が増えてゆく。そのほのかな灯が、疲れた顔、浮かれた顔、華やぐ顔、一日の終わりのそれぞれの表情を照らし出してゆく。

進む逸次郎たちとつかず離れずにいる提灯が一つあった。一つが二つ、二つが三つと数を増し、逸次郎たちと歩調を合わせるように道を進んでいく。馬廻りたちも、鎌《かま》平《へい》も、とうに気づいている。

白金町《しろがねちょう》を進む。行く先には本石町《ほんこくちょう》。

右に「志《し》らき」、左に「本桝本《ほんますもと》」。向かい合う二つの大店の前を進む。どちらも薬種売りが本業だが、小間物《こまもの》から薪炭《しんたん》、紙に乾物まで大方の日用品は取り揃えていた。その中で薬種屋らしさを演出しているのが本桝本の店先に置かれた、何十匹という蝮《まむし》を入れた金網の籠《かご》だった。乾かして煎《せん》じたり、酒につけ込んだりする。もちろん店子《たなこ》が常に近くにいて見張っているが、店の目印であり、いい客寄せにもなっていた。

江戸に出てきたばかりの者たちが、籠の前に立って眺めている。いつもと変わらぬ光景。だが、本石町に入る手前で様子が違ってきた。つかず離れず進んでいた提灯が逸次郎たちの前に少しずつ集まり横一線に並んだ。振り向くとうしろにも並んでいる。

ふいに脇道から手槍を握った連中が飛び出してきた。何事かと道行く者たちが足を止め振り返る。囲んだのは十二人。いずれの顔もまだ若く幼ささえ残っている。

先ほどの美男と大鼻の若い武士が逸次郎たちの前に歩み出た。二人は仲間を引き連れ戻ってきた。「汚名をそそぎに来た」美男がいった。だが、その顔は、大きな目と整った輪郭《りんかく》とは不釣り合いに、脇坂《わきさか》に殴《なぐ》られた鼻と上唇《うわくちびる》が赤黒く腫《は》れ上がり、異様だった。

「いい顔になったな」脇坂がいった。

「どちらが美男で、どちらが大鼻か」音羽《おとわ》が脇坂にいった。「見分けがつかぬ。これでは赤鼻と大鼻だ」

美男改め赤鼻、そして大鼻、二人とも意に介さない様子で脇坂を睨《にら》み、そこからゆっくりと視線を上げ、馬上の逸次郎を見た。

「貴殿の配下に堪え難き侮辱《ぶじょく》を受けた。配下の無礼は主人の不徳によるもの。ここで厳しく罰し、同時に謝罪していただきたい」

「罰する気も、謝罪する気もない」逸次郎はいった。

「ならば命で償《つぐな》わせてもらう。でなければわれらの気が収まらぬ」赤鼻は持っていた提灯をその場に落とし、刀を抜いた。「一同揃って討ち取られるがいい」大鼻も刀を抜いた。

他の若い武士たちも手にしていた提灯を次々と落とし、「われら揆《き》は一つ」と手槍を構え、刀を抜いた。道行く者たちが「わっ」と声を上げ、潮が引くように一気に退《ひ》いた。大通りに潮溜《しおだ》まりのような空き地ができ、大勢が逸次郎たちと若い武士たちを遠く取り巻き、押し合いながら好奇の目で眺める。堰《せ》き止められた川のように道に人が増え集まってゆく。皆の手にする提灯、店先の行灯《あんどん》や灯籠《とうろう》、無数のろうそく灯と油灯が逸次郎たちに向けられ、さながら舞台の上の役者のように強く照らし出した。

「さて一人で何人を相手にすればいい」松井《まつい》がいった。

「それぞれにつき二人か三人か」樽木屋《たるきや》が続ける。

「三人だ」馬上から逸次郎がいった。「ここは任せる」いい終えると逸次郎は、若い武士たちには一切構うことなく、周囲で騒ぐやじ馬たちを凝視《ぎようし》した。

若い武士たちは顔を紅潮させ睨んでいる。そのうち二人がこらえ切れなくなったように樽木屋と音羽めがけ槍を突き出した。

周囲から低い声が上がる。樽木屋は右へ身を切り槍先をかわすと、手にしていた槍の柄《え》を風車《かざぐるま》のようにぐるりと回し、勢いをつけ若い武士の首元を打ちすえた。ぐらりとよろける。樽木屋はすかさず槍の根元の石突《いしづ》きで、若い武士の腹を突き、前のめりになったところを、さらに額を突いた。

音羽は突かれた槍を大まさかりで叩き割ると、身を沈めながら低く跳び、ぐっと間合いを詰めた。槍を割られた若い武士は腰の刀に手を伸ばす。が、その手を大まさかりの柄でさらに叩き、続けて大きく振りかぶり腹を二撃。一撃目で若い武士の胴鎧《どうよろい》がみしりと音を立て、二撃目でさらに低い音を立てひび割れた。

二人の若い武士は、ほぼ同時に仰向《あおむ》けに倒れた。周りからどっと歓声が上がり、拍手が湧《わ》き起こった。「見事」声が飛ぶ。若い命を奪うことなく打ち倒したことへの称賛だった。そんな、押し合いへし合いしながら歓喜するやじ馬たちを逸次郎は相変わらず見ていた。馬を輪乗りし、静かに回転させ、道の前後をくまなく見た。この小僧たちを焚《た》きつけ後押しした者が、必ずや近くにいる。皆が気を変えぬよう、怖《お》じ気づかぬよう、直前まで見張り、今もどこかで見ているはずだ。

そして見つけた。上気し興奮している顔の中に、落ち着き払った顔が一つ。周りとは明らかに違う。好奇の目でなく、状況を窺《うかが》い観察している武士が一人。若く、流行《はや》りの栗梅《くりうめ》（栗色がかった濃い赤茶）色の羽織を着ている。逸次郎はその顔を見つめた。鎌平が静かに差し出した手槍を受け取り、さらに見た。その顔も逸次郎の視線に気づき、何喰わぬ顔であとずさりをはじめた。逸次郎は手綱《たづな》をぐいと引き寄せた。

「道を開けろ、開けてくれ」鎌平が叫び、やじ馬の中に突っ込んだ。その声を聞くやいなや、武士は栗梅の羽織を翻《ひるがえ》し駆け出した。「せい」逸次郎も馬を一気に走らせた。人混みが瞬時に割れ、道が伸びる。その道を鎌平とともに走り抜けてゆく。

「逃げるか」赤鼻はじめ若い武士たちが逸次郎を追おうとしたが、すぐさま松井が立ちはだかった。「心配するな」松井がいった。「おれたちが相手をしてやる」

やじ馬から、またどっと歓声が上がった。

逸次郎は栗梅色の羽織の背中を追ってゆく。

馬の蹄《ひづめ》が響く。本石町二丁目の裏通りから、迫る軒先《のきさき》を避け、どぶ板を飛び越え、さらに細い路地へ。「退《の》いてくれ」鎌平が叫びながら駆け、人を散らす。逸次郎は人を物を巧みに避けながら馬を駆る。葺屋町《ふきやちょう》に入り、さらに道は狭まった。長屋の建ち並ぶ奥へと、栗梅羽織の武士は逃げる。右へ、また右へ、次も右、そして左へ。入り組む道をぐるぐると回りながらさらに逃げる。が、逸次郎も追う。「退け退け」鎌平の叫ぶ声がどんどんうしろに離れ、逆に栗梅色の背へ近づいてゆく。「ばかやろう」「あぶねえぞ」町衆の罵声《ばせい》を浴びながら走る。馬の蹄が泥水をはね上げる。風を切りなびく栗梅羽織にぐっと近づいた。あと一息。だが、栗梅羽織の進んで行く先が、急に見通しがよくなった。

丁字路《ていじろ》だ。この先は常盤橋《ときわばし》の脇あたり、濠《ほり》沿いに続く大路へとぶつかる。曲がるのは右か左か——そのどちらでもなかった。栗梅羽織は真っすぐ進み、濠へと飛んだ。が、それを見越したように逸次郎は思いきり手槍を投げた。男を追い、槍先が栗梅色の背に突き刺さった。男の体がぐんと丸まり、手槍が突き立ったまま濠へと落ちた。

ざぶんと大きな水音。だが、同時に逸次郎の馬が嘶《いなな》いた。

鉄針《てっしん》つきの仕掛け板が下から左右から跳ね起き、馬の鼻や腹を引き裂いた。馬は硬直し、三枚の板を叩き割りながら前のめりに飛んだ。逸次郎も投げ出され、勢いよく飛んだ。体が宙で一度回り、地に落ちても止まらない。羽織が擦《す》れ、陣笠《じんがさ》が飛び、転がってゆく。手の爪で地を掻《か》き、ずずと鈍い音を立てながら、濠に落ちる寸前でようやく止まった。

手槍が刺さったままの栗梅羽織の男は、水の中で唸《うな》りもがいていた。が、体はどんどん沈み、緩く流されながら水底へと消えた。

地べたに転がった逸次郎は立ち上がろうと顔を上げた。首や腹が裂け、脚を折り倒れている馬の前に、二人の男が立っていた。

本石町では、脇坂がまた一人打ち倒した。振るった槍の柄がきれいに首裏を捉えると、若い武士は両膝《りょうひざ》をがくんと突き、その取り囲むやじ馬から、またも大きな拍手と歓声が上がった。これで十人。一滴の血も流すことなく脇坂たちは打ち倒した。

路上には若い武士たちが手にしていた提灯が落ちている。その灯が、倒れ、気を失った持ち主たちの横顔を静かに照らしている。残るは赤鼻と大鼻、二人のみ。脇坂はそこで手にしていた槍を放し地面に落とした。榑木屋、音羽、松井も同じく武具を落とした。

「終わりだ」脇坂が赤鼻と大鼻にいった。「これ以上続けて何になる」

「ふざけるな」赤鼻は叫んだ。

だが、五重六重に周りを囲んだやじ馬からも声が飛んだ。

「往生際が悪いぞ」「潔くしやがれ」「素直に情けを受けねえか」

「黙れ黙れ」赤鼻は怒鳴り散らした。しばらくわめき続けた。しかし、大鼻は「皆のいう通りだ」と静かにいった。「武士ならば負けも素直に認めねば」大鼻は手にしていた刀を鞘《さや》に戻すと、赤鼻に歩み寄り肩に手を置いた。

やじ馬の罵声が止んだ。

赤鼻は口元を歪ませ、うつむき、頰を涙が伝った。そして手にしていた刀を路上に投げつけると、顔を下げたまま両膝をついた。大鼻が両肩を抱いた。

脇坂たちは離れて見ていた。

「それでいい」「立派な負けっぷりだ」やじ馬から拍手が湧く。赤鼻は大鼻に抱かれながら咽《のど》を嗄《か》らすほどに泣いた。「誰か水を」大鼻がいった。少ししてから人混みが割れ、「志らき」の店先から小僧がひしゃくを手に進んできた。大鼻が礼をいい受け取る。赤鼻は水を飲み干すと泣き声を止めた。そして落ち着きを取り戻し、ゆっくりと立ち上がる——ふりをした。脇差《わきざし》を抜くと一気に大鼻の喉元を突いた。

「がっ」大鼻は一声漏らし血を吹いた。

周囲から悲鳴が飛ぶ。腰を抜かしよろけた「志らき」の小僧の襟元《えりもと》を赤鼻がぐいと摑《つか》む。脇坂たちが刀を抜き瞬時に周りを囲んだ。赤鼻は小僧を羽交《はが》い絞《じ》めにすると首元に脇差を突き立てた。大鼻は裂けた咽を両手で押さえ、目を開いたまま倒れていった。

赤鼻は足下に落ちていた提灯を「拾え」と小僧に命じた。首筋に刃の冷たさを感じながら小僧が震《ふる》える手でそれを拾い上げる。「裏切り者」赤鼻は地面に倒れた大鼻の死体を足先で小突きながらいった。

「命懸けの約束を交わしたのに、それを覆《くつがえ》すなど、おまえなど武士ではないわ」

赤鼻は右手に脇差を握ったまま、もどかしげに胴服《どうぶく》を脱ぎ、鎧《よろい》を取ると、「見るがいい」と脇坂を睨んだ。胸にも背にも腹にも、大量の黒粉を包んだ何十もの油紙と導火線が貼《は》りつけ巻きつけられていた。油紙の中の黒粉が何か、誰が見てもわかる。火薬だ。

やじ馬たちは悲鳴を上げいっせいに逃げた。が、何重にもなった人垣は容易に身動きが取れず、あちこちで将棋倒《しょうぎだお》しが起こった。

「皆死ぬがいい、今度は本気だ」赤鼻はさらに強く脇坂を睨んだ。「先ほどのようには行かぬ。格好つけずにおまえも逃げろ」

「待て――」脇坂の言葉など聞かなかった。赤鼻は大笑いすると小僧が持つ提灯を破り、中のろうそくを握った。縒《よ》られ束《たば》になり、腹のあたりからだらりと垂れた導火線に揺れる炎を押しつけた。樽木屋と音羽が左右から飛ぶ。樽木屋は赤鼻の右腕を斬り飛ばし、音羽は喉を裂いた。脇差を握った腕が宙を舞い、咽から吹いた血が路上を赤黒く汚す。

だが、間に合わなかった。

「しゅう」と音を立て、何十という小さな火が体じゅうの導火線を駆けてゆく。無数の赤い光を纏《まと》ったまま、赤鼻は何度か小さく前後に揺れると、ぐしゃりと道に倒れた。「水」馬廻りたちは周りを見た。火除《ひよ》けの水樽《みずだる》はずっと離れ、水瓶《みずがめ》もなく、導火をもみ消していては間に合わない。赤鼻の体から流れる血も消してはくれない。脇坂は腰を抜かしている小僧の帯を摑み、力の限り遠くへ投げた。樽木屋、音羽、松井の三人は、気絶している若い武士たちの体を倒れた赤鼻の体の上に放り投げた。火薬を纏った死体に瞬時に八人を積み上げ覆《おお》い隠すと、馬廻りたちは振り向き走った。が、十歩も進まぬうちに赤鼻の体が破裂した。

轟音《ごうおん》が響く。重ねた若い武士たちの体が奇妙な格好で宙に浮き上がる。血や肉片骨片が飛ぶ。爆風が脇坂たちも吹き飛ばす。やじ馬たちにも吹きつけ、あたりの店々の軒先を壊してゆく。火の粉と血しぶきの細かな赤が雨のように降り、叫び声が渦巻《うずま》いた。

その爆音は離れた濠沿いにいる逸次郎にも聞こえた。遠くで半鐘《はんしょう》も鳴りはじめた。

「あの子どもたちに何を吹き込んだ。何をさせた」逸次郎はそういって立ち上がると、倒れた馬の前に立つ二人を睨んだ。

一人は若く、もう一人は老いていた。どちらの顔、体つき、立ち振る舞いも凶人《きょうじん》帳《ちょう》には載っていない。

「会いたかったぞ」若い男の方がなれなれしくいった。

「田端重秀《たばたしげひで》か」逸次郎はいった。きのう朝から行方知れずになっている北町与力《よりき》の名だ。

「いや、先ほど濠に沈んでいった栗梅色の羽織が田端だ」

「ならば、おまえが佐武国知佳《さたけくにちか》か」

「さすがに耳が早いな。あの立太《りった》とかいう者が調べたのか。まあいい、知られたところで、いまさら困りはしない」

佐武も北町奉行所の与力だった。

「杉江《すぎえ》を殺し道に捨てたのはおまえか」逸次郎は続けた。きのう、逸次郎たちの足を止めるために十間堀端《じっけんぼりばた》に捨てられた北町与力杉江利常《としつね》のことだ。

「おれではない。赤迫《あかさこ》たちが死体が入用だというから、その材料をおれと田端で用意してやった。死体に仕上げたのはこの稲津《いなづ》だ。面白かったぞ、涙と小便を滝ほども流し命乞《いのちご》いしたあげく、死んでいった。真面目ぶって融通の利かぬ嫌な奴だったので、せいせいした」佐武はべらべらと話したあと、刀を抜いた。

稲津、何者だ――逸次郎は思った。

その稲津も静かに刀を抜いた。二人の向こう、逸次郎の愛馬は傷口から血を流し倒れたまま、口から垂らした舌先をかすかに震わせている。

逸次郎は深紅《こきくれない》の鞘から長太刀を抜くと、草鞋《わらじ》を擦り、間合いを計りながら動いた。

「その長太刀、楽しみにしていた」佐武は刀を構えながら前へ歩み出た。が、強気な口調とは裏腹に、ひどく緊張しているのがわかる。首に汗も流れている。その斜めうしろでは、稲津が真っすぐに逸次郎を見据えている。

「若様」倒れた馬の向こう、鎌平が細い路地から出てきて叫んだ。逸次郎を必死で追い、ようやく追いついたようだ。

濠端に男が四人。

町は薄暗く、沈んだ陽の残照が西の空をかすかに染めている。周りには他に人の姿はない。すさまじい爆音に釣られ、大勢が本石町へと走っていった。残った何人かが濠沿いの商家の戸口から見つめている。

逸次郎はゆっくりと間合いを詰めていった。詰めながら片手を懐に這《は》わせた。

「何を出す。また目くらましの粉か、それとも光でも焚くか」佐武はいったが、そのどちらでもなかった。逸次郎は研ぎ澄まされた寸鉄《すんてつ》を素早く取り出し投げると、同時に前へ飛び出した。寸鉄は佐武の体を外れ、稲津も外れ、狙い通り倒れている馬の首に突き刺さった。馬は死の淵から一瞬戻り、大きく嘶《いなな》き、激しく脚をばたつかせ、その脚の一本が稲津の背を掠《かす》めた。ほぼ同時に、ほんのわずか背後に気を取られた稲津の右目を飛礫《つぶて》が激しく打った。鎌平が狙って投げた丸石だった。

飛びかかってゆく逸次郎の袴《はかま》を佐武の刀が裂く。左腿《ひだりもも》から細い血が伸びる。が、逸次郎は構わず飛ぶ。飛んだ先、飛礫を受け右目を押さえながら刀を振りかざす稲津を、力の限り斬りつけた。長太刀が肩口を引き裂く。

手応えがあった。骨を砕いた感触が伝わってきた。稲津の左肩からどろりと血が流れる。しかし、倒れない。稲津はうしろへ飛ぶと、よろけながらも濠へと走った。逸次郎が追おうとしたが横から佐武が割って入った。「退け」逸次郎は怒鳴ると、佐武が振り下ろした刀を苦もなくかわし、斜め横から佐武の腕と腹を斬り裂いた。さらに蹴りつけ、佐武が唸る間もなく濠へと叩き落とした。

稲津は濠端につけてあった小舟に転げるように乗り込むと、棹《さお》を握り、岸から押し出した。小舟は緩い流れに乗り離れてゆく。

逸次郎は濠沿いに走った。そして飛んだ。

舟上で稲津は待ちかまえ、飛び移ってくる無防備な逸次郎を斬り裂こうとした。だが、鎌平がまた飛礫を投げた。続けざまに投げた飛礫は、ことごとく稲津の顔や肩を打ちすえ、逸次郎を十分援護した。逸次郎が舟板にだんと飛び降りる。小舟が大きく揺れる。稲津、逸次郎、小舟の上で二人は向き合った。揺れながら小舟は暗い濠を進む。

「さすがは小留間得知昌《えちまさ》の孫、まともに斬り合わず詭法《きほう》を使いよる」

「祖父の知り合いか」

「何度も話し、戦場でも顔を合わせ、酒を酌《く》み交わしたこともあるぞ」

「それがどうした」

「聞きたくないか。だが、嫌がられると、なおさら話してやりたくなる。あやつに誘われ、ずいぶんと悪事をした。あやつの悪知恵で稼がせてももらった。得知昌という男、優雅に振る舞いながら、その実、行うことはすべて非道。まさに敬《うやま》うべき外道の極みだった」

「そんなことより、あの子どもたちに何をした」

逸次郎は稲津が失血するのを待ちながらいった。

「奴らの幼稚な持論に耳を傾け、うなずき、感心し、ほめたたえ、図に乗らせてやった」

「馬鹿な武家の小僧どもを騙《だま》し迷わし、人殺しに引き込んだか」

「望む人生に踏み出す勇気を与えてやっただけだ」

「老いてまだ人をたぶらかし惑わすか。安らかな日々を求めようとは思わぬか」

「安らかな日々など来ない。ずっと以前に、安息など胸からすっぽり抜け落ちてしまった」

稲津は前に飛んだ。逸次郎も飛んだ。刀がぶつかり、互いの刃がぎしぎしと音を立て毀《こぼ》れてゆく。そのまま渾身《こんしん》の力で鍔《つば》競《ぜ》り合った。小舟がまたも激しく大きく揺れた。

稲津の力は老いた身とは思えぬ強さだった。右目を腫らし肩を深く斬られているにもかかわらず、逸次郎をわずかに圧しはじめた。逸次郎の身がしなり、のけ反る。稲津の身が覆いかぶさる。血走った二人の目が間近で睨み合う。

その機を逃さず逸次郎は口から吹いた。稲津は「がっ」と叫び、飛び退いた。「いつの間に」稲津の顔から血が滴《したた》った。瞳は外したが、左の目尻に突き刺さっている。含み針だった。宵《よい》の口の暗さの中、にわか覚えの逸次郎が狙うには十分引きつける必要があった。

「正代《しょうだい》の技を意地汚く盗んだか」稲津は叫ぶと、突き刺さった針を無理やり引き抜いた。びゅっと太く血が噴《ふ》いた。「外道の血を嗣《つ》ぐ卑怯者め」もう一度叫んだ。稲津は大きく腫れた右目、血まみれた左目、両方を無理やり見開こうとしたが、ひどく霞《かす》み、濁《にご》り、ぼやけた逸次郎の姿さえ見えなくなっていた。

「刀を捨てろ。今手当てすれば、命は助かる」逸次郎はいった。

「助かるつもりなら、はじめからここにいない」稲津はかすれた声でいった。「赤迫は迎えに来て、真に見たいものを見ながら死のうと誘ってくれた。あの言葉に救われた、温和な年寄りとして死なずにすんだ。他者への一片の情愛も持たず生きてきた己《おのれ》を取り戻させてくれた」

「勝手に死ねると思うな。牢に入り、罰を受けろ。騙し殺した者たちの菩提《ぼだい》を弔《とむら》いながら、せめて最後は人らしく死んでいけ」

「何のために弔うのだ。命とはそれほど価値あるものか。他人の命が惜しくないように己の命も惜しくはない。なあ、そもそも命を惜しむとはどういうことだ、教えてくれ逸次郎」

逸次郎は何もいわなかった。突然訊かれ、何もいえなかった。

「やはりおまえにもわからぬだろう」そういうと稲津は握っていた刀を返し腹に突き

立て、引き裂いた。「わかるはずがない」稲津は細い声で繰り返し、舟べりを滑るように自ら濠の中へ落ちていった。

逸次郎は深く沈んでゆく稲津を見ようともせず、小舟を急ぎ濠端に寄せると、馬の元へ走った。鎌平もあとを追う。

馬は主人に最後の奉公を終えて、息絶えていた。主人の寸鉄を受け、狙い通りに息を吹き返し、脚を振り上げてくれた。春琴《しゅんきん》という名だった。長崎《ながさき》から乗ってきた、丈夫でよく走る馬だった。逸次郎は春琴の頰を撫《な》で、首を撫でた。

「手厚く葬《ほうむ》ってやってくれ」一言いうと鎌平をその場に残し、逸次郎は本石町へ走った。遠目には火の手は上がっていない。


たどり着くと、そこは血の臭いに満ちていた。皆が明かりをかざし右往左往している。道の真ん中に、黒く大きな血だまりがあった。体半分が吹き飛び焦《こ》げた死体が落ちている。肉片や瓦礫《がれき》が散らばり、意識のない者が路上に転がり、多くの傷を負った町衆がうなだれうずくまっている。

「何が起きた」逸次郎が叫ぶ。脇坂が駆け寄り、爆死の顚末《てんまつ》を伝える。脇坂の顔や体にも無数の傷があった。他の馬廻りたちも傷を負ってはいるが、皆、生きているという。音羽と松井が指揮をし、傷の重い者から順に「志らき」と「本桝本」の店内に運び込ませている。両方とも店先は吹き飛んだが、奥の座敷や庭先は使えるそうだ。痛みで声を上げている者が、肩を担《かつ》がれ、板に乗せられ、次々と連れられていく。「志らき」でも「本桝本」でも使用人たちが多くの薬や白布を抱え駆け回っている。逸次郎は両店の番頭に近隣の医者を呼び集めるよう命じた。さらに町衆に向け「傷を負った者、痛みのひどい者は躊躇《ちゅうちょ》なく申し出て、手当てを受けよ。代料はすべてわれらが持つ」と大声で伝えた。

だが、それで収まらなかった。まだあちこちに動けぬ者が倒れている。「本桝本」の蝮《まむし》を入れた金網駕籠に気を取られている者など一人もいない。宵闇が皆の混乱に拍車をかける。爆破の張本人、赤鼻は跡形もなく吹き飛んだようだ。その仲間の若い武士たち三人が体の一部を失い路上に転がっている。生きているのか死んでいるのか、誰も確かめず、助けず、町人たちはその体をまたぎ、踏みつけながら、慌てふためき通り過ぎてゆく。

逸次郎も人をかきわけ進む。見つけた。ずっと先、生き残った若い武士の一人が腰も膝も足首も縛られ座らされている。傷は浅いようだ。提灯を手に見下ろす樽木屋の詰問に、言葉を絞り出していた。

「まさか長門《ながと》があれほど多くの火薬を仕込んでいるとは」焦点の合わぬ目で暗く騒がしい路上を眺め、唇は青ざめていた。

長門とは赤鼻の名だという。十二人の武士たちはすべて旗本子息で、椿館《つばきかん》に通う仲間だった。椿館とは旗本の稲葉《いなば》家が設けている私的な武芸の修練場で、武に秀で、その腕を認められた一握りの者しか入館が許されない。椿は美しく咲いた花弁を茎《くき》からぽとりと落とし、盛りを終える。武家は本来縁起の悪い首落ちの花として嫌う。だが、椿館では、色褪《いろあ》せ干からびる前に盛りの姿で生を終える椿を、人生の理想とし、館の名に冠《かん》し象徴とした。そうした生き方を求める者たちが集まっていた。

そこで十二人は、田端重秀と佐武国知佳という二人の与力と出会ったという。本来、与力のような不浄役人が、旗本子息とともに武を磨き、対等に話すなど出来ることではないが、椿館には武に秀でた者には、身分にかかわらず門戸を開く美習があった。田端と佐武は十二人と距離を縮めていった。そして半年過ぎたころ、田端と佐武は若い武士たちを高輪《たかなわ》の大乗寺《だいじょうじ》という寺の跡に連れていき、老いた三人——先ほど濠に落ちた稲津、梅壺主税《うめつぼちから》、そして赤迫雅峰《まさみね》に引き合わせた。

三人は、若い武士たちが語る世への失望や気高い理想に聞き入り、共鳴を示したという。

そして、稲津、梅壺、赤迫は、若い十二人を「本物の武士と見込んで」頼みごとをした。

江戸市中に騒乱を起こすという。不良で不要な武士や悪人どもを次々と斬り、市中に住む者たちの不安を煽《あお》り、幕閣どもの指導力の欠如と無策ぶりを浮き彫りにするという。赤迫の、大義には常に多くの犠牲が伴い、流した血の多さだけ次に来る世は素晴らしいものになる、という言葉に十二人は同調し、協力した。

赤迫らは十二人の旗本子息の屋敷、蔵、小屋、さらには駕籠、馬まで使い、市中を自在に動き、人を斬りまくった。

すべてをいい終えると、若い武士は涙した。「この先、わたしはどうなるのだ」悔《かい》恨《こん》ではなく恐怖の涙だった。

「死ぬんだ」樽木屋がいった。


道はさらにごった返していた。騒ぎの見物に来たやじ馬、押し合いぶつかり合いではじまった喧嘩《けんか》、動けぬ親を背負いこの場を離れようとする子、奉公に出ている子の身を案じ駆けてきた親、騒ぎに乗じたかっぱらい。あちこちで悲鳴がし、怪我人は減らず増えてゆく。逸次郎はどうすることもできなかった。

混乱が極みに達したとき、声がした。

「静まれ。落ち着け、落ち着け」松平伊豆守《まつだいらいずのかみ》の家中、伊橋《いはし》だった。騒ぎの報を受け、大勢を引き連れ駆けつけたという。配下が提灯をかざし、行き交う人を捌《さば》き、怪我人を道脇に寄せ、細い路地から瓦礫《がれき》を運び去ってゆく。人の流れができ、道が空き、地面が見えた。

逸次郎は膝が緩んだ、深く長い吐息《といき》が漏れた。

若い武士たちの肉片が拾い集められてゆく。人のかたちを残している者は生死を問わず伊橋の配下に縄をかけられ引っ立てられてゆく。すべてを語った生き残りの武士も泣きながら歩かされていた。罪人として小伝馬町《こでんまちよう》の牢屋敷に送ると伊橋はいった。伊豆守の指示だという。伊橋はさらに逸次郎に八丁堀《はっちょうぼり》中屋敷に戻るよう勧めた。逸次郎はいわれて自分を見た、血だらけ泥だらけだった。先ほど佐武に斬られた傷もようやく痛み出した。

逸次郎は樽木屋とともに歩き出した。音羽を呼び、松井を呼び、脇坂を呼ぶ。三人以外にもその声を聞きつけた。

「待て。何があった」余計な者が駆けてくる。与力、同心、目明したち十数人が「漏らさず語れ」と逸次郎を取り囲んだ。「この場から消えろ」逸次郎が怒鳴った。消えずに騒ぐ町奉行所の者たちに再度怒鳴る。「消えろ」

「もう許しておけぬ」耐えられず与力の一人が逸次郎に食ってかかり、「掃討使《そうとうし》が、五金糸《ごきんし》の小筒がいかほどのものか」と刀を抜いた。道に倒れていた者も手当てしていた者も、わっと退いた。

だが、町奉行所の連中の存在など、次の瞬間には逸次郎の意識から消えていた——視線を感じる。どこだ。「志らき」の店の奥、忙しく行き交う頭と淡い光の向こう、男が立っている。

赤迫雅峰だ。

逸次郎ははじめて見た。瑠璃《るり》色の目が逸次郎を見る、逸次郎も見つめる。追っても逃げられ、追いつけぬ。今は捕らえられぬ。じゅうぶんにわかっている逸次郎に焦《あせ》りはなかった。

だから、ただ見続けた。

「聞いておるのか、無礼者」与力が構えた刀を振り上げる。逸次郎はぐんと腰を落とし、飛燕《ひえん》の早さで低い位置から斜め上に長太刀を振り抜いた。身をかわす間もなく与力は向こう脛《ずね》を斬り裂かれ、倒れ、叫んだ。

「とっとと連れ去れ」怒鳴りつけられた町奉行所の連中は、斬られた与力を担ぐと急ぎ消えていった。それをうんざりした目で見ていた怪我人たちは、またぐったりと道に体を倒し、手当てをしていた者たちも、またそれぞれに手を動かしはじめた。

赤迫の姿は消え、邂逅《かいこう》は終わった。

「帰ろう」逸次郎はまた歩き出した。脇坂たち馬廻り組が続く。皆汚れている。

あさっての夜は高輪に行かねばならない。

赤鼻と大鼻が持ってきた書状には、掃討使の玉利鉄太郎を返して欲しくば、高輪、大乗寺跡に来いとあった。玉利の行方は今もわかっていない。福居《ふくい》藩主嫡男万千代《まんちよ》丸《まる》、津山《つやま》藩主嫡男森忠継《もりただつぐ》。略取された二人の大名子息たちの行方も、まだわからぬままだ。時が過ぎ、多くが三人を死んだと思い込んでいる。しかし、赤迫らは殺したとは一言もいっていない。死体も見つかっていない。逸次郎は生きている率は高いと見ている。

生き残りの旗本子息の話にも大乗寺跡が出てきた。やはり高輪へ行かねば。起こってほしくないと願っても、行けば必ず何か起きるだろう。

厚い雲が覆い、星も出ぬ夜空の下、日本橋通りを逸次郎たちは進む。響く足音は重かった。その足音が同時に止まり、五人がいっせいに振り返った。

刀をかざし男が斬りかかる。その腹を松井が蹴り飛ばした。刀を握ったままあとずさり、うずくまる。若い顔。血まみれ埃《ほこり》まみれの着物。あの十二人の旗本子息の生き残りだった。

「いいかげんにせい」脇坂がいった。

「控えよ逸次郎、従者ども」うずくまったまま叫んでいる。「美馬儀一郎《みまぎいちろう》である」

知った名だ。美馬家は三河《みかわ》の土豪だった松平の時代から徳川《とくがわ》家に仕え、現当主の美馬輝儀《てるよし》は幕府小普請《こぶしん》組組頭を務めている。その嫡男らしい。

「かかってこい逸次郎」儀一郎は跳ね起き、構えた。

「赤迫どもに騙され踊らされた馬鹿者が」逸次郎がいった。

「あんな狂った辻斬りどもに騙されるものか、奴らがわれらに感化されたのだ」

「まだ寝ぼけておるのか。とっとと屋敷に戻り、腹でも切れ」逸次郎は振り返った。

その背に飛びかかる儀一郎。刃先がわずかに光り、風を切り肉を斬り骨を斬る音が暗い路上に響いた。肩から腰へ、儀一郎は二つに割れた。

逸次郎はもう道のずっと先へと進んでいる。斬ったのは樽木屋だった。

物音に気づき商家の木戸が開いた。何事かと小僧が提灯をかざし、斬り分けられた路上の儀一郎を見つけ叫び声を上げた。使用人たちが奥から駆けてくる。

「すまぬが、あれを美馬家まで届けてくれ」脇坂は使用人たちに二両を差し出すと、逸次郎を追って歩き出した。

歩き続けた。

遠くに提灯が光り、八丁堀中屋敷の門が見えてきた。

表門をくぐる。玄関に腰を下ろし足を洗う。湯が沸き、夕の膳も用意ができているという。だが、盃庵が出てきて「傷の手当てが先だ」といった。

広間で逸次郎が腿に膏薬《こうやく》を貼られていると、香ばしい匂いがした。たつととらが火鉢《ひばち》で蓮餅《はちすもち》を炙《あぶ》っていた。宇吉《うきち》と佐平《さへい》に「たんと買ってこい」といいつけたのは今朝だったか。ずっと以前のことのように感じられる。長い一日だった。宇吉と佐平がいわれた通り山ほど買ってきて、昼に守備組の皆と飽きるほど食べたという。

「時が経って固くなっても、こうして楽しめるそうです」たつととらが炙った餅を差し出した。逸次郎は一口食った。美味《うま》かった。すり下ろした蓮根《れんこん》に、軽く蒸したもち米と片栗粉《かたくりこ》を練り込み、杵《きね》でつく。白いんげんの餡《あん》を黒胡麻《くろごま》の餡で包んだものを、つき上がった餅でさらに包み、再度蒸し上げる。もっちりした皮にも、ほのかな甘味があり、この味を引き出すのが店の秘伝らしい。そんな話を聞き流しながら、逸次郎は四つを平らげた。そして畳に転がった。大きく体を伸ばすと、寝そべったまま茶碗の中身を飲んだ。ほのかな塩味がする。

「昨年咲いた庭の山桜を塩に漬けました」たつととらがいった。桜湯だった。春の陽の味がした。

五枚の薄紅《うすべに》色の花びらが、茶碗の中で咲いていた。


濠に沈んだ稲津、田端、佐武の三つの死体は、松平伊豆守の家中が夜を徹して濠をさらい、すくい上げ、人目につかぬよう朝もやに紛れて屋敷に運び込んだ。

その死体の一つを、伊豆守は静かに見下ろしていた。

稲津とは、伊豆守が年の違いを超え朋友と呼べる数少ない一人——尾張《おわり》藩元家老稲津政親《まさちか》だった。一級の武人であり参謀であり、大坂の陣でも、先年の島原天草一揆鎮《しまばらあまくさいっきちん》圧《あつ》でも伊豆守はこの男に助言を求めた。目立つことを嫌い、温厚で鰻《うなぎ》が大の好物だった稲津が、どうして赤迫とつながり、無意味な騒乱など起こしたのか。

大坂夏の陣、勝ちがほぼ決まったころ。配下たちが外で待つ二人きりの陣幕の中で、稲津はこんなことをいった。

「誰かに使われる身のまま終わって満足か。武士ならば一番上ですべてを束ねるか、誰にも束ねられず従わず一人を貫き続けるか、どちらかに憧れぬか」

「憧れのままに動くには時期が悪過ぎる」伊豆守は笑った。

「その知恵があれば世にもう一騒動起こすこともできように」

「騒動を起こした末にこの身も裂かれて終わるだけだ」

「万分の一にすべてを賭けられるほど馬鹿ではなく、後先考えず主人の首を刈りたくなるような愚か者でもないか。知恵があり過ぎながら生きるのも辛いのう」稲津も笑った。

一人自室に座り、動揺を噛み殺すと、伊豆守はいつもと同じ顔で駕籠に乗り、登城した。

十三　花化粧《はなげしよう》

きのうの本石町《ほんこくちよう》の騒ぎについて、逸次郎《いつじろう》は、町名主《まちなぬし》や被害に遭《あ》った店主らに「乱心者によるもの」と通達した。また、損失を被った者には必ずや補償すると約束した。一部の商家や住人は武家どもの大暴れに憤慨《ふんがい》し、訴えも辞さぬと息巻いたが、あの日比谷町《ひびやちよう》の名主と男衆が間に入り、なだめ、説得してくれている。おかげで、どうにか丸く収まりそうだ。

本石町界隈《かいわい》は早くもいつもの賑《にぎ》わいを取り戻していた。もちろん、あちこちの店の奥や路地裏では、前日の派手な立ち回りと爆発にまつわるあれこれが「本石町騒動」として勝手な憶測とともに面白おかしく語られ、店子《たなこ》や客たちを興奮させていた。

逸次郎はこの本石町騒動について町奉行所が取り調べを行うことを改めて禁じた。北町与力《よりき》の田端重秀《たばたしげひで》、佐武国知佳《さたけくにちか》の二人が赤迫《あかさこ》一派に傾倒し、各種の秘密を漏らしていた事実もすべて秘すよう命じた。

南北両奉行所も、田端と佐武の家族も、一切を知らされぬまま遺体だけが引き渡された。

逸次郎は支度を整え、玄関を出た。鎌平《かまへい》がたつととらに託された花や香を抱え、あとに続く。中屋敷の表門から外へ。稲津《いなづ》の気を引きつけ、死に際まで主人に尽くした愛馬、春琴《しゅんきん》を悼《いた》むため、この日は徒《かち》で進んだ。だが、脇坂《わきさか》以下の馬廻り組が変わらず前後を固めている。これまで以上に気を引き締めている。

きのう渡された書状には「二日後の夜四つ、高輪《たかなわ》の大乗寺《だいじょうじ》跡に来い」とあった。きょう一日の空白。赤迫らもこの日の意味を知っているのだろう。だからこそ用心を深めていた。

日比谷御門を経て、桜田《さくらだ》御門の前を通り、山王町《さんのうちょう》の小留間《こるま》家上屋敷を遠くに見ながら左へ曲がった。さらに進み右へ、緩く長い坂の先にある山門へと上っていく。

山門へ近づいていく逸次郎たちの背を、ずっと離れた坂の下から見つめる姿が二つ。端正な顔、落ち着いた物腰、美しい着物の武士たちは飽かず見つめ続けた。

三年前に死んだ陽《よう》と子の命日だった。

逸次郎はこの日、ここに来るために遠く長崎《ながさき》から江戸に戻ってきた。松平伊豆守《まつだいらいずのかみ》からの命令は迷う背中を、よくも悪くも強く押すことになった。

来たいと思いながら、来たくないと拒み続けてもいた。

照久寺《しょうきゅうじ》の山門をくぐり、本堂に参る。僧たちへの挨拶をすませると、逸次郎は墓所へ向かった。同じ小留間家菩提寺《ぼだいじ》の照久寺境内だが、祖父得知昌《えちまさ》たちが眠る墓からは離れた場所に逸次郎は自分たちだけの墓を建てた。そこには妻の陽と生まれずに死んだ子が入っている。三年前、骨壺《こつつぼ》を持って江戸に戻ると、僧たちの読経《どきょう》の中、墓に納め、そしてすぐに逸次郎はまた旅立った。上屋敷にも寄らず。ここに、江戸にいるのは息苦しかった。

五輪塔《ごりんとう》の墓石が見えてきた。香も漂ってきた。馬廻り組が離れ、鎌平も離れ、逸次郎の目に入らぬところに散らばる。だが、逸次郎が墓石の前に立つと、石柵の内は溢れるほどの花に埋もれていた。手向《たむ》けたのは陽の縁者や小留間家の者ではない。

花と香の匂いが混ざり、渦巻《うずま》いている。瑞々《みずみず》しく美しく見事に飾られている。陽の面影《おもかげ》を写し取ったようだ――その瞬間、逸次郎は江戸に戻ってはじめて怒りを感じた。

体の中を這《は》い回る強い怒りは、なかなか抜けない。香を焚《た》き、花を手向け、心が落ち着くのを待った。ここに入れる日も遠くなさそうだ、陽に話しかける。三人で静かに暮らそう、子にも話しかける。怒りがひび割れ、さらさらと砕け落ちていった。目を閉じ長く話し続けたあと、逸次郎は未練を振り払い陽と子の元を離れた。

二人の端正な武士たちは、見えぬよう身を隠しながら坂の下で待っていた。風は冬の冷たさだが、陽射しは暖かい。

ふいに花の香りを感じた二人の前に、道脇の植え込みを越え、逸次郎が飛び出した。馬廻りが囲む。驚きもせず見る二人に、逸次郎はいった。「何をしている」

「歩いておりました」二人はいった。

「違う、見ていた。なぜ待ち伏せる」

「おわかりでしたか。麗《うるわ》しい姿に惹《ひ》かれ、もう一度拝見したく待っておりました」

「おれの姿なら、おとといは十間堀端《じっけんぼりばた》で、きのうも本石町で見ただろう」

「おとといなら松代町《まつしろちょう》に、きのうは佐賀町《さがちょう》におりました」

「おまえたちではなく、おまえたちと同じ表情、立ち振る舞い、着こなしの者たちだ。遠くから同じ笑顔でおれを眺めていた」

「われらではない者がしたことを問われましても」

「おまえたち、誰の目になっている。誰に仕えている」

「失礼ながら、何をおっしゃっているのか」

逸次郎はいいかけたが、いわずに振り返った。

遠く去ってゆく逸次郎たち。

端正な武士たちもその場を離れ、角を二つ曲がり、さらにずっと歩いた先に停まっている豪奢な長棒駕籠《ながぼうかご》に近づいた。駕籠の小窓が開く。

「どうだ、美しかったか」

「真珠《しんじゅ》のような御方でございました」

「そうか、おまえたちも気に入ったか」

駕籠の中にいる二人の主人の名は、多邇木《たじき》藩前藩主鶴見《つるみ》宣衡《のぶひら》。

「では、あやつを招き、もてなす支度をはじめよう」宣衡は笑顔でいった。「楽しみだ」

「はい」二人の武士も笑顔でこたえた。

長棒駕籠が上がり、人通りのない道をゆっくりと進んでいった。

逸次郎が中屋敷に戻ると立太《りった》が待っていた。不審な者を絞り込んだという。

元佐渡《さど》奉行間野《まの》周悟《しゅうご》。多邇木藩前藩主鶴見宣衡。久能《くの》藩主竹野《たけの》康勝《やすかつ》の弟、睦紀《むつのり》。

逸次郎は早い仕事ぶりを褒めたが、立太は喜ばなかった。この仕事のために四人の配下を失っていた。ここが怪《あや》しいと訴えているかのように、きょうになって間野、鶴見、竹野の三人の屋敷の見張りにつけていた連中が斬られ、死体にされ戻ってきたという。

帰ってゆく立太を見送ると、逸次郎は外出すべきか考えた。それぞれの屋敷を訪れ、揺さぶりをかけてはどうか——だが迷っていた。

盃庵《はいあん》が出てきて、たつととらと呑んでいるから逸次郎にも加われという。音羽《おとわ》は非番の守備役と湯屋《ゆうや》に遊びに行かせてくれという。

「今慌ててどうなるものでもないか」逸次郎は小さくいった。探さなくても敵は好んでこちらに近づいてくる。今や、どちらが狩る者で狩られる者なのか、わからぬくらいだ。間野周悟、鶴見宣衡、竹野睦紀。赤迫ども疫病神とつるんでいるのは、この三人らしい。ならば待っていれば、こいつらの方から動き出すだろう。

逸次郎は腰の大小と五金糸《ごきんし》の小筒を外すと、縁側に座り盃《さかずき》を取った。脇坂も呼び盃を渡す。音羽は湯屋へ。樽木屋《たるきや》と松井《まつい》も出かけていった。

西の空がかすかに朱に色づきはじめ、東の空はまだ青い。きょうはまだ終わらない。いつものように風が潮の匂いを運んでくる。皆の酒を注《つ》ぐ手は夜になっても止まらなかった。

瓶子《へいじ》が盃を打つ音が、いつまでも小さく響いていた。

翌日の昼過ぎ、がまくびが八丁堀《はっちょうぼり》中屋敷にやってきた。

葺屋町《ふきやちょう》の住人たちが壊れた町の修理を願っているという。本石町騒動のあった日、栗梅《くりうめ》色の羽織《はおり》を着た田端重秀を追って逸次郎が馬で走り回ったあの町だ。軒先《のきさき》や火除《ひよ》け樽《だる》、どぶ板など壊れた箇所が数十に及び、その工費をほしがっているらしい。詫《わ》びの銭も加えた上で、願い通り取り計らってやるよう逸次郎は命じた。

「町衆の嘆願の伝奏《てんそう》役を無償で引き受けるとは、おまえに似合わぬ殊勝な心がけだな」

「物を売るのと違い銭は取れませんが、代わりに恩を売れますので。それに、年をとり死が身近になりますと、わたしのような者でも善行を積みたくなります」

「おまえでも来世は極楽に生きたいか。地獄に暮らすは怖いか」

「いいえ、来世があること自体が怖《こお》うございます。死んだあとは、すべて無に戻ればよい。違う世でまた一から人生を歩むなど、したくはありません。今世が終わった瞬間にきれいに消え去れるよう、来世など無きよう、似合わぬ善を積み願っております。ところで――」

がまくびは茶を一口飲んでから続けた。

「客足が遠のいたと、芝居や人形浄瑠璃《じようるり》の連中が嘆《なげ》いておりますよ」

「それもおれのせいだというのか」

「はい。わざわざ小屋など行かなくても市中で作り物ではない命懸けの戦いが観られる、しかも代料はなしだ、とはしゃいでいる連中が少なくないそうで」

「他人事《ひとごと》だと、皆、いい気なものだな」

「芸能の連中だけは、他人事ではない、こんな騒ぎは一日も早く収まってほしいと心から祈っておりました」がまくびはいった。

逸次郎はふてくされたような顔で目の前の茶を飲んだ。

十四　餌《えさ》

がまくびが帰り、その夕刻。

日比谷町《ひびやちょう》の名主《なぬし》から書状が届いた。目を通した逸次郎《いつじろう》は夜に外出の予定を早め、新しい馬に跨《また》がり中屋敷の門をくぐった。

今、東海道にいる。蹄《ひづめ》を止め、目の前の人だかりが消えるのを静かに待っている。

八軒町《はっけんちょう》の四つ角を、巨大な雄牛《おうし》が横切ってゆく。房総《ぼうそう》産の牛相撲《うしずもう》の有名な横綱《よこづな》だという。全身の筋肉が小山のようにせり上がり、普通の雄牛の二倍以上にも見える。脚を一歩進めるたび、軽い地響きが伝わってくるかのようだ。男も女も子どもも見送る誰もが目を輝かせている。金の鼻輪、金糸の化粧回《けしょうまわ》し、赤の引き綱、どれも見事だ。

先ほども、将軍臨席の御前相撲で、強さで知られた各国の牛たちを軽々と破り、これから宿借りしている浪泉寺《ろうせんじ》に戻るのだという。

牛の一行が遠ざかり、消えてゆく。だが、人だかりは消えなかった。

今度は逸次郎たちを見つけ、銀羽織《ぎんばおり》に北斗七星《ほくとしちせい》の一団を興味深げに眺めている。町衆の、中でも貧しい者たちが赤迫《あかさこ》ら辻斬りの一派に寄せる心情には強いものがあり、声にならぬ支持は広く深い。だが、一方で、若く凛々《りり》しい逸次郎を将とするその一派の男ぶりにも、多くの好奇の目が注《そそ》がれるようになっていた。

遠巻きに眺める数十人を引き連れ、銀羽織をなびかせ進む。新橋《しんばし》を渡り、日比谷町に入ると黒塀に囲まれた名主の家の前で下馬した。

門の先、玄関前に男衆が集まっていた。一人を除き、皆が丁寧に挨拶する。克吉《かつきち》だけが頭を下げず、気が抜けた目で空を見ていた。逸次郎が江戸に戻った日、辻番屋の戸口で松平伊豆守《まつだいらいずのかみ》に扇子《せんす》で突き倒された、あの男だ。

名主が急ぎ出迎え、奥へと通された。客間から見下ろす庭に、ござが敷かれ死体が横たわっている。伊予《いよ》藩士の片山忠澄《かたやまただずみ》、この町内の美少年を犯した男。肥前《ひぜん》藩士の夏目《なつめ》に続き、この男も死んだ。日比谷町の美少年を強淫《ごういん》しながら何の罰も受けずにいた二人は、どちらも斬られ、命を断たれた。きょうの昼前、名主の家の門脇に転がっていたという。朝方には何もなかったというから、人通りの途切れを狙い投げ捨てたのだろう。名主はじめ日比谷町の者たちは、伊予藩や町奉行所に知らせる前に、まず第一に逸次郎に知らせた。名主は添えられていた書状を逸次郎に見せた。おととい本《ほん》石町《こくちょう》の騒動のおりには、逸次郎がかけた迷惑の後始末に奔走していただき大変感謝している、これはそのわずかばかりの礼である——と書かれていた。差出人は赤迫雅《まさ》峰《みね》。被害に遭った美少年とその両親にも確かめさせたが、死体は片山に間違いないという。

「悲しみも喜びもありません。こんなにも心動かぬ人の死は長く生きてきてはじめてです」名主はいった。

逸次郎たちは日比谷を出ると東海道を上った。

高輪《たかなわ》へ向かう。陽はすでに落ちていた。

東海道を外れ、脇道に入る。沿道の商家がしだいに少なくなり、薄闇の中、切り株の並ぶ乾いた田が見えてきた。道端に生える薄《すすき》はぐんと高くなり、鎌平《かまへい》や馬廻りたちの背を追い越している。もう、虫も鳴いていない。冬になっていた。

高輪の大乗寺《だいじょうじ》は創建から三百年以上を経た古刹《こさつ》だが、十五年ほど前、市中の小石川《こいしかわ》に新たな堂を建て、本尊も僧たちもそちらに移った。今、高輪には、門前にあった数軒の店も消え、広がる田畑の中に古びた堂だけがぽつんと残っている。

馬廻りの四人はそれぞれに提灯《ちょうちん》を持ち、逸次郎の前後左右を固めている。鎌平は馬の手綱《たづな》を取っている。

澄んだ夜空が広がり、吹く風が冷えてきた。

さらに進んでゆくと、遠く、大乗寺の入り口あたりに明かりが揺れている。

朽ちかけた山門跡の石段に一本のろうそくが灯《とも》り、その下に小さな折り紙が二つ。一つが猿で、もう一つが亀。今にも飛ばされそうに弱い風に煽《あお》られている。

「これが証《あかし》か」逸次郎が拾い上げた。先に進むなら供は一人にしろということらしい。逸次郎は音羽《おとわ》に亀を渡すと、他の者たちには待つよう命じた。

くぼみ割れた石畳の跡を、逸次郎と音羽は進んでゆく。倒れた石灯籠《いしどうろう》をまたぐ。長年焚《た》かれ続けた香の匂いが、今もあたりに染《し》みつき漂っている。

本堂が見えてきた。朽ちた木戸を避《よ》け、中に入ってみる。本堂内はがらんと広かった。物が散乱することもなく、思いの外《ほか》整然としている。

その奥、元は本尊があったらしい一段高い御座から声がした。

「まずは証を見せてくれ」

逸次郎と音羽が揃って手の上の折り紙を提灯で照らす。

「久しぶりだな」

逸次郎たちが声の方に光を向ける。向こうからも光が射す。ぶつかり合う光の奥に、ぼんやりと影が浮かんだ。

「香綱《かづな》か」逸次郎はいった。

「懐《なつ》かしい名だ」光の奥に立つ男はいった。「覚えていてくれて嬉しいぞ」

榊原《さかきばら》香綱は作事《さくじ》奉行配下の作事方を務める榊原家の嫡男として生まれた。小身の出ながら、幼いころから武芸に優れた者として浅草界隈《あさくさかいわい》では名を知られていた。四逸としてさらに名を知られていた逸次郎とは同い年であり、互いに見知った仲だった。稽古場《けいこば》で何度か顔を合わせ、二度ほど木刀を交えたが、二度とも勝ったのは逸次郎だった。

元服《げんぷく》後には父の職を継ぐはずだった。しかし、その知恵と武芸を買われ、幕閣から臨時の御役を内々に打診された。そして秘密裏に「打ち払い役」に就いた。地方の浪人が江戸に流れ込むのを防ぎ、また江戸市中に潜む浪人を故郷に打ち返す役目だが、同時に国をまたぎ悪事を働く浪人や博徒《ばくと》を成敗する役目も課せられていた。

香綱は名を変え、江戸を離れ、浪人を装い各地を渡り歩いた。よく働いた。野盗と化し安房《あわ》や下総《しもうさ》を荒らしていた浪人どもを討ち取り、賭博座《とばくざ》などと称し、下野《しもつけ》から相模《さがみ》まで無数の賭場《とば》を仕切っていた博徒一味を壊滅させた。四年経って江戸に戻った香綱は、子のなかった旗本藤堂《はたもととうどう》家に見込まれ、榊原の家督を弟に譲ると、藤堂家に養子に入り藤堂香綱となった。さらに藤堂の親戚から嫁を取ったのを機に、三代前の当主の名を受け継ぎ、藤堂卯之助《うのすけ》となった。小普請《こぶしん》組世話取扱の職を得て、将来を嘱望《しょくぼう》される男になっていた。

「鬼に魅入られ、自らも鬼と化したか」逸次郎がいった。

「その通りだ」卯之助がいった。「しかしな、その鬼はおれの中にいた。内側を覗き込んだら、どうにも抑え切れぬ鬼がいた。そいつがおれの中の良心も情愛も忠義も食い尽くしてしまった。おかげで、こうしておまえに再会することもできた」

「お知り合いでございますか」音羽が口を挟んだ。

「はじめての人殺しを見届けてやった仲だ」卯之助がいった。

少年時代、香綱だったころの卯之助が、自分を二度打ち倒した逸次郎に憎しみを抱くことはなかった。むしろほのかな憧れがあった。香綱も人並み以上の才を持っていたが、逸次郎が自分以上の何かを持っていることを感じ取っていた。だから稽古や試合でときおり顔を合わす逸次郎に進んで話しかけた。遠回りになるのを承知で、逸次郎とともに屋敷までの帰り道を歩いた。

その道の途中、香綱は予期せず生まれてはじめて人が斬り殺される瞬間を見た。流れ出る血を見て立ちつくしたが、香綱に恐怖はなかった。むしろ軽く高揚していた。はじめて人を殺したにもかかわらず微塵《みじん》も動揺していない逸次郎に、さらに高揚した。赤い血と落ち着き払った逸次郎の横顔は、香綱の中で混ざり合い、心の深くまで染み込んでいった。年を重ね、卯之助と名を変えても染みは消えなかった。時がたつほど、血と逸次郎が愛おしくなり、己《おのれ》と逸次郎が溢れるほどの血にまみれ、二人深く血に没してゆく夢想が、いつしか卯之助を支配するようになっていた。


「約束の品だ」卯之助の提灯が本堂の隅を照らした。何かが巻かれているらしき舶来の毛織物が転がっている。音羽が駆け寄り開いた。入っていたのは人だった。

「掃討使《そうとうし》の玉《たまり》利鉄《てつた》太郎《ろう》だ。返すぞ」

一見では傷らしき傷もなく着物も美しい。だが、提灯に照らされた顔は青黒く、息もしていない。やはり死体だった。

「捕らえてからきょうまで、賓客《ひんきゃく》として丁重に扱ってきたからな」

自由は奪っていたものの、毎日湯に入れ、朝晩の膳も捧《ささ》げ、碁《ご》なども打ち合い、ときには酒も酌《く》み交わしたという。

「殺したのは、つい先ほど。きょうの夕の膳に毒を混ぜた。毒入りとは気づかなかったのか、それとも気づいていながら己の運命を悟ったのか、きれいに平らげ、静かに死んでいった」

「捕らえ囲っていたのは、おまえか」逸次郎が訊いた。

「いや、梅壺《うめつぼ》だ。おれは死体を譲り受けただけだ」こたえたあと、卯之助は音羽に向かっていった。「さあ、運んでくれ」

「おれは運び役か」音羽がいった。

「そうだ。手間をかけてすまぬが、約束を果たすためだ。家族の元に届けてやってくれ」

逸次郎は従うよう命じた。音羽は不承不承、玉利の遺体の包《くる》まれた織物を担《かつ》いだ。

「なあ」音羽が卯之助にいった。「運ぶ前に、おれとやらないか」

「その気はない。おれがやりたいのは逸次郎だ」

「おれが斬りかかったら、どうする」音羽はしつこくいった。

「慌てて逃げる、一切振り向かず」

「逃げられるわけにはいかねえんだ。しょうがない」

「悪いな。もし逸次郎に勝ったら、次の機会に楽しもう」

「そいつは無理だ」音羽はそういって逸次郎を見た。「この御方は名に偽りなき逸品だ、あんたは勝てない」

「そうか、それは残念だ」卯之助はまたも笑った。

音羽が死体の包まれた織物を担ぎ、提灯を手に去ってゆく。卯之助は提灯を足下に置いた。逸次郎も置いた。二つの灯が本堂の中を照らす。

卯之助は刀を抜いた。

「楽しみはまだだ。このまま帰らずやりあうと、どんな得がある」逸次郎は長太刀の柄《つか》に手をかけ訊いた。

「おれの懐の奥、赤迫らを匿《かくま》っている者の名と居所を記した書状が入っている。もちろん赤迫らも承知している。おれを倒せば手に入る」

「なぜ玉利を捕らえ、殺した」逸次郎は深紅《こきくれない》の鞘《さや》から長太刀を抜き、構えた。

「これから命を懸けるというのに、口数が多いな」卯之助はいった。その顔は喜んでいた。

「おまえに死なれたあとでは、訊きたいことも訊けなくなる」

「せっかちな男だ」

卯之助は間合いを計りつつ話し続けた。

「玉利を捕らえたのは、おまえが江戸に呼ばれたからだ。赤迫らは、おまえをおびき出すのに使えそうだと踏んで、掃討使を皆殺しにせず一人取っておいたそうだ。赤迫も梅壺も両角《もろずみ》も、おまえのような本物と戦いたくてしょうがない様子だったぞ。他の掃討使の連中は、少しばかり知恵が回り刀の扱いが上手いだけで、正攻法の道場武術しか使えぬ偽物ばかりだが、小留間《こるま》逸次郎は違う、と褒めていた。玉利はおまえを釣る餌《えさ》だが、それ以上に、おまえ自身も赤迫らを釣る餌だ。まあ、おまえもとうに気づいているだろうがな。遠く九州からおまえを呼び寄せ、赤迫らに喰いつかせようとした松平伊豆守の策が図に当たったわけだ」

「なのに、なぜおまえが今ここにいる」

「おれもおまえと戦いたくてしょうがなかったからだ。取引したのだよ、赤迫と。ある晩、赤迫は近づいてきた。おれが楽しみにしている月に一度の辻斬りに出かけた晩だ」

獲物を探し歩いている卯之助を見つけ、赤迫は笑顔で話しかけてきたという。卯之助がこれまで斬ってきた罪なき者たちの数も、何もかも知っている、われらに少し手を貸してくれれば密かな楽しみを奪うような野暮はせぬし、金子《きんす》も与える、悪いようにはしないと。

その瑠璃《るり》色に光る左目を見て、卯之助は手を貸すことを決めた。斬ることの先に何かを見ようとしている目だった。

卯之助は、かつて打ち払い役の職を遂行する中で知った人脈を使った。以前のうしろ暗い職を隠し生きている船頭、漁師、馬借《ばしやく》らに赤迫への協力を強いた。少しでも外へ漏らせば子も女房も親も皆殺すと脅《おど》し、見せしめに実際数人を殺してみせた。権力も地位も持つ本物の旗本の残忍な行いに、皆震《ふる》え上がり、服従し、赤迫一派の移動を助けるため、秘密裏に舟や馬を貸し与えた。おとり役として、空荷の舟で堀や海を進み、空荷の馬を引き通りを歩いた。腕と脚を失った元掃討使佐久間忠達《さくまただたつ》が怪《あや》しいと目をつけていた本材木町《ほんざいもくちょう》の水運屋に協力を強いたのも、その水運屋の連中や元店主をこの世から消し去ったのも、卯之助だった。

それら支援の代価に、卯之助が赤迫らに何より求めたのが、逸次郎との一対一の勝負だった。赤迫一派の誰かが逸次郎を打ち倒してしまう前に、戦いの機会を与えろといい続けた。

「逸次郎、おまえはなぜそんなにも空虚なのだ」卯之助はいった。

「赤迫も空虚だが、おまえのほうが暗く、底知れぬほど深い。一閃《いっせん》の光も残さず飲み込んでゆく闇の穴だ。その体を裂き、穴に手を突っ込ませてくれ。空虚さがどこまで続き、果てには何があるのか、確かめさせてくれ」

卯之助は刀を振り下ろした。

逸次郎は右へ跳んだ。卯之助の刃先がぶんと空を斬り、体の横をすり抜ける。避けながら間を置かず逸次郎も突く。

迫る長太刀を避け、卯之助はうしろへ飛び退《の》いた。逸次郎は追い、さらに突く。

卯之助はさらに飛び退きながらも、踏み込んでくる逸次郎めがけ振り下ろす。

今度は逸次郎がうしろへ飛び退いた。

卯之助が追う、刀を突く。逸次郎はさらに飛び退く、と見せかけ前に飛んだ。卯之助も飛んだ。双方、右斜めから力の限り振り下ろした。

互いの左肩を刃先が捉える。が、鈍い音とともに互いの着物だけが斬れた。

即座に飛び退く二人。卯之助、逸次郎、どちらも斬れた着物の下に、同じように薄く延ばした鋼《はがね》と鎖帷子《くさりかたびら》が見えた。

「罪人や名ばかりの武士どもとはまるで違う。これこそ命を懸ける価値あるものだ」

卯之助はいいながら震えた。武者震いだった。

十五　毒

寺跡の朽ちた門前、馬廻りの四人と鎌平《かまへい》は待っている。

音羽《おとわ》が運んできた死体は、織物に包まれたまま脇に置かれている。

「匂いが変わった」松井《まつい》がいった。

松井の生家は京にあり、数代前まで本願寺《ほんがんじ》派の有力な僧の血脈であり、同時に香道《こうどう》の大家としても知られていた。本願寺の西と東とへの分裂騒動の際、曾祖父が暗殺に近いかたちで死去し、以降、松井の家族はその地位を追われた。各地を転々とした後、江戸で唐津《からつ》藩主の寺沢《てらさわ》家に香道師範として召し抱えられ、ようやく落ち着ける場所を得た。今その地位は松井の兄が継いでいる。

松井は袂《たもと》をめくると腕の肌を嗅ぎ、鼻の感度を一度改めた。それから周囲に漂う匂いを探った。「確かに変わった」樽木屋《たるきや》もいった。

皆は提灯《ちょうちん》を足下に置き、背を合わせ固まり、身構えた。

本堂の中。逸次郎《いつじろう》、卯之助《うのすけ》とも着物の左肩が大きく裂け、裏に縫《ぬ》い付けた鋼《はがね》が覗いている。血が滲《にじ》んではいるが、互いに致命傷には程遠かった。

切っ先を向け、睨《にら》み合う。

卯之助が大きく前へ出た。

逸次郎はうしろに飛び退《の》いた。二度、三度、さらに飛び退く。

卯之助も追う。二度、三度と飛び、さらに大きく飛んで振り上げた刀を打ち込む
――はずが足元の床板が割れた。

板は砕け落ち、卯之助も落ち、消えた。「ぎゃあ」下から絶叫が聞こえた。

逸次郎は長太刀を鞘《さや》に収め、近づき、提灯をかざし落とし穴の中を見下ろした。

穴の下のほう、卯之助の体が無数の竹槍に串刺され、浮いている。

「いつの間に。あの従者、鎌平だな」卯之助は叫んだが、思うほどに声は出なかった。「一夜のうちに掘らせたのか、卑怯者」

穴脇に打たれた短い杭から垂れる縄を摑《つか》み、伝い、逸次郎が慎重に降りてゆく。

「生き長らえるより戦って死にたかった。この想い、おまえにならわかるだろう。わからぬはずがない。なのに、それを踏みにじり、おれにまでこんな邪法を使うとは」

卯之助はがくがくと人形のように動きながら、どうにか右腕を竹槍から引き抜いた。その腕を逸次郎に向かって何度も振ったが、刀を落とし、手にはもう何も握られていないことさえ気づけずにいた。

逸次郎は片手で縄を握ったまま、卯之助の懐から目当ての書状を引き抜くと、また上った。「不義理な無礼者」卯之助の声が狭く深い穴に響く。「臆病者裏切者、腰抜け腑抜《ふぬ》け」

「おまえの身勝手な望みにつきあってやる義理などない」

逸次郎は穴から這《は》い上がった。その隙を見て、死にかけの卯之助は素早く袂から何かを出すと、串刺しになったまま口にくわえた。「何があろうとつきあわせてやる」

逸次郎が振り返る。笛だ。小さな竹笛を最後の力を振り絞り吹いている。が、ひーひーと間の抜けた音がかすかに漏れ出ただけだった。

「楽しんでくれ、逸次郎」卯之助は息絶えた。

逸次郎は急ぎ左右を見た。が、堂内には何も見えない。遠くで音がする。足音だが、人ではない、馬でもない。もっと軽い。

逸次郎は提灯を拾い、またも長太刀を抜いた。

そのとき、戸口や壁の狭い裂け目からいっせいに飛び込んできた。

犬だ。牙《きば》を剝《む》き、唸《うな》り、目を血走らせ、逸次郎へと迷わず突き進んでくる。ただの犬ではない、病みついた狂犬《たぶれいぬ》どもだ。

涎《よだれ》を飛び散らし、一匹が飛びかかった。逸次郎は身をかわし、長太刀を振るった。犬は中空で喉《のど》を裂かれ、「きゃうん」と漏らし体をよじると、そのまま床にどさりと落ちた。が、それで終わらない。犬どもは続けざまに飛んでくる。怒りをたたえた目で襲いかかる。二匹目も斬り裂いたが三匹目が飛びかかる。どうにか喉を裂く。しかし、四匹目が脛《すね》にかじりついた。巻いた鋼《はがね》のおかげで牙は肌に食い込まずにすんだが、犬は離れない。涎を飛ばし脛に吸いつくように嚙《か》み続けている。五匹目、六匹目が飛ぶ。五匹目はどうにか斬ったが、六匹目が左肩に食らいついた。鎖帷子《くさりかたびら》が牙を押し止《とど》める。左手で犬の腹を握り潰すように摑《つか》み、引き剝《は》がし、遠くの床に叩きつけた。続けざまに左脛を嚙み続けている四匹目の脳天に長太刀を突き立てた。一瞬で動きが止まる。が、鋼に食い込んだ牙が抜けず、死んでなお犬の体は左脛に食いついたまま、重りのようにだらりとぶら下がっている。血と脂《あぶら》にまみれた長太刀の斬れ味が鈍ってきた。まだ三十を越える犬どもが逸次郎を囲み、唸り、走り回っている。

七匹目、八匹目、九匹目、狙ったように左肩に飛びかかる。長太刀を振るう。七、八と斬ったが、九匹目が斬れない。首を激しく打っただけで、飛ばされ転がった犬は

「ぐうん」と唸りまた駆けてきた。

逸次郎は袂から猿の折り紙を取り出し、握り潰し、投げた。その小さな紙の塊《かたまり》に向かって何匹かの犬どもが憎む敵のように飛びかかってゆく。門前で拾ったあの折り紙に何か含ませてあったのは間違いない。何の匂いもせず、逸次郎はまるで気づけなかった。己《おのれ》の迂闊《うかつ》さを悔い、腹を立てたかったが、そんな暇はなかった。

十四目も肩に食らいついた。ばきばきと歯を折りながらも薄い鋼を噛みちぎる。逸次郎が脇差《わきざし》を抜き、腹を刺す。それでも放さない。十一匹目もうしろから左肩に、十二匹目も左肩。尾を摑み、脚を摑み、投げた。鎖帷子も食い破られた。犬どもの歯は、どれも磨かれ削られ、刃物のように鋭さを増していた。逃げる道は――逸次郎は見回したが、どこも隙なく血走った目が囲んでいる。犬どもは二重の輪となり、逸次郎の周りをぐるぐると駆けはじめた。本堂の床板を打つ無数の足音。囲む輪はじりじりと小さくなり、犬どもはいっせいに飛んだ。長太刀で払い、脇差で斬ったが間に合わない。跳ね飛ばした犬が宙に舞う、その影から他より一回り大きな犬が飛びかかり、左肩を嚙んだ。やられた。逸次郎は腹を裂き背を裂き、首を打ち、叩き落とした。投げた隙にうしろから再度嚙まれた。長太刀を投げ、右手で犬の首を握り、爪を食い込ませながら必死で絞める。嚙む力が緩んだ瞬間、振り払う。そして肩の犬の歯にえぐられたいくつもの傷穴に、慌てて自分の指をねじ込んだ。激痛が走る。狂犬《たぶれいぬ》の毒が回る前に取り去らねば。自分の左肩から血と肉を何度もほじり出し、本堂の床に投げ捨てた。

犬どもはまたも輪になった。逸次郎を睨み、唸り、輪を狭めていく。

逸次郎はぜえぜえと息を吐《は》きながら、自分でも気づかずに片膝《かたひざ》をついた。

意識が遠のいてゆく。

遠くで木戸を蹴り飛ばす音がした。見ると、馬廻りの四人が堂内になだれ込んできた。四人を追い犬どもも次々と駆け込んでくる。皆の片手には松明《たいまつ》、吠え飛びかかる犬どもを、音羽と樽木屋が鮮やかに斬り殺してゆく。逸次郎はもう片方の膝もがくりとついた。

「申し訳ございません」逸次郎に駆け寄った松井がまっ先にいった。

「仕方がない」逸次郎はいった。臭いや毒気に強い松井も樽木屋も、鎌平も気づけなかった。防ぎようがない。

犬どもは松明の火にも怯《ひる》まず飛びかかってくる。松井が逸次郎を抱え、追ってくる犬どもを蹴り飛ばし堂の外へ駆ける。外で待っていた脇坂《わきさか》が逸次郎の体を受け止める。樽木屋も堂の外へ飛び出す。音羽も飛び出し、袂に亀の折り紙が入ったままの銀《ぎん》羽織《ばおり》を脱ぐと堂内へ投げ込んだ。十数匹もの犬どもが音羽の羽織に群れ飛びかかる。次の瞬間、脇坂は握っていた松明を堂内へと投げ込んだ。古びて乾いた本堂には、すぐに火が広がった。

火が床を走り伝わってゆく。構わず犬どもは羽織に群がり、怒りに任せ嚙み続ける。

逸次郎は馬に乗せられ、鎌平の引く手綱《たづな》で駆け出した。脇坂たちも急ぎ離れる。冬の風に煽《あお》られ朽ちた本堂が燃え上がる。わずかに壁が残るだけだった僧房にも燃え移った。大きく揺れる火の奥から犬どもの吠える声が響いてくる。

境内を逃げる逸次郎たち。炎の中から犬どもが飛び出し、あとを追ってきた。焼けただれたのが一匹、体から炎を発しているのが二匹。犬どもは駆ける。馬の尾の間近に迫り飛びかかった瞬間、脇坂、松井、樽木屋がいっせいに振り向き三匹を斬り裂いた。

朽ちた門の外まで逃げ延びると、礎石《そせき》の陰に隠していた玉利《たまり》の死体を音羽が担《かつ》ぎ上げた。脇坂の指揮で一行は八丁堀《はっちょうぼり》まで急ぎ戻ろうとしたが、逸次郎は止めた。滑り落ちるように馬から下り、胸元から引っ張り出した書状を脇坂と松井に託した。

「これを松平伊豆守《まつだいらいずのかみ》様へ」

身を心配する鎌平を制して、「早《はよ》う」と脇坂と松井を馬に乗せ走らせた。

「近隣の百姓家まで運んでくれ、組頭か百姓代のところへ。そこで馬を徴発しよう」

そこまで気丈にいうと、逸次郎は鎌平の腕の中に倒れ込んだ。


八丁堀中屋敷の庭。

二人の守備組が高見櫓《たかみやぐら》に立ち、白塀を越えた外に続く堀を見下ろしていた。水面《みなも》を静かに進む小舟が一つ、そのうちに二つ、しまいに三つになった。むしろの下に荷らしきものを載せた三艘《そう》は、ゆっくりと塀に近づいてくる。

「おい」守備組が高見から明かりをあて、大声で呼んだ。笠《かさ》を被った船頭たちは聞こえぬふうで小舟を進めている。

「聞こえぬとも離れねば射るぞ」守備組は弓を引きながらいった。ようやく聞こえた様子で船頭たちは振り向き、揃って頭を下げたあと体を起こすと見せかけ、ふいに何かを投げた。暗闇に細長いものが飛ぶ。網縄《あみなわ》だ。守備組がすかさず弓を射る。放った矢が船頭たちを貫《つらぬ》き、三人を次々と堀へ落としてゆく。が、投げた網縄が塀を越えると同時に、小舟のむしろの下から無数の影が飛び出した。

犬だった。網縄の目に脚をかけ、次々と駆け上がり、屋敷の中へと飛び込んでいく。すぐさま鐘が鳴らされ、庭に並んだ篝火《かがりび》が焚《た》かれてゆく。守備組が槍や刀を手に庭へと躍り出る。だが、六十を越える犬どもが屋敷へと飛び込み、庭を駆け、唸り声を上げた。

さらに道沿いの塀にも見知らぬ二人が梯《はしご》を掛けていた。塀の外を見回っていた守備組が見つけ、一人は斬り、一人は取り押さえ、梯をなぎ倒した。が、遅かった。犬どもは梯を駆け上がり邸内に飛び込んだあとだった。百数十の犬どもが涎《よだれ》を吹き飛ばしながら駆け回り、目にした者に飛びかかってゆく。守備組が刀を振るう。一匹斬った。だが、次の一匹が飛びかかり、もう一匹が足元を狙う。守備組二十六人、群れ襲いくる犬どもが皆を濁流《だくりゅう》のように飲み込んでゆく。

「身を守れ。無理に倒そうとするな」守備組支配の大貫《おおぬき》は何度も叫んだ。そして皆に、鉄扉《てっぴ》と厚い壁に守られた土蔵に入るよう命じた。

「狂犬《たぶれいぬ》だ、嚙まれるな。身を守れ」盃庵《はいあん》も叫び続けた。しかし、犬どもの吠える声にかき消され、隣の者の言葉さえ聞き取れない。

退《しりぞ》きながらも守備組たちは身をかばい、犬どもを突き殺してゆく。その血がさらに犬どもを煽る。屋敷の戸や壁に何度も頭を打ちつけ、牙が折れるのも構わず柱にかじりつく。体に槍を突き通されたまま激しく吠え続ける。犬だけでなく人の叫び声も聞こえる。また誰か嚙まれた。脚を引きずっている者に、二匹三匹と飛びついてゆく。人と犬どもの血がとめどなく流れ、屋敷の庭を覆《おお》っていく。

神田白川町《かんだしらかわちょう》。がまくびの店、帰土屋《きづちや》は静けさに包まれていた。警護役の浪人たちが行灯《あんどん》を手に、ゆっくりと歩いてゆく。

この日、店は休みだった。春夏秋冬の各季節に一日ある「世見せ《よみ》」の日だった。重役から小僧まですべての奉公人に、店から小遣いを与え、町に遊びに出させる。人気の芝居《しばい》を観たり、評判の店で買い物や飲み食いをしたり、そうして世の流行《はや》りと廃《すた》りを体感させる。皆にとって待たれる行楽の日であると同時に、商才と商勘を磨く大事な日でもあった。

そんな華やいだ日の真夜中。

狂犬《たぶれいぬ》どもが静けさを引き裂いた。高い土塀を越え、何十という犬どもが飛び込み、唸り駆け回った。住み込みの店子《たなこ》たちは蒼白《そうはく》となり、吐《は》くほどの大声を上げ逃げた。犬どもは目を血走らせ涎を垂らしながら追い回し、容赦《ようしゃ》なく嚙んでゆく。嚙まれ倒れた者には、さらに何匹もが牙を立てた。

「命だけ守れ。外に逃げよ。小判も帳簿もいっさい忘れろ」飛び起きたがまくびは皆にいった。その言葉に従い、店子たちは何も持たずただひたすら逃げた。がまくび自身も手に握った大鎌《おおかま》を振るい犬どもを刻み蹴散らしながら店の外へと走った。

警護役の浪人が四人死んだが、店子たちは傷を負いながらも全員が生きて店の外へ出た。それを確認すると、がまくびは店のすべての門と木戸を固く閉じるよう命じた。中では狂犬どもが唸り、吠え、わがもの顔で広い店とその奥のさらに広いがまくびの住居を駆けずり回っている。勝ちどきのように遠吠えをあげている。店子たちがどうにもできずその鳴き声を聞いているさなか、塀の向こうにいくつかの赤い光が立ち昇った。

火が出た。行灯を犬どもが破り蹴倒したのか、慌てて逃げる店子たちが倒したのか、炎は一瞬ごとに広がり大きくなってゆく。

だが、がまくびは「勢いが弱い」とつぶやき、皆に向けて「焚きつけろ、もっと燃やせ」と怒鳴った。

店子たちは唖然《あぜん》とした。炎のせいで狂ったのかと思った。がまくびは顔色を変えず、近隣の家々に念のため避難するよう、さらには万一延焼して被害が及んだ際はすべて弁済すると伝えるよう店子たちに命じた。そして再度「急げ」と怒鳴った。

若い店子たちはたじろいでいる。だが、古参の支配たちは動じる様子もなく、店先の看板や板塀を剝《は》がした。そして、門を閉じる前に運び出せた油樽《あぶらだる》を見つけると、木々をどっぷりと浸《ひた》し、火の上がっているあたりまで運んでは塀越しに次々と投げ入れた。

「町奉行様に罰せられます、捕まってしまいます」店子たちが涙を流しながらいうと、がまくびは「それがどうした」とだけ返した。

火付けではなくとも、火の延焼を促したのだ、こんな狂ったことをして何のお咎《とが》めも受けずにすむはずがない――店子たちは思い、こんな店に奉公してしまった自分の運命を憐《あわ》れんだ。冬の乾いた風に煽られ、火はみるみる神田白川町のほとんどを占める塀の中に広がっていった。広い庭に遮《さえぎ》られ、計算されたように炎は塀を越えることなく、その中の建物や木々だけを焼いてゆく。夜空よりも黒い煙がもうもうと立ち昇り、星の輝きを消し、夜をさらに黒く染めてゆく。犬どもの遠吠えが唸り声に変わり、さらに悲鳴のような金切り声へと変わっていった。八万両を越える金子《きんす》をつぎ込んだ店と屋敷、そして蓄えた財貨が、火の粉を巻き上げながら焼け落ち、消えてゆく。近隣の連中が集まり、騒ぎ、焼けゆく店を眺めている。「金子なら他の場所にも蓄えてある」がまくびはいった。「こんな店など、また稼いで建てればいい」

まるで自分が築きあげたものが灰に変わってゆくこの瞬間を、待ち望んでいたかのように、がまくびは恍惚《こうこつ》とした目で炎を見上げた。いつまでも犬どもが焼かれ苦しむ鳴き声を聞いていた。

暗闇の街道に響く蹄《ひづめ》の音。

脇坂と松井は二人相乗りで芝《しば》まで来ると、馬借《ばしやく》を見つけ激しく戸を叩いた「幕府御用である」。慌てて出てきた番頭に、一番と二番に早い馬を貸すよう、さらに乗ってきた馬を預かるよういい、保証に数枚の小判を握らせた。

東海道を二頭の馬が駆け、露月町《ろうげつちょう》に入ったあたりでいったん止まった。脇坂は逸次郎から預かった書状を取り出し、松井とともに中を改めた。そして二手に分かれた。松井は土橋《どばし》を越え、数寄屋橋《すきやばし》御門へ。脇坂は新橋《しんばし》から、京橋《きょうばし》、一石橋《いっこくばし》を経て常盤橋《ときわばし》へ。これでどちらか一方が襲われ討たれても、その間にもう一方が松平伊豆守の屋敷までたどり着ける。

脇坂の馬が一石橋を渡ったころ。

木屋町の辻番屋から明かりが漏れるのが右手に見えた。左手奥には常盤橋が暗闇の中にぼんやりと見える。脇坂の馬は走ってゆく。辻番屋の戸口あたり、中の明かりに照らされ人のかたちが浮かんだ。脇坂は、蹄の音を聞き様子見に出てきた辻番役だと思った。

違った。行く手を遮るように手を広げている。その右手には大薙刀《おおなぎなた》が握られていた。脇坂は即座に手綱を引き、馬を反転させようとした。しかし、遅かった。大薙刀の男は早くも馬の尾の近くに迫っていた。

「背後を突かれ、あっさり死にたいか」

脇坂は下馬し、手綱を濠《ほり》沿いに並ぶ葉の落ちた低い木にくくった。

男はその様子を黙って見ていた。辻番屋の戸口で耿々《こうこう》と光る提灯が男を照らしている。細面《ほそおもて》で張り出した顎《あご》に穴だけの右耳。首までの鎖帷子に鎖の手袋、腰に佩楯《はいだて》、脛に具足。戦いに臨む装束《しょうぞく》だった。

「梅壺主税《うめつぼちから》だな」脇坂はいった。「待っていたぞ」梅壺はいった。

脇坂は辻番屋の開いた戸を見た。刺され、首を折られた番役三人が土間に転がっていた。

「おれでなくともよいだろう」脇坂はいった。

「だめだ。逸次郎は藤堂《とうどう》卯之助に譲ったが、代わりに貴殿とやり合う機会を得たのだ。先の短い年寄りから楽しみを奪うな」

梅壺は大薙刀を構えた。脇坂も刀を抜いた。

双方見合った。冬の風が木々の枝と濠の水面を揺らしていた。

音羽、樽木屋、鎌平の三人は八丁堀へと急いだ。

意識を失いかけた逸次郎を馬の背に乗せ、さらには織物に包まれた掃討使玉利鉄太《てった》郎《ろう》の死体を担ぎ、冷気の中、汗を飛ばし駆けた。農家で馬は調達できた。樽木屋が止血もした。だが逸次郎の傷は深く、血も流しすぎた。

木挽町《こびきちょう》へと入り、堀沿いを急ぐ。角を曲がる。ようやく中屋敷の塀が見えたころ、遠くから死臭がした。しかし、人のではない。塀沿いに進むと二つの梯と二人の男が道に転がっていた。町人らしいが一人は死んでいた。もう一人は体を縄で縛られ、逃げぬよう両足の腱《けん》を斬られていた。「銭をもらった。やらなきゃ殺すといわれた。他には何も知らねえ」海老《えび》のように体を丸め、同じ言葉を繰り返している。

一行はさらに急ぐ。中屋敷の表門までたどり着くと、病み上がりの金森《かなもり》が着物に顔に血を浴びて立っていた。

「何があった」音羽が訊くと、「犬どもだ」と金森はいった。

金森は表門を押し開けながら続けた。「どうにか退治したが、こちらもかなりの数がやられた」。玄関まで続く長い石畳に、無数の犬《いぬ》が斬られ射貫かれ転がっていた。

死んだ犬に混じり、まだ息のある数匹が唸っている。首に矢が刺さった腹の大きな一匹が唸りながら体をぶるぶると震《ふる》わせている。さらに大きく震わせると、尾の下から子犬をひり出した。生まれながらに死んでいた。産んだ犬も力なく前脚を何度か動かすと、すぐに息絶えた。

石灯籠《いしどうろう》の陰に、息絶えた守備組の体が一つ。その向こうにもう一つ。体にいくつかの食いちぎられた痕《あと》がある。

「皆、蔵に逃げ込んだ。盃庵もそこで怪我人の手当てをしている」金森に促され、皆は進もうとしたが、馬が怯《おび》え、どうにも表門をくぐろうとしない。鎌平が手綱を門柱にくくり、朝もやと死臭の漂う中、逸次郎を背負い歩き出した。音羽も玉利の死体を担いだまま、また歩き出した。

松井は松平伊豆守邸の大門前で待っていた。

まだ星も消えぬころ、松井が駆けつけ門を叩くと、伊橋《いはし》が出てきて即座に応対した。松平伊豆守自身も寝衣のまま玄関先へやってきた。松井は逸次郎から託された書状にあった多遲木《たじき》藩前藩主鶴見《つるみ》宣衡《のぶひら》の名を告げた。聞いた伊豆守は自邸の守りを固めさせると同時に、方々に使者を出した。闇の中、提灯を手にした者たちが多く出入りし、幕閣たちの長棒駕籠《ながぼうかご》も次々にやって来た。

だが、脇坂はまだ来ない。松井は待ち続けた。

朝焼けが消え、空が淡い青に染まり出したころ。濠沿いに続く黒塀の奥、伊豆守邸の周囲を見回っていた家中の足軽たちが遠くから騒ぎ駆けてくるのが見えた。松井もそちらに走った。何事かと訊いた。「馬が」足軽はいった。こちらに向かって馬がとぼとぼと歩いてくる。他の足軽連中が、それを為す術《すべ》もなく眺めている。

背に脇坂が見えた。松井は近づき、手綱を握ると、脇坂に手を差し伸べた。だが、馬が立ち止まっても脇坂は動かない。顔は歪み、腰には脇差《わきざし》が突き刺さっていた。指先で首に触れたが、冷たく、脈も感じられなかった。松井は北斗七星《ほくとしちせい》の合印《あいじるし》の入った銀羽織《ぎんばおり》を脱ぐと、死して馬上にいる脇坂の、無残に切れ、腫《は》れ上がった顔に、そっと掛けた。

そしてすぐにまた駆け出した。馬のうしろ、細く長く伸びている血の痕《あと》を追ってゆく。駆け続け、そして見つけた。血溜《ちだ》まりに倒れている男がこちらに気づいた。松井は急ぎ横顔を蹴りつけた。「がっ」化物のように顔も体も腫らした男が唸る。松井は男の口に肘《ひじ》を突っ込み布を嚙《か》ませると、細縄で体中を縛った。

「死なせてやるものか」

青い空の下、松井は男を引きずりながら伊豆守邸へと戻っていった。

これらの騒動と日を同じくして、市中各所でまたも略取と辻斬りが起きていた。

前日、八丁堀の中屋敷でがまくびが葺屋町《ふきやちょう》の修繕を逸次郎に願い出ていたころ。

武家の屋敷に赤迫雅峰《あかさこまさみね》と両角多気乃介《もろずみたけのすけ》が押し入り、嫡男を連れ去っていた。以前、福居《ふくい》藩邸と津山《つやま》藩邸を襲ったときと違い、今度は裏口からだった。

幕府寺社奉行松平出雲守景隆《いずものかみかげたか》は江戸城へ登城するため、朝、いつものように屋敷を出た。その昼、赤迫と両角は出入りの商人を脅《おど》しつけ、御用伺いを装い三人で松平出雲守邸の裏口に立った。下男が木戸を開けると、赤迫らは下男を一突きで殺し、同じく商人も殺し、裏口を閉め、死体を庭の隅の植え込みに隠した。そして屋敷内を巡り、十六人の住人たちを嫡男を除きすべて殺していった。

赤迫と両角が用事を終えると、まるで合わせたように松平出雲守邸の裏手を、多邇木藩前藩主鶴見宣衡が仕立てた駕籠がゆっくりと通り過ぎていった。名水として知られる本郷《ほんごう》の蓮華《れんげ》の井戸まで茶の湯用の水をもらい受けにいくという名目だったが、駕籠で運ばれたのは水などではなかった。

屋敷の玄関の上がり口には、目につくように一通の書状が置かれていた。赤迫が残した松平出雲守の嫡男、隆晃《たかあき》の預かり証だった。

さらに前日の夕刻、高輪《たかなわ》に向かう前の逸次郎が日比谷の名主を訪れていたころ。高田《たかだ》藩、江戸詰家老宍戸《ししど》敏太郎《びんたろう》が同藩藩士ら四人とともに路上で斬り殺された。藩士四人の死体はその場に倒れたままだったが、宍戸の死体だけは消え去り、翌日、浅草《あさくさ》の長屋が建ち並ぶ一角で見つかった。亭主を宍戸に無礼討ちされた女の願いを受け、赤迫と両角が成敗したのだった。この見事な仇討《あだう》ちに、町人たちは心の中で拍手喝采《かっさい》した。

幕閣に限らず江戸の武士たちは激しく動揺した。この夏に福居藩主嫡男と津山藩主嫡男の二人が略取されて以降、武士たちは異常ともいえるほど警戒を強めていた。旗本、各国大名、藩士の区別なく、禄《ろく》の高い者の屋敷の塀沿いには常に見張りが配され、通りがかった者は武家町人の区別なく身元をしつこく訊かれた。夜は近くを通っただけで縄を掛けられた。拷問《ごうもん》を受け、脚を不自由にされた者さえ出た。だが、半ば狂ったかのような警備を続けながら、またも一人奪われた。

春先、町衆が辻斬りに対して感じていた恐怖は、もはや紛れもなく武家のものとなっていた。赤迫一派六人のうち三人は討ち取られ、一人は捕らえられた。残るは二人。だが、そのたった二人の老いた男に、江戸の武士たちは思うままに振り回されていた。

十六　楽園

小塚村《こづかむら》は浅草《あさくさ》の北の外れにある。

村には田よりも畑が多く広がっていた。土は肥えているが少し掘り下げると岩盤にぶちあたり、水はけも極端に悪い。そのため蓮根《れんこん》やその他の限られたものしか作れなかった。

蓮根畑を満たしている泥水に、この冬はじめて薄い氷が張った日。

百姓たちが氷を割り、肌を切る冷たさの水に浸《つ》かり、泥を探り、季節を迎えた蓮根を器用に採っている。そんな景色の真ん中に、多遟木《たじき》藩前藩主鶴見宣衡《つるみのぶひら》の館はあった。周りを遮《さえぎ》る物は何もなく、遠くからでも館の外塀がはっきりと見える。不便で住みにくいだけのこの地に、宣衡は好んで館を建てた。近隣の百姓たちは、若隠居様の御館と呼んでいる。

この館から半町（約五十五メートル）ほど離れたあたりを、ぐるりと武士が取り囲んでいた。何も知らされていない百姓たちは、胴鎧《どうよろい》をつけ鉄砲や槍を手にした三百に迫る武士たちを、遠目に見て不安がりながらも蓮根を採り続けていた。この日の早朝、逸次郎《いつじろう》からの知らせを受け、松平伊豆守《まつだいらいずのかみ》が急ぎ動員した幕府大番組の者たちだった。寒風の中、館を包囲し、出入りする者を確認し続けていた。ほんとうはすぐにでも踏み込み、館を改め、鶴見宣衡を討ち取ることを願っていた。

伊豆守は許さなかった。敵はあの赤迫《あかさこ》らであり、不用意に踏み込めばまたも多くの死人を出す恐れがある。福居《ふくい》藩主嫡男と津山《つやま》藩主嫡男がいまだ略取されたままであることも伊豆守の頭にあった。松平忠昌《ただまさ》が治める福居藩は親藩である。津山藩も外様とはいえ、幕府の拙速や落ち度により大名嫡男が巻き込まれ殺されることなどあってはならない。しかも、この朝、追い討ちをかけるように寺社奉行松平出雲守景隆《いずものかみかげたか》の嫡男が略取されたという知らせが届いた。いよいよ迂闊《うかつ》には動けなくなった。

今はまだ大番士たちは松平伊豆守の命を受け入れ、五金糸《ごきんし》の小筒を得ている逸次郎の到来を待ちながら見張り役に徹している。が、もちろん内心はまるで違う。栄誉ある大番組が、将軍家光《いえみつ》公を唯一の主として戴くわれらが、なぜ無位無官の小留間《こるま》逸次郎などという小僧の指示を仰がねばならぬのか。しかも、逸次郎は斬り合いで傷つき動けぬという。いつまで待てば動けるようになるのか何の知らせもない。強い恥辱《ちじょく》を感じながら大番士たちは宣衡の館を見つめていた。早朝からこれまで、館に出入りしたのは商家の使いが二人。どちらも身元を調べたので間違いない。

だが、大番士たちも、周辺で暮らしている百姓たちも知らなかった、出入り口は見える場所だけにあるのではないことを。土の下にも道があることを。

館の真下には、百年以上も前の坑道が蟻《あり》の巣のように広がり、一番長いものは半里も離れた丘や川べりの秘した出口まで伸びていた。

この館の建っている地には、かつて邪教と呼ばれていた立川《たちかわ》流の、さらに亜種である荼枳尼《だきにし》紫壇法《だんほう》を信ずる寺があった。多くの僧を抱え、多くの信者を集めていたが、当時の領主からも、他の法華《ほっけ》や念仏の信者からも長く激しい弾圧を受けた。宗論だけでなく実際に血を流す争いが何度も繰り返された。死人も多く出た。寺の僧たちは策を練り、表向きは弾圧に屈し、真言《しんごん》に宗旨替えしたように装った。僧たちは地の下の厚い岩盤を使い、そこに自分たちと一部の信者だけが知る新たな世界を築いた。岩をノミで手掘りし、長い長い歳月をかけ、網の目のように走る通路を作り、小部屋を作り、そこに邪法の如来《にょらい》や菩薩《ぼさつ》や天部《てんぶ》の像を配し、極彩色《ごくさいしき》に飾り、日々祈りを捧《ささ》げ静かに暮らしていた。が、秘密が外へ漏れた。法華や念仏の信者たちは騙《だま》されたことに激しく怒った。そして寺を襲った。僧たちの三分の一は地下の坑道を伝って逃げ延びたが、三分の一はその場で殺され、残りは生きたまま捕らえられ領主に引き渡された。しかし、領主も、真の仏の道を踏みにじり邪法を広めたとして、捕らえた僧たちに処刑をいい渡した。助命など考えられなかった。

領主は寺境内のあらゆる建物と地下道への入り口を叩き壊すと、一帯を穢《けが》れた地として何人《なんぴと》も立ち入ることを禁じた。この騒動にまつわるすべてを邪教に騙された恥ずべき記憶として、一切の口外を禁じた。

長い年月を経て、そんなかつての記憶は風化し完全に忘れられ、各種の像も朽ち色《いろ》褪《あ》せ、砕けた。が、地下の坑道だけは今も人知れず残っている。

その坑道の上に建つ館の一室。主の鶴見宣衡は茶を片手に談笑していた。上座から見下ろす宣衡の視線の先には、赤迫雅峰《まさみね》と両角多気乃介《もろずみたけのすけ》。二人はきのうの狩りの成果を披露しに来ていた。薬入りの葛湯《くずゆ》を無理やり飲まされた松平出雲守の嫡男、隆晃《たかあき》が体を縄で縛られ眠らされ、畳に転がっている。それを眺めながら、宣衡、赤迫、両角の三人は逸次郎の配下に捕らえられた梅壺《うめつぼ》の身を案ずる様子もなく、穏やかに笑い、話し続けた。

鶴見家は、かつて京の足利《あしかが》将軍家より多邇木国守護に任ぜられた。それ以来、多くの大名家が消滅してゆく中、応仁《おうにん》の乱も、乱世も、関ヶ原《せきはら》も、巧みに生き延び、今も多邇木藩主として国を治め続けている。三万七千石の小国ながら豊かな国として知られているが、一方で昔から多邇木の各代藩主には奇妙な話がつきまとった。

宣衡の曾祖父である鶴見宗睦《むねちか》は、火縄銃《ひなわじゅう》の火薬の精製に不可欠な硝石《しょうせき》に早くから目をつけ、この日本国内では希少な石を、海外から定期的に入手する仕組みを確立し、巨万の富を得た。そのため国内の年貢《ねんぐ》は低く、多邇木は日本一百姓の住みやすい国ともいわれていた。また宗睦は「施し公」といわれるほどに欲がなく、祝賀や節句に届けられる膨大な贈り物も、家臣や町衆に惜しみなく与えた。

宗睦が唯一執着したのが書画をはじめとする美術品だった。宗睦自身、文人であり慧眼《けいがん》の士として知られていたが、あるとき、出入りの商人から昔の南蛮《なんばん》の王の寓話を聞かされた。

王は自分の理想とする女の姿を像に彫らせた。その彫像《ちょうぞう》のあまりの素晴らしさに次第に王は心を奪われ、病みつくほどになった。やつれ衰えてゆく王を憐《あわ》れんだ神により、像は命を与えられ、王はそれを妻とした――

宗睦はこの話に心惹《こころひ》かれた。ひどく羨《うらや》ましく思った。そして、自分も作らせてみようと思い立った。宗睦はその腕を認めた諸国の絵師たちに、この世で一番美しい女の絵を描かせた。何年もかけ多くの者に描かせた。どれも素晴らしかった。が、宗睦がわれを忘れるほどに惹かれる絵には出会えなかった。それでも宗睦は皆を讃《たた》え、褒美を与えた。しかし、ただ一人、高慢で実力も随一だった笈川加賀美《おいかわかがみ》だけは納得せず、何度も描き直したが、どれほど描いても宗睦の心を動かすことはできなかった。加賀美は半ば気を病み、怒りにも駆られ、長年誰にも見せず秘中にしていた渾身の、最愛の一作を宗睦に見せてしまった。

その掛け軸になった少年の絵の艶《あで》やかさと瑞々しさに、宗睦は一瞬で心奪われた。加賀美は勝ち誇った。宗睦は恋に落ちていた。その絵を手に入れたいと切望した。しかし、加賀美は「命に代えてもお渡しできませぬ」といった。加賀美自身、同じ絵を、さらに超える絵をと願い、何度も描いたが、どうにも描くことができなかった。加賀美にとってもこの少年は奇跡だった。

それでも宗睦の心から少年は離れない。悶絶《もんぜつ》するほどに欲した宗睦は、加賀美に横領の罪を着せ、絵を取り上げ、国外へ追放した。宗睦は少年の絵を手に入れると毎日それを眺めた。妻も子も遠ざけ、近習《きんじゅ》の言葉も気にかけず、病むほどに見つめ続けたが、宗睦の元には残念ながら神は訪れなかった。絵の少年に叶わぬ恋心を募らせ、身をやつれさせるばかりだった。そんな姿を見かねた家臣が、宗睦が眠りかけた機を狙い、飾られた少年の絵を奪い、裂き、焼き、自身は腹を斬った。命を懸けた君主への訴えだったが、宗睦は激怒した。宗睦の目は覚めなかった。絵を焼いた家臣の死体を切り刻み、城下の往来に投げ捨てさせた。それは最愛の人を殺された者の怒りだった。そして、唯一生き返らせる術を知る加賀美を求め、藩を挙げて行方を捜させた。

すぐに見つかったが、加賀美は粗末な墓の下にいた。最愛の人を奪われた悲しみと悔しさから、さらに気を病み、衰え、死んでいた。宗睦も同じ道をたどった。失望からひどく気を病み、家老たちの合議により城内の牢に押し込められると、ほどなく死んだ。

父の無残な姿を見ていた嫡男の鶴見春輝《はるてる》、祖父の恐ろしい姿に怯えていた孫の鶴見輝宣《てるのぶ》は、二代続けて深く神仏に帰依《きえ》し、禁欲の人となった。美術品も嗜好品《しこうひん》も一切遠ざけ、米も口にせず、常に清貧に生きようとし、過度な断食《だんじき》を行うこともしばしばだった。明らかにその断食が春輝の命を縮め、若くして死んだ。あとを嗣《つ》いだ輝宣も、敬虔《けいけん》な女を正室に迎え、さらに清貧に生きることを願った。厳しい断食の中で幻覚に陥《おちい》り、輝宣と正室が神仏に出会うこともしばしばだった。二人はその出会いを人生の中で最上の悦びとしていた。

そんな両親の愛情を浴びながら鶴見宣衡は育った。輝宣と正室は宣衡にも清貧を強いたが、同時に誉《ほま》れ高き君主となるよう最上の教育も与えた。故事、治政、博物などの道に通じた者たちが教師として呼ばれた。武芸、戦略に長けた名高き武士を招き、稽古《けいこ》をつけさせ、多くの戦場譚を語らせた。粗食と修練が続く宣衡の毎日の中で、古参の武士たちが語ってくれる激戦の記憶や名将たちとの思い出は、唯一といっていい楽しみだった。

多くの者が多邇木藩江戸藩邸に招かれたが、その中の一人に世に知られた剛武者である津《つ》藩士赤迫雅峰がいた。宣衡は赤迫に強く惹かれた。若くして多くの戦功を立てた赤迫は、まだ若く青い宣衡にとって憧れであり、その言葉も興味と驚異に満ちていた。

織田信長《おだのぶなが》は自身の築いた安土《あづち》城を決して城とは呼ばず、常に安土殿《でん》と呼んでいた。安土殿は信長にとって神を迎え、交合するための場であり、夏も冬も、（旧暦の各月の）一日、新月の晩には、安土殿の天主に信長一人が上り、一糸纏《まと》わぬ裸体となり、神々と交合し神力を得ていたという。豊臣秀吉《とよとみひでよし》の右手の指が六本あったのは広く知られているが、秀吉は武将を懐柔《かいじゅう》し取り込む際、茶室に連れ込み、二人だけになり、いつも決まって話の前に六本指をそっと見せたという。すると、どんなに反目していた者も、無理難題をいわれた者も、まるで幻術にかかったかのように秀吉の言葉を受け入れたという。

いくつもの武将譚を取り混ぜながら、赤迫は、自らが生き抜いてきた戦場の光景を語って聞かせた。宣衡は聞きながら、何ともいえぬ熱さを体の中に感じた。味方が敵になぶり殺される場面や、敵をなぶり殺し復讐を果たす場面になると、必死で抑えねばならぬほど興奮した。赤迫はその興奮を感じ取っていた。

秋の夕刻。近習を遠ざけ、宣衡と赤迫二人きりで沈む陽を見ながら風を浴びていたとき、赤迫は何の前触れもなく人殺しの履歴を語りはじめた。

延々と続く血塗られた話に宣衡は痺《しび》れるような興奮を味わい続けたが、中でも幾知《いくち》川《がわ》中洲での成敗譚は、陶酔《とうすい》以上の心地にさせた。

津藩藩士であった赤迫に、家老から密命が下った。

見瀬《みせ》藩領内、幾知川の河口付近に二つの大きな中洲があり、どちらにも戦国の名残《なごり》の出城が建っているという。

「出城の一つに入り、その場にいる者をすべて殺せ。火を放ち、すべてを灰に帰せ」

藩命ではなく、その上に幕府の意思があるのは明らかだった。

殺す理由も伝えられぬまま、赤迫は出立し、海伝いに見瀬藩領内のある港に入ると、そこから先は稲津《いなづ》政親《まさちか》が手を貸した。稲津は商人に扮し、以前より通じていた見瀬の商人たちに紛れ、赤迫を入れた大箱や何台もの荷車とともに、幾知川上流にある陶器の産地まで向かった。道の途中、大箱を出た赤迫は、鹿を殺し、腹を裂き、胃や腸を膨《ふく》らますと、その中に潜《ひそ》み、延々と川を下っていった。

幾知川の速い流れと干満の大きな海の水が混ざり、相当に慣れた船頭でない限り中洲に近づくのはむずかしかった。赤迫は鹿の死骸ごと深く沈み、中に溜まった空気を吸いながら川底を歩き、どうにかたどりついた。そして、稲津の用意した中洲の土と同じ色柄の、頭巾、着物を身につけ、夏の激しい夕立が来るのを水際で待ち続けた。

二日後、夕立に打たれながら赤迫は広い中洲をじりじりと這《は》い進み、出城の高い板塀の中に入った。暮らしているのは男だけで、子どもたちを大人たちが丁寧に世話している。赤迫は潜み、窺《うかが》い続けた。乳離れしたばかりから、十二、三までのさまざまな歳の子どもたちは裸同然の姿で、たっぷりの米の飯と海藻と塩を食べ、竹馬や独楽《こま》や、紙に絵描きをして遊び、好きなときに歌い、眠っていた。

そこは製薬場だった。

ときおり子どもの年長者が一人か二人、板塀に囲まれた中のいちばん大きな建物に連れられていく。大人たちは目や口や尻の穴、陰茎《いんけい》の色つや、ふぐりの大きさ重さを調べ、解体までの日数を確かめていた。長年、清浄なものを食べ、元気に遊び育った子どもたちは、はじめての精通があった翌日に薬の材料となるべく処理されていた。

処理される直前、どの子どもたちも切なげに、でも笑顔で、自分を囲む大勢の仲間たちに別れを告げた。残される子どもたちも笑顔で手を振り、そこから先の解体の様子を、幼い者までもが間近で見続けた。そうなることが自分の仕事なのだと、誰もがわかっていた。はじめに首を落とし、脳、眼球、内臓、肉はもちろん、筋肉も腱《けん》も、すべてを細かく仕分けてゆく。それらは干され、削られ、挽《ひ》かれ、混ぜられ、余すところなく薬に変えられていた。わずかに残った部位も、塩漬けにされ大人たちの飯のおかずになった。

月に三度やってくる三艘《そう》の小船が、大量の米を下ろし、薬を積み込み出ていったあと。中洲に入って五日目の真夜中に赤迫は仕事をはじめた。これまで日に二口の水と一口の乾肉《ほしにく》で待ち続けたのに較べ、殺していくのは楽だった。警護役を手はじめに板間に寝ている大人たちの額と喉《のど》を、八寸の釘で串刺し打ちつけていった。途中二人に気づかれたが、すぐに斬った。見張りは厳しく人も多かったが、腕の立つ者はいなかった。巡回から戻った五人に囲まれたが、それも一瞬で斬った。

そして子どもたちの寝床に向かった。戸を開けると、皆、こちらを睨《にら》んだ。子どもの勘で異変に気づき、ほとんどが目を覚まし、泣いていた。恐怖ではなく、悔しさと、怒りの涙だった。

「餓《う》えた日々を逃れて楽園に来れたのに。それをなぜ壊す」年長の子が叫んだ。

「出ていけ、出ていけ」「外道め、鬼め」「消えろ、消えろ」

「殺されるものか、殺してやる」小刀や棒や石を手に、子どもらは群がり攻めてきた。

赤迫は斬った。泣き叫び、悶《もだ》える子どもらを斬り続けた。

「われらの短い幸せを、なぜ取り上げる」甲高《かんだか》い泣き声が蟬時雨《せみしぐれ》のように響き続けた。用意した八本の刀はすぐに血まみれ、鋼《はがね》を巻いた拳《こぶし》で殴《なぐ》り、蹴り、さらに殺した。最後にただ泣き続けていた幼い子らを殺し、死体を並べると六十九。大人も合わせると百を越えた。これだけ短い間に、これだけ多くを殺したのは赤迫にとってもはじめてだった。

火を放ち、泊めてあった小舟に乗った。流されるまま海に出ていく途中、隣の中洲からも同じように火の手が上がるのを見た。

海で待っていた稲津の仕立てた船に拾われての帰り道、稲津は見瀬藩主藤倉直盛《ふじくらなおもり》が陰で行っていた薬作りと密貿易のすべてを明かそうとした。が、赤迫は聞く必要はないといった。二つの中洲から出た煙が絡まり渦《うず》巻《ま》きながら天高く昇ってゆくのを眺めていた。

「隣の中洲を焼いた男なら喜んで聞いただろうに」稲津は笑った。

赤迫が焼き払った「雄島《おじま》」の隣、女だけで薬を作り暮らしていた「雌島《めじま》」のすべての者を殺し、焼き払ったのは、小留間得知昌《えちまさ》という名の旗本《はたもと》だと、赤迫はそれからしばらくして知った。

聞き終わった鶴見宣衡は、自身と赤迫の間にどうにも切れぬ何かがつながったように感じた。そして、自身が激しく欲情しているのを知った。

こうして赤迫は宣衡の心を奪い取った。

時は流れ、宣衡も元服《げんぷく》し、父とともに大坂夏の陣の戦場に立った。宣衡の初陣《ういじん》だった。しかし、足と腰に深い傷を負った。宣衡は痛みに苦しみながら自分に武の才がないことを思い知った。一時は命も危ぶまれたが、どうにか持ち直し、歩けるようにもなった。家督も継ぎ、正室を迎え側室も置いた。隠居した父と母は、緊張の糸が切れたかのように「早く世継ぎを」という言葉を残し死んでいった。そこで二代続いた鶴見家の尋常でない宗教心はようやく途絶えた。

宣衡が藩主となり多邇木藩は華やいだ。寺社へ寄進していた金銀の量を減らし、年貢を下げ、商いを奨励した。藩士たちの華美な服装も、宴《うたげ》も認めた。国は豊かになり城下は華やぎ、日本で一番小さい京などと呼ばれた。

宣衡には治政の才と人を惹きつける魅力があった。その手腕や明晰《めいせき》さに、多くの若い藩士が心酔した。宣衡のためなら喜んで命を投げ出す者が周囲に集まり仕えた。町衆も、曾祖父宗睦が藩主だったころに戻ったようだと讃《たた》え、敬《うやま》った。だが、世継ぎはできなかった。戦《いくさ》での傷のせいで宣衡の男根は勃《た》たなくなっていた。さんざんに手は尽くしたが、勃つ兆《きざ》しはなかった。子を残せぬと悟った宣衡は、藩主の座を弟の秀衡《ひでひら》に譲り、正室を尼寺《あまでら》に入れ、側室たちを生家に帰すと、江戸に出た。そして、自身を慕う藩士たちの中から、若く美しい者を厳選し、近習とし、浅草の外れに暮らした。堕落《だらく》した生活も楽しんだ。辻斬りもした。浪人どもに銭を握らせ、命懸けの斬り合いをさせたことも、妊婦の腹を割き、子どもを縦割りにしたこともあった。若い娘を押さえつけ狼《おおかみ》に犯させたこともあった。親の前で、子を餓えた熊に食い殺させたこともあった。

四十を迎え、生き続けるのにも退屈し、この世に名残惜《なごり》しいことなどないと感じるようになっていた。そんなとき赤迫がやってきた。二十年以上を経て再会すると、「共に楽しもう」と誘われた。

陽が落ちてゆく。大番士たちはまだ鶴見宣衡の館を取り囲んでいる。だが、昼に談笑していた赤迫と両角の姿は、もう館の中になかった。二人が略取した松平出雲守の嫡男も消えていた。鶴見宣衡は縁側に立つと、輝きはじめた星々を満足げな顔で見上げた。

十七　野狐禅《やこぜん》・蓮花《れんげ》

高輪大乗寺《たかなわだいじょうじ》跡の戦いから三日が過ぎた。

狂犬《たぶれいぬ》どもの強襲を受け、火を出したがまくびの店は、丸一日かけ広い店をすべて焼きつくし、他には一切延焼せず鎮火した。帰土屋《きづちや》は名の通り土に還《かえ》ったと市中の者たちは噂したが、驚いたことに神田白川町《かんだしらかわちょう》の店が焼けてなくなった二日後のこの日には、神田和泉町《いずみちょう》に用意してあった仮の店舗で早くも商売を再開した。がまくびは町奉行所から事情を聞かれはしたものの、縄をかけられることもなく、いつものように首からがま蛙《がえる》をかけ、すべてを取り仕切った。

逸次郎《いつじろう》は中屋敷の縁側に座っている。

狂犬どもに食いつかれ、逸次郎自身が肉をえぐり毒抜きをした肩を見て、盃庵《はいあん》は「これこそ荒療治だ」といいながら鏝《こて》で焼き、縫い合わせた。犬の毒が回る心配もないという。

まだ痛みは強いが、どうにか起き上がれるようにはなった。

明け方から強い雨が降っている。屋敷内のあちこちで香が焚《た》かれている。がまくびの指示を受けた職人たちが駆けつけ、傷つけられた屋敷の修繕もはじまってはいるが、狂犬どもの血と死の臭いは消えていない。この雨も洗い流してはくれないだろう。新しい畳の青い香りを、濁《にご》った血の臭いが包み消してゆく。

犬の屍《しかばね》は百五十八あった。がまくびが人を手配し、すべて舟で隅田川《すみだがわ》の向こう岸まで運び、穴を掘り、そこで焼き捨てさせた。

これほど多くの深く病み狂《たぶ》れた犬どもを、どこでどうして集め、群れ暴れさせるまでに手なずけたのか。わからない。犬どものせいで九人の守備組を失った。梅壺《うめつぼ》との斬り合いで脇坂《わきさか》も失った。他にも多くの守備組が犬どもに嚙《か》まれ、臥《ふ》せっている。盃庵は一人奮闘し、皆の嚙まれた傷跡をとことん洗い流し、毒を消した。近隣の医者たちも手伝いに呼ばれたが何もできず、たつととらが炊事の手伝いに雇った老婆たちの方が、ずっと役に立った。朝方、いつものように老婆たちは働きに出てくると、すぐに犬どもをかたづけ怪我人の手当てをはじめた。「昔の飢饉《ききん》や大火事の際に、もっとひどいものを見たことがございます」といって柱を拭《ふ》き、庭の血と肉を掃いた。

狂犬の毒にやられた気配のある者は今のところ出ていない。だが、まだわからない。盃庵はきょうあすが勝負だという。ここを乗り切れば、皆、快方に向かうだろう。けれど、痙攣《けいれん》が出たり、水を飲むのをひどく嫌がったり、風の音を恐れるような兆《きざ》しが出たら、その者は助けようがない。狂犬の毒を消し去る薬はない。

屋根を打った雨粒が軒《のき》を伝い、細い滝のように流れ落ちている。遠くで稲妻《いなずま》が光った。逸次郎は目を閉じた。雷鳴が響いてくるのを待っている。少しして、裂くような高い音と沈むような低い音が伝わってきた。

いい音だ、と思った。雷鳴がどうにも好きだ。なぜだか心が休まる。また光った。また目を閉じる。

たつが粥《かゆ》を運んできた。とらは怪我人の世話を続けているという。たつととらも噛まれ傷ついている。あの晩、屋敷にいて無事だったのは宇吉《うきち》と佐平《さへい》ぐらいだ。逸次郎が具合を訊くと、たつは笑ってこたえたが、その目元、口元には力がない。皆、ひどく疲れていた。祖父得知昌《えちまさ》の書の掛け軸は狂犬《たぶれいぬ》の血を浴びながらも残った。が、その前に花は生けられていない。花器も砕け、かたづけられた。

掛け軸には赤黒く染《し》みがつき、今見るとどうにも侘《わ》びしかった。

粥の椀や薬物の載った膳を置き、たつは下がっていった。逸次郎はまた一人になった。また遠くで光った。さっきよりも長い間を置いて、高い音と低い音が届いてくる。聴きながら稲津《いなづ》政親《まさちか》、藤堂《とうどう》卯之助《うのすけ》、二人が死に際に残した言葉を思い出していた。

「命を惜しむとは、どういうことだ。おまえにもわからぬだろう。わかるはずがない」

「生き長らえるより戦って死にたかった。おまえにならわかるだろう。わからぬはずがない」

雷鳴が遠のいてゆく。雨だけが強く降り続いている。逸次郎は粥をかっ込むと立ち上がった。

三人になった馬廻り組と鎌平《かまへい》を引き連れ、梅壺主税《うめつぼちから》が捕らえられている場所へと向かった。

馬喰町《ばくろちょう》、初音《はつね》の馬場《ばば》。並ぶ詰所の一つを警護の武士たちが囲んでいる。動員された江戸城本丸の書院番士らは、ある者は珍奇そうに、ある者は見下したように、やってきた逸次郎とその一行を見た。

松平伊豆守《まつだいらいずのかみ》家中の伊橋《いはし》が出迎えた。馬廻り組と鎌平を待たせ、詰所の戸を入ると、鉄格子《てつごうし》の牢が四つ並んでいた。こんなものがあることは逸次郎も知らなかった。

伊橋に導かれ、手前から三つ目の牢の前に立った。

「遅いぞ」鉄格子の中から梅壺がいった。その姿は奇妙な肉塊《にくかい》に見えた。

脇坂との激しい戦いの直後から厳しい訊問が続けられ、顔も体も腫《は》れ上がり、頭の右側、耳たぶのない小さな穴だけが梅壺であることを伝えている。

梅壺はどれだけ殴《なぐ》られ蹴られようと「逸次郎と話をさせよ」としかいわなかった。

だからやって来た。

「まずはおまえと幕閣に伝言がある。福居《ふくい》、津山《つやま》の藩邸、寺社奉行の松平出雲《いずも》にも伝えてくれ」梅壺はいった。唇《くちびる》は裂け、めくれ上がり、声は出ているが口とはまるで違うもののようだった。

赤迫《あかさこ》と両角《もろずみ》からの伝言だという。

「われらの望みは小留間《こるま》逸次郎と一戦交えること。望む相手は逸次郎とその配下たちだけであり、他に用はない。今後、われらは江戸市中で戦うことになるだろう。誰に水を差されることもなくその戦いを果たせたなら、勝負の行方にかかわらず略取した者たちを返そう。皆に伝えてくれ、ただ見ておれ、と。一人でも邪魔する者があれば返されることはない。奪われた者たちは、きょうも皆、無事で生きている。われらのささやかな願いを叶えてくれたなら必ず返す」

「それだけか」

「それだけだ」

「ならば今度はこちらから訊こう」

「いいぞ、話してやる。そのために待っていたのだから」

「どこで赤迫と出会った」

「赤迫が正代《しょうだい》を連れ、わたしの出羽《でわ》の山奥の根城まで来たのだ。全国各地の乱気者の上申が延輪寺《えんりんじ》には集まってきたそうだ。壊れ、狂い、手のつけられぬ者たちのな。その中から、わたしを選び、迎えに来たそうだ。赤迫と正代は突然乗り込んできた。そして、わたしの配下を次々と斬っていった。殊に赤迫の強さ、人を越えた強さとはあのことだ、見ていて惚《ほ》れ惚《ぼ》れした」

「赤迫はおまえをどう誘った」

「欲望を解き放ち、燃やし尽くそうではないか、とな」

「欲望とは斬ることか」

「そうだ」

「斬ること殺すことが望みか」

「いや、斬ることなど、ただの手段だ。騙《だま》し手伝わせた武家連中も、鶴見《つるみ》宣衡《のぶひら》も知らぬが、逸次郎、おまえにだけは教えてやろう。われらは欲も望みも越えた先を見てみたいのだ。人を斬って斬って斬って、己《おのれ》の生への執着などとうに消え、ただ斬ることだけに浸《ひた》り斬って斬って斬って、ついには斬ることへの執着さえも消え、無我の中で斬って斬って斬り続け、本能さえも消え、完全に己が消えうせた先に何が見えるのか」

「そんなものは、もう人ではない。魍魎《もうりょう》ですらない。河原に転がる心を持たぬ石と同じだ」

「そうかも知れぬ。だが、それを解脱《げだつ》と呼ぶのではないか」

「殺生《せっしょう》の果てに解脱が訪れるものか」

「なぜそう思う。おまえは訪れぬと知っているのか。手段や道筋には善も悪もない、己の欲するものを人知を越えた域まで、やり抜くか否かだ。神仏が善なら、なぜ罪なき者たちが餓《う》え苦しむ。なぜ正しき者が救われぬ。善悪などというつまらぬ尺度に囚われているから、人の枠を越えられぬのだ」

「梅壺、おまえは壊れ過ぎた」

「わたしの言葉が腹立たしいか、許せぬか、逸次郎。それはおまえもこの思いの片鱗に触れたことがあるからだろう。わたしは人としてもう十分生きた。だから残り少ない命を使って、人でなくなりたいと願った。だが、もうそれも叶わぬだろう。もうすぐ死ぬ。が、おまえは生き続ける。逸次郎、この願いを引き継がせてやる」

「引き継ぐものか、引き裂いてやる」

「そうだ、それでいい。両角も赤迫も引き裂き、打ち負かせ。ひどく困難だが、おまえならできるかもしれぬ。そして厳しい戦いの中で、生への執着も、死への恐怖も一切乗り越えた域へ踏み込め。人が棄てられぬ二つの欲から、業《ごう》から抜け出した賢者が治める世とはどんなものか、見てみたかった。おまえのような者に、もっと早く会いたかった」


逸次郎は声をうしろに聞きながら詰所を出た。

不快な、汚物にまみれたような気分だった。なぜいつものように他人事《ひとごと》と切り離し、洗い流せぬのか、自分でもわからない。だが、無理やりに押し流した。

詰所の外には、これまでに梅壺に殺された者たちの血縁が集まっていた。これから死までの間、梅壺は嬲《なぶ》られ続けるのだろう。

鶴見宣衡の待つ小塚村《こづかむら》へと向かった。

幕府大番組の番士たちは交代しながら三日間、途切れることなく多邇木《たじき》藩前藩主鶴見宣衡の館を包囲し続けていた。今も雨の中、三百を越える者たちが囲んでいる。皆じれていた、いら立っていた。それらはすべて、ようやく到着した逸次郎へと向けられた。

逸次郎は包囲を狭めさせ、塀の直前まで進めた。そして自身は館の門前で馬を下り、鎌平に手綱を託し、遠く下がり待つよう命じた。

同じく大番組の者たちにも待つよう命じた。

「これ以上、何を待てというのか」大番組組頭の水村《みずむら》という者が強くいった。大名の嫡男二人が略取され、すでに三月《みつき》が経つ。加えて三日前には幕府寺社奉行の嫡男までもが略取された。その三人に繋《つな》がる唯一の糸口といえる館に、大番組は踏み込むこともできずにいた。己らの意志を封じられ、こんな若造の意を、なぜ尊重し、従わねばならぬのか。そんな悔しさが大番組の皆の中にたぎっていた。

「われらはわれらの意志で動く」水村が重ねていった。大番組一同は即座に槍を構え、銃の口火を点し、踏み込む用意を固め、降りしきる雨を受けながら水村の号令を待った。

「控えておれ」逸次郎は水村の鼻先に立ちはだかりいった。水村は無視し、肩をぶつけながら逸次郎の脇を通り過ぎようとした。が、逸次郎は退かず、逆に肩で水村を跳ね返した。

雨の中、二人睨《にら》み合う。

逸次郎は五金糸《ごきんし》の小筒を右手で握り、腰から引き抜くと、水村の目前に突き出した。

「もう一度いう、控えておれ」逸次郎は振り向き、宣衡の屋敷の門を押し開け、樽木《たるき》屋《や》、松井《まつい》、音羽《おとわ》の三人だけを引き連れ、入っていった。そのうしろ姿を、水村はあからさまに殺意を浮かべた目で見た。

逸次郎一行は若く美しい近習《きんじゅ》たちに笑顔で迎えられた。主人の元へ案内するという。進みながら近習の中の二人がいった。

「先日は御無礼つかまつりました。どうかお許しくださいませ」

視線を向けることもなく逸次郎は進む。庭の背の高い木々が雨と風を受け、大きくゆっくりと揺れている。

何枚も襖《ふすま》を開いた先に、鶴見宣衡はいた。二十二畳敷きの部屋の上座、火鉢《ひばち》にあたりながら逸次郎とその配下に上機嫌で声をかけた。「座るがいい」

「略取された者たちはどこにいる」逸次郎は立ったまま訊いた。

「そう急《せ》くな、梅壺は何を語った」

「どこにいる」逸次郎は繰り返した。

「教えてくれぬか」宣衡は笑った。

「どこにいる」

「わたしは知らぬのだ」

「赤迫と両角はどこにいる」

「それも知らぬ。きのうまではここにいたが、わたしの近習から五人を選び、それらを引き連れ、どこかへ消えていった」

「心あたりの場所があるだろう、いえ」

「少し話そう。話すうちに思い出すやもしれぬ」

「おれは話したくない」

「濠《ほり》の小舟の上で稲津が語りかけたときは、言葉を返してやっただろう。高輪では、おまえから藤堂卯之助に語りかけさえした。度量の狭いことをいわず、わたしとも話してゆけ」

「ずいぶん詳しいな」

「おまえが好きだからな。好きな男のことは何でも知っておきたいものだ。おまえの妻も生まれてこれなかった子のこともな。もし生まれ、男だったら、どんな武士に育ったか。そういえば、あの花と香は気に入ってくれたか。わたしと赤迫からの心ばかりの進物だ」

ほんの一瞬、逸次郎にはすべてが途切れ、止まったように感じられた。が、すぐにすべてはまた流れ出した。

「殺し合いの覗き見は楽しかったか」逸次郎は流れを引き戻すようにいった。

「ああ、実に楽しかった。稲津とも、卯之助とも、どちらも見事な戦いぶりだったぞ」

「あの狂犬《たぶれいぬ》どもを集め、放ったのはおまえか」

「わたしにはあんな手の込んだことはできない。あれは稲津政親が遺していった狂犬どもだ。こちらに十五匹、あちらに二十匹と、稲津は方々で野犬の群れを手なずけていたようだ。それらの犬どもをいっせいに集め、病みつかせ狂わせ、逸次郎を襲わせるのだと稲津は楽しそうに語っていたぞ。残念ながら、自身の目で見ることなく殺されてしまったが。けれど、稲津から遺言を預かった藤堂卯之助が願いを果たしてくれた。稲津の人をたぶらかす技は見事だったが、犬どもをたぶらかす技はそれ以上に素晴らしかった。今となっては、どうやって従わせ、どうやって病みつかせたのか、わかりようもないが。稲津も卯之助も、おまえが殺してしまったからな」

宣衡は茶を一口飲んでさらに続けた。

「おまえの方も犬どもに九人の配下が噛み殺されたそうだな」

「そういう危うい御役だ。仕方がない」

「仕方がないか、確かにそうだ。赤迫がな、こんなことをいっていた。武士とは敵を殺すことを生業《なりわい》とし、敵を多く討ち倒し殺すことで功を得て、成り上がってゆく生きものだ。しかし、その敵を殺す場である戦《いくさ》がなくなってしまった今、武士はどう生きる。本能と本分を捨て、別の生きものとなるか。なれるならそれでいい。だが、なれぬなら、武士同士、互いに本能のまま殺し合い、華々しく自滅してゆくのが美しかろう。武士など乱世あっての生きもの。生きる場を失った者が滅ぶのは自然の摂理。あぶれた武士は死に絶えるのが世のために一番良いのだ、と」

宣衡の話が終わると逸次郎はすぐさま背を向けた。帰ろうとした。

「まだ帰さん。もう少し楽しもう」宣衡はいった。

「逸次郎、この動かなくなった世におまえが生き続ける理由とは何だ。徳川《とくがわ》の天下は揺らぎようがない。歯向かったところで、毛筋一本の傷もつけられぬまま身をすり潰され、犬死に以下の最期を迎えるのは目に見えている。残念ながら、時の氏神《うじがみ》の裁定を、世に住む誰もが支持している。今年とまったく変わらぬ年が、次も、その次も続いてゆくのだぞ。変わらず動かず、ただ澱《よど》み続けるだけの世に、見るべきものなどおまえにはあるのか」

逸次郎は無視して襖に手をかけた。

が、襖の向こうが騒がしくなった。木戸を蹴り、障子を破り、進んでくる音がする。水村たちだった。逸次郎の厳命を無視し大番組が踏み込んできた。何十となだれ込み、宣衡と逸次郎たちを取り巻き槍を向けた。庭にも廊下にも多くの大番組が押しかけ、草鞋《わらじ》のまま畳の上を走り回り、襖も屏風《びょうぶ》も叩き壊し、いきり立って捜索している。

配下を左右に従え、水村が宣衡へと真っすぐに進んできた。

「なぜ待たぬ」逸次郎は強くいった。

「鶴見の配下に矢を射掛けられたのだ。見逃せるか」水村も強くいい返した。弓矢を手にした若い近習が門内から外を眺め、せせら笑いながら三本の矢を射掛けてきたという。

水村は宣衡の襟首《えりくび》を摑《つか》んだ。「弓を引いた者はどこだ。略取した嫡男たちはどこだ」

相手が元大名であることなどまるで構わず怒鳴りつけ、頬を張り飛ばした。

宣衡の唇《くちびる》から血が一筋流れる。だが、宣衡の近習たちは怒るでもなく静かに眺めている。

「よくぞ招きにこたえてくれた、歓迎するぞ」宣衡がいい終わらぬうちに、足元のずっと下の方から小さな地鳴りが聞こえた。空耳《そらみみ》ではない。がくんと小さく一度だけ揺れた。

地震とは違う。何かがおかしい。

感じ取った逸次郎は振り向き、三人の馬廻りに「逃げろ」と叫んだ。走り出す。が、部屋も出られぬうちに、地面の下がもう一度大きく低く鳴った。逸次郎の少しうしろの畳がぐんと沈み、上に立っていた三人の大番組の者たちとともにどすんと地に落ちた。

一瞬だった。まるで落とし穴にでも消えていくようだった。とたんに地が割れ、柱は折れ、床も壁も崩《くず》れ、すべてが落ちはじめた。

逸次郎も馬廻りも、大番組の者たちも、狂ったように逃げ出した。

「何をした」水村は叫んだが、宣衡も、若く美しい近習たちも上気し激しく笑っている。宣衡は館の下の碁盤《ごばん》の目のような坑道に大量の火薬を仕掛けさせていた。それが次々と爆発し地下の岩盤を崩してゆく。館の床板も、廊下も、庭の土も、崩れ沈んでゆく。一度にではない。地鳴りが響くたび、予測のつかぬどこかしらが陥没《かんぼつ》し、獣を落とす罠《わな》のように人を吸い込んでゆく。

「卯之助を落としたように、おまえ自身が落とされるのはどんな心持ちだ」宣衡はいった。「おまえのおかげで、思いがけずこんなにも素晴らしい最期を飾ることができた。逸次郎、改めて感謝するぞ」

逸次郎は一切聞かず走り、庭に転がるように飛び出た。それで何が有利になるかなどわからない。ただ他には何も思いつけなかった。右側を走っていた大番組の一人がまた落ちた。たちの悪い博打《ばくち》に無理やり混ぜられたかのようだ。運が良ければ走り抜けられ、悪ければ地が抜け落ちる。逸次郎は自分の運が尽きぬうち、一気に走り逃げ切ろうとした。が、そう上手くはいかなかった。走る逸次郎の下が抜け、どすんと落ちた。もがく。木の細い根が垂れている。すぐ摑んだ。が、誰かが足を引っ張った。慌てて見ると知らぬ誰かがしがみついている。迷わず蹴り飛ばし、振り払った。摑んだ木の根を必死で上る。振り払われた者の「ああ」と嘆《なげ》く声がぶつりと切れ、土に呑まれた。降りしきる雨が逸次郎の手を滑らせる。倒れた高い木々の根に次々と手を伸ばし、幹に爪を立て、木が地に沈むよりどうにか早く這《は》い上がると、また走った。うしろでひときわ大きな地鳴りがして、逸次郎の足元がまたぐんと沈んだ。平らな地面が急にきつい上り坂に変わる。大きなすり鉢に落ちた蟻《あり》のように逸次郎は鉢の縁《ふち》に向かって全力で駆け上がった。上がり続け、どうにか上がり切った。だが、安心できず走り続けた。絶叫と地鳴りを背で聞きながら、無我夢中で蓮根《れんこん》畑の泥水を抜け、ようやく地面に座り込み、振り返った。

雨に打たれながら、しばらくそのまま見ていた。大きく息を吐《は》くと、鼻の穴から泥がだらだらと流れ出た。強い雨も洗い流せぬほど、顔も着物も泥にまみれていた。

地鳴りが再度小さく鳴って、それから途切れた。

「よくぞ御無事で」鎌平が咽《のど》を嗄《か》らし駆け寄る。横では逸次郎の馬がひどく怯《おび》え、暴れている。「お怪我は」鎌平が訊いたが、逸次郎は「待て」と遮《さえぎ》った。

逸次郎はまだ見ている。ほんとうに大きなすり鉢のようだ。館のあった一帯だけが丸く大きく落ちている。

そのすり鉢の中から、少しずつ声が上がりはじめた。逃げ遅れたが、まだ生きている者たちのうめき声だ。生き残った者たちが助けに走る。近隣の百姓たちも怯えなが

ら も遠巻きに集まりはじめた。

「ゆくな。まだだ」逸次郎は出せる限りの声で叫んだが、皆の怒号にかき消された。何度も叫んだあと、逸次郎は皆を止めようと走り出したが、三歩進んだところで、またも地鳴りがした。

これまでで一番大きい。

すり鉢は底が抜けたように、またも大きく深く沈み、助けに入った多くの者たちを飲み込んでいった。一人でも多くの道連れを作り出すために、宣衡はわざと間を空け爆発するよう仕組んでいた。宣衡が生涯の一番最後に仕掛けた質《たち》の悪い冗談だった。

砕けた瓦《かわら》、岩、折れた柱、木々、裂けた板塀、それらがねっとりした泥の中へずぶずぶと落ちてゆく。幸運にもまたも生き残れた者たちは、遠くからすり鉢の中を呆然《ぼうぜん》と眺めた。

少しすると、また助けを求める声が聞こえはじめた。さっきよりはるかに多い。だが、生き残った者たちは一歩も動けず、そのうめき声を聞いていた。

闇の中、無数の火が焚《た》かれ、沈んだ大地の底を照らしている。

夜になった。

幕府は周辺から多くの百姓を徴発し、各藩からも人を出させ、生き残りを捜索させた。腰に太縄をつけた者たちが、恐る恐る斜面を降りてゆく。

雨は降り続き、地面はよりぬかるんでいた。

急ごしらえの戸もない小屋が並び、その一つに逸次郎はいる。駆けつけた松平伊豆守家中の伊橋より、宣衡の弟であり多邇木藩の現在の藩主鶴見秀衡《ひでひら》、その家族、藩重臣と、宣衡の縁者たちがことごとく捕らえられたと聞いた。町人同然の扱いを受け小伝馬町《でんまちょう》牢屋敷内の大牢に留め置かれているという。だが、皆、何も知らないだろう。

さらに赤迫一派に加担していた他の者たちも捕縛された。元佐渡《さど》奉行間野周悟《まのしゅうご》。久《く》能《の》藩主竹野《たけの》康勝《やすかつ》の弟、睦紀《むつのり》。どちらも立太《りった》が怪《あや》しいと伝えてきた者たちだった。逸次郎の上申により伊豆守配下が監視を続けていたが、宣衡に較べればそのかかわりはごく薄い。間野周悟は赤迫一派に隠れ家と駕籠《かご》を、竹野睦紀は四百両あまりの資金を与えていた。

理由を訊かれ、間野は「銭儲けが上手い商人どもが町を闊歩《かっぽ》するのも、人を斬ったこともない算盤上手なだけの武士が城内で出世してゆくのも許せなかった。安穏《あんのん》とした太平に呑まれた世も、槍も握れず儀式と作法に追われる武家の毎日も、何もかもが憎い。それを壊したかった」と語ったという。

間野、竹野両家とも即座に、周悟、睦紀の乱心を幕府に届け出た。しかし、幕閣たちはそれを突き返し、鉄槌《てっつい》を下した。間野周悟は罪人として斬首の上、間野家は閉門。竹野家は現当主の康勝が監督不行き届きで切腹、嫡男があとを継ぐことは許したが、領地は三分の一に減封。即日の裁定だった。

夜が深まるとともに、その裁定を下した幕閣たちも駆けつけた。大目付井上筑後守《おおめつけいのうえちくごのかみ》は監督者である逸次郎を激しく責め立てた。だが、生き残った大番士たちは被害の大きさに真実を隠し通す気力を無くし、誰が何をしたかすべて正直に話した。すると数人の幕閣たちが今度は大番組を束ねる大番頭の責任を追及しはじめた。逸次郎は叱責《しっせき》が飛び交う小屋を出て、二つ隣へと移った。

樽木屋と音羽が横たわっている。どうにか生きて見つかった。傷だらけだが、どれも深くはない。意識もある。音羽に至っては、宣衡と近習のものらしき耳を二つ握っていた。地中から泥まみれで助け出されたその体を、逸次郎が抱きしめたとき、音羽は耳元で「一撃浴びせねば死に切れなかった」と繰り返した。

片耳を削がれた宣衡の死体はすぐに見つかった。大勢から唾《つば》をかけられ、蹴りつけられ、野に晒された。水村の死体も見つかった。

松井は見つかっていない。まだ泥と瓦礫《がれき》の中に沈んでいる。

鎌平が入ってきた。駕籠を二つ調達できたという。逸次郎は樽木屋と音羽を駕籠に乗せると八丁堀《はっちょうぼり》へ向かわせた。同じく鎌平にも馬を連れ帰れと命じた。

逸次郎は残った。ひどく冷え込んできたが、着物にはまだ泥がこびりつき濡れたまだった。逸次郎は座り、松井が見つかるのを待った。そして思い出していた。自身の妻と子が死んだときのことを。

陽《よう》とは許嫁《いいなずけ》のように育った。庄内《しょうない》藩主酒井《さかい》忠勝《ただかつ》の三女。もちろん正室ではなく町人の出の側室との間の娘だが、それでも間違いなく大名家の姫だった。本来なら身分の隔《へだ》たりが大き過ぎて知り合う機会さえないが、忠勝と祖父の得知昌は古くから深く通じており、互いの血脈の縁談を約束していた。得知昌の死後も契りは変わらず、逸次郎も陽も将来一緒になることに迷いはなかった。

逸次郎が大坂にいたころ。十六となった陽は嫁《とつ》いできた。四人の従者だけをともなっての、十四万石の姫とは思えぬ質素な嫁入りだったが、陽は心から喜んだ。すぐに子も孕《はら》んだ。それから半年、逸次郎は父につき長崎《ながさき》へ向かうことになった。腹が大きくなっていた陽は、大事を取り、子を産み落ち着くまで庄内藩大坂藩邸に住まうことになった。大坂藩邸には乳母《うば》と女中が呼ばれ、忠勝からも祝いの品が届き、準備は進んだ。藩邸内は穏やかな喜びに満ちていた。何も憂えることなどないようだった。だが、大坂藩邸が新しく雇った女中が、ひどい流行《はや》り病を持ち込んだ。藩士や下男下女、そして陽にもうつり、病の兆候《ちょうこう》が出はじめたころには、すでに藩邸じゅうに広がっていた。陽は高熱を出し、五日ほど激しい下血を続け、八方手を尽くしたが何の効き目もなく人事不省に陥《おちい》った。

知らせを受け逸次郎は急ぎ大坂へ向かったが、藩邸で見たのは、脈が止まり冷たくなった陽の姿だった。臨終を看取《みと》ってやることさえできなかった。腹の子も生まれることなく死んだ。病を持ち込んだ女中もとうに死んでいた。

白装束《しろしょうぞく》となった陽とともに逸次郎は過ごした。昼は横に座り陽の顔を見続け、夜は床を並べて眠った。そうすれば陽の病が自分にも入り込み、同じように死ねるのではと思った。けれど逸次郎は病みつかなかった、それが神仏の思し召《おぼめ》しだった。

五日目の朝、ひどい死臭を放っている遺体を見ながら、逸次郎はそれが生前の陽とはまったく違うただの肉の塊なのだと、ようやく悟った。

逸次郎の元には、陽と子がいっしょに入った白い骨壺《こつつぼ》だけが残された。

なぜこんな下らぬことで人は死なねばならぬのか、こんなことで終わる人の生とは尊いものなのか、命とはどれだけの価値があるのか——悲しむのも嘆《なげ》くのも忘れ、逸次郎は考え続けた。

今、同じように思っている。

杉板葺《すぎいたぶ》きの薄い屋根を、雨が激しく打ちつけている。

闇の中、無数の雨粒が落ちてきて、地面にぶつかり、砕け、染《し》み込んでゆく。この雨粒と人に違いなどないと感じながらも、心の奥底にあるものが抗《あらが》う。

一瞬、闇に光が走った。遠くでまた雷鳴が響きはじめた。

十八　憑《つ》き物

鶴見宣衡《つるみのぶひら》の館が地の底に沈んで六日が過ぎた。

多くの人手をかけた探索により四十七の遺体が見つかった。だが、今も二十二の者たちが見つけられず泥の中に埋まっている。松井《まつい》もまだ見つかっていない。

作業は続いている。徴発された百姓たちは明らかに疲れ、日を追うごとに手足の動きが鈍くなっていた。

逸次郎《いつじろう》は三日前まであの大きなすり鉢《ばち》のそばを離れなかった。傷の癒《い》え切らぬ体にもかかわらず、松井が見つかるまで待ち続けるつもりだった。だが、盃庵《はいあん》に連れ戻された。屋敷で体を癒《いや》さねば、他の者たちの治療も何も放り出し、職を辞める、将なくして何が軍かと盃庵は脅《おど》した。八丁堀《はっちょうぼり》の屋敷はどうにか落ち着きを取り戻していた。狂犬《たぶれいぬ》に嚙《か》まれた者たちも、どうにか発病せずにすんだ。傷の深かった七人がまだ寝ついているが、それでもとにかく生きている。

逸次郎は朝の膳を終えたところだった。

「陽射しが気持ちようございますね」とらが茶を注《つ》ぎながらいった。

たつと家事役の老婆たちは看病を続け、宇吉《うきち》と佐平《さへい》も弱音を吐《は》きながらも手伝っている。空は青く澄み、潮の香りが漂ってくる。茶を注ぐと、とらは祖父の書が掛かった床の間の前に座り、花を生けはじめた。白い花をつけた柊《ひいらぎ》の枝を壺《つぼ》に挿してゆく。終わると、とらは祖父の書の掛け軸に向かって、微笑《ほほえ》み、深く頭を下げた。毎朝、繰り返される祖父への挨拶。生きてそこにいるように、とらは天気のことや周囲のことなどを、祖父の書に話しかけてゆく。きょうも、とらの中では祖父は死んでいない、生きている。

「追慕の念が強いな」逸次郎はいった。

「追慕ではございません。変らぬ愛慕の情でございます」

「そうだったな。だが、なぜ薄れずにいられる」

とらは茶碗に注ぎ足した。そして少し間を置き、逆に訊いた。

「失礼ながら、逸次郎様は陽《よう》様のお姿が薄れましたか」

「自分でも腹立たしく悔しいが、以前とは確かに違っている」

誰にも告げずにいた心情が、思いもよらぬ場でこぼれ落ちた。とらもそれを十分わかった上で、次の言葉が滴《しずく》のように落ちてくるのを静かに待った。

　逸次郎はゆっくりと話した。

「亡くした直後は、目を閉じずとも横を見れば、陽が生まれ来るはずだった子を抱いてそこにいてくれた。一年後も変わらなかった。死ぬまでそうして三人で過ごしてゆくと思っていた。だが、近ごろは必死で一日を生き延び、床に入ってから、朝から陽と子のことを一度も思い出さずにいた自分に驚く、そんな日が多くなってきた」

「それが普通でございますよ。失った方々の記憶に囚《とら》われ続けて生きたら、その方が辛《つろ》うございます。時の流れの中で、心も体もずっと変わらぬままでいられる人などございません」

「ではなぜ、おまえたちは想いの強さが変わらない」

「わたしたちは普通ではございませんから」とらが笑顔でいった。返す言葉が見つからず、逸次郎は渋い顔で茶を飲み干した。空いた茶碗にとらが注ぎ足す。

　少しの空白。

「それは憑《つ》き物のせいかもしれません」と、とらは自分の茶碗にも注ぎながらいった。

「血の匂いを放っている憑き物か」

「はい。情愛だけでも十分強く結びついているのに、その上、御殿様の背後にいる憑き物が、さらに強い鎖でわたしたちを惹《ひ》きつけます。でも、それは御殿様に限りません。小留間《こるま》の血族の方々はたいてい皆さん、殊に逸次郎様は強く大きなモノが憑いてらっしゃいます。そのモノが、わたしたちを捕らえて放しませぬし、わたしたちも捕われていたいと思わずにおれませぬ」

「禅問答のようだな」

「そうでしょうか。明快に思えますけれど」

「おまえの一族は、人の返り血を浴びながら生きるよう定められている。その危うい運命の中でもがき生きる様が、たまらなく他人を惹きつける、といいたいのだろう」

「はい、よくおわかりで」

「そんなことをいわれて、嬉しい者などいるものか」

「あら、御殿様は喜んでくださってますよ」

「いや、地獄で渋い顔をしているだろう」逸次郎はもう一度茶を飲み干した。

小伝馬町《こでんまちょう》、牢屋敷裏手の不浄門。門脇の木戸が開くと一人の男が投げ出されるように外へ出た。両目の上を走る横一文字の傷。

槃次《はんじ》だった。異説禁談を広める非道の輩《やから》として捕まって以来、何の説明もないまま長く牢内に留め置かれていた。そしてこの日、またも何の説明もないまま放り出された。銭もない行くあてもない。だが、この先、何をするかは決めていた。また辻斬りに斬られた日のことを、あの辻斬りが不動明王《ふどうみようおう》の化身であることを、皆に語り伝えよう。目の見えぬ者の声によって、市中の者たちの心の蒙《もう》を啓《ひら》こう。迷いはなかった。

槃次は歩いた。折れた木の枝を杖代わりにしながら、ときに罵《ののし》られ、ときに憐《あわ》れまれ、歩いた。目の傷を見て少し前に噂だった槃次だと気づき囁《ささや》き合う者もいた。浅草《あさくさ》を横切り、天王町《てんのうちょう》を抜け、よたよたと、だが顔を上げ、前に向かって進む。人の気配のないあたりまで歩き続け、隅田川《すみだがわ》のほとりに出た。

座り、水音をただ聞いていた。しばらく聞いていると、近寄る足音がした。槃次は即座に音の方へと顔を向けた。あの懐《なつ》かしい愛おしい、若草を刈るように進む草鞋《わらじ》の音だった。

その音を聞いただけで槃次は涙ぐんだ、そして訊いた。

「迎えに来てくださったのですか」

「そうだ」赤迫雅峰《あかさこまさみね》はいった。「近習《きんじゅ》をすべて手放してしまった。今は身の回りの世話をさせる者さえいない。来て、わたしに仕えてくれるか」

「この日を待っておりました。誠心誠意お仕えさせていただきます」

赤迫は槃次の手を取ると、二人揃って堤《つつみ》を降り、小さな屋形船に乗った。赤迫が棹《さお》を押す。屋形船が滑り出す。水面《みなも》を静かに進んでゆく。舳先《へさき》に座る槃次は開けぬ目からとめどなく涙を流していた。

逸次郎たちは市中を進んでいた。

槍持一人に馬廻りは二人だけ、ようやく動けるようになった樽木屋《たるきや》と音羽《おとわ》が前後を挟んでいる。逸次郎にしてもまだ癒《い》え切っていない。どこも傷ついていないのは鎌平《かまへい》一人だった。死んだ配下たちの遺金を、皆の望んだ相手に届けて回っていた。六人の元を回り、つい先ほど、脇坂の連れ合いだった端正な青年のところを出た。逸次郎が突然訪ね、死を知らせても、遺された者たちは皆一様に落ち着いていた。遺されることを半ば覚悟していたようだった。表情は固いが涙もなく、骨壺の置かれている寺の名を聞き、積まれた小判を受け取った。

西本願寺《にしほんがんじ》の近く、横山町《よこやまちょう》を進み、左に曲がる。

新大坂町《しんおおさかちょう》の大半を占める、油と炭を扱う大店「浜武《はまたけ》」の裏手の真っすぐな道に出た。左には広い堀が続き、右には浜武の高い土塀が延々と続いている。他に人通りもなく、冷たい風がわずかに吹いている。逸次郎たちは知らなかったが、浜武はこの日、店を閉めていた。堀とは反対の大通りに面した表口は、正月以外は毎朝上げられる板戸が下ろされたままだった。小さなくぐり戸だけがわずかに開き、中から使用人が訪れる客たちに声だけで応対していた。

「御迷惑をおかけして大変申し訳ございません。急病人が出まして」

二人の使用人が昨夜から高熱を出しているという。腹を下し、強い吐《は》き気も続いている。風邪をこじらせたのだろうが、悪い流行《はや》り病でないとはいい切れない。医者と相談の上、一日様子を見て、他に熱を出す者がなければ明日には店を開くという。

だが、板戸が上がらないのは風邪のせいではなかった。この日の早朝、使用人たちが起き出す寸前に両角多気乃介《もろずみたけのすけ》が押し入った。地割れを起こし死んだ鶴見宣衡が遺した五人の若く美しい近習たち、さらに六頭の駿馬《しゅんめ》もいっしょだった。

浜武の店主と家族、使用人たちは、皆、手足を縛られ、目隠しされ、一つの部屋に押し込められていた。しかし、両角は「少しの辛抱《しんぼう》だ。夕刻前には出ていく」と皆をなだめた。五人の美しい近習も、囚われた者たちが咽《のど》が渇いたといえば水を与え、店主の薬の時刻には薬を与え、用足しをしたい者は手を引き厠《かわや》まで連れていった。

両角は庭に面した廊下に腰を下ろし、空を見上げている。

晴れてよかった、と思っていた。

「そろそろ裏塀にさしかかるころかと」若い近習が歩み寄り、笑顔でいった。「そうか。皆、心ゆくまで楽しんでくれ。わたしも楽しませてもらう」両角も笑顔で立ち上がった。

浜武の裏塀沿いの道を逸次郎たちは進んでゆく。

左に続く堀に、寒い季節には不似合いな小さな屋形船が浮かんでいる。船頭は深く笠《かさ》をかぶり、腰をかがめ棹を握っている。逸次郎たちの進みに合わせるように水面を進み、次第に堀端に寄ってきた。

鎌平が手槍を差し出し、逸次郎が握る。樽木屋と音羽も身構える。真っすぐに進みながら、左の堀に意識を集める――

突然、ずんと低い音が響き渡った。

堀からではない、右だ。次の瞬間、逸次郎の右の土塀が一気に崩《くず》れ落ちた。ががががと鳴り、瓦《かわら》や漆喰《しっくい》の細片が飛ぶ。怯《おび》えた馬が嘶《いなな》く。長く続く塀の一角が剝《は》ぎ取られたように消え、ぶわっと土煙が吹き出した。棒立ちになり倒れかかった馬を逸次郎はどうにか制し、駆け出そうと鞭《むち》を入れた。そのとき、土煙の中から二本の槍が飛び出した。もうもうと広がる灰色を突き抜け、一本は馬上で臥《ふ》せる逸次郎の背を、もう一本は駆け出した馬の尻のすぐうしろをかすめた。土煙の中から湧《わ》き出すように槍を握る騎馬が次々と飛び出す。さらに何本もの槍が伸び、その一本が逸次郎の羽織《はおり》の二の腕を裂いた。逸次郎の馬が駆け逃げる。砕けた土塀を蹄《ひづめ》でばりばりと踏みつけながら六頭の騎馬があとを追い、駆ける。鎌平も駆け出す。

樽木屋と音羽もあとを追う。だが、道の先、屋形船から一人の老いた男が、ぽんと陸に跳ねた。もう一人、船頭をしていた男が笠を取り、開かぬ目でずるずると堀を這《は》い登った。

赤迫雅峰と槃次だった。横を鎌平が駆け抜けたが、赤迫はそのまま行かせた。樽木屋と音羽を見ている。両手に抜き身の刀を握り進んでくる。槃次も手槍や備えの刀を抱えてあとに続く。整然と伸びる塀の一部が断ち切られ、中の浜武の広い庭が丸見えになっている。その前、樽木屋と音羽は刀を抜き、構えた。

赤迫の足が一気に速まり、二人に迫る。

樽木屋と音羽は同時に飛び、右左から斬りつけた。赤迫は右の刀で樽木屋を、左の刀で音羽を受け止めた。二人を相手に激しく鍔《つば》競《ぜ》り合う。三人の刃先がぎりぎりと音を立てる。

赤迫は両手を一気に押し出し、樽木屋と音羽は大きく飛び退《の》いた。

「返事を聞きに来た」赤迫はいった。

「断る」音羽は即座にいった。

「おまえに聞いているのではない」赤迫はいった。

音羽は慌てて樽木屋を見た。樽木屋は落ち着いた目で見返した。

「手を出すな。見ておれ」赤迫は樽木屋だけにいった。そして樽木屋への殺気を解き、無防備に背を見せ、音羽とだけ向き合った。

「ふざけるな」音羽が叫ぶ。だが樽木屋は構えを解いた。音羽は唾《つば》を吐《は》きかけたが届かず、樽木屋の足元に落ちた。

音羽は脇差《わきざし》も抜き、右に刀、左に脇差を構え、赤迫と向き合った。

赤迫が踏み込む。

音羽が右へ跳び、赤迫の刀が追う。音羽はさらに右へ跳ぶ。

赤迫がさらに追って、左肩に打ち込む。

音羽はそれを脇差で受けると、手首を巧みに返し、赤迫の右手の小指と握っていた刀をはじき飛ばした。

が、赤迫は素早く音羽の胸を蹴った。飛んでゆく自身の刀と小指には目もくれなかった。草鞋の底が激しく胸を突き、音羽はうしろへ大きくよろけた。「槍」赤迫が叫び、槩次が背後からすかさず手槍を差し出すと、赤迫は右手で受け一息の間も空けず突いた。

倒れてゆく音羽の尻が地についた瞬間、槍が腹を刺した。そのまま腹を貫《つらぬ》き、背へ抜けた。音羽は絶叫した。

赤迫は槍の柄《え》をぐいと持ち上げ、突き刺した音羽の体を無理やり立たせた。音羽はさらに絶叫した。

「死にたくない。こんな死に方は嫌だ」涙を流し樽木屋を睨《にら》んだ。「呪《のろ》ってやる」

樽木屋は表情を変えず、その様子をただ眺めた。

音羽は串刺しにされながらも両手に握った刀と脇差で赤迫に斬りつけた。赤迫は苦もなく避《よ》け、音羽の右肩を斬ると、噴《ふ》き上がる血も止まらぬうちに、喉《のど》を真横に斬り裂いた。

音羽の体がぐにゃりと地面に倒れた。

「楽しんだか」赤迫は血を浴びた顔と着物で、樽木屋を見た。

「ああ、興奮した」樽木屋はいった。そして北斗七星《ほくとしちせい》の合印《あいじるし》の入った銀羽織《ぎんばおり》を脱ぎ捨てると、赤迫とともに屋形船に飛び乗った。

船がゆっくりと堀端を離れてゆく。

「よくぞお越しくださいました、誠心誠意お仕えさせていただきます」粲次がいった。

堀沿いの道では通りすがりの者が浜武の土塀が崩《くず》れているのに気づき、大声で騒ぎ立てている。やじ馬が集まり、騒ぎはいっそう大きくなった。

その騒ぎをうしろに聞きながら、屋形船は進んでゆく。

樽木屋は舳先に座った。

花の蜜狩《みつかり》として各地を巡りながら、樽木屋は悪人の非道さを知ったが、それ以上に、弱い者や追い詰められた者たちの醜《みにく》さを知った。

飢饉《ききん》や干魃《かんばつ》の土地は常に避け、用心していた。が、餓《う》えた奴らは山を三つ越えた先からでも、蜜の、食い物の、銭の匂いを嗅ぎ取り追ってくる。樽木屋の同胞の多くを殺したのは、山賊でも落武者でも追い剝ぎでもない。百姓や町人どもだ。同じ蜜狩として旅していた樽木屋の伯父《おじ》と甥《おい》を殺したのは、飢饉で痩せ枯れ果てた百姓どもだった。樽木屋の父が蜜狩を隠居せねばならぬほど深い傷を負ったのは、米の不作続きで、餓えて暴徒と化した町人どもに襲われたときだった。

餓えた年寄りや子どもに向けた情が、逆に命取りとなったこともある。奴らは一握りの稗《ひえ》や粟《あわ》を涙を流して受け取りながら、仲間の元へ帰ると、今度は大勢を引き連れ戻り、待ち伏せし、食い物や銭を奪おうとする。こちらが強く歯が立たぬとわかると、餓え過ぎて頭がおかしくなっていたなどと、またも涙を流して慈悲を乞《こ》う。人とは覚えず学ばず、都合の悪いことは何かに転嫁し、自分の良心に折り合いをつけ、ごまかし生きてゆく、そんな生きものだ。そして、おれもそんな生きものの一人だ。

襲いくる者たちを退《しりぞ》けてゆく日々の中で、樽木屋は蜜狩より人狩の方を好きになっていた。認めたくはないが、間違いなく好きになった、だから蜜狩は辞めた。だが、仕事を弟たちに譲り、貯めた銭で気ままな江戸暮らしをはじめたあとも、その思いは変えられなかった。

人という下衆《げす》な生き物の命など、好きに奪い取って何が悪い――そう強く感じながらも、わずかに残っていた良心と信心が蓋をしていた。けれど、逸次郎とともに過ごす日々の中で、蓋が少しずつ外れ、何かが漏れ出した。

赤迫の行いのどれもが、樽木屋の目には美しく映った。下品に斬り散らかすだけではない、気高さがある。つい先ほど音羽を討ち取ったときの、刀の運び、槍さばき、磨かれた舞のようなそれらの動きのすべてが、狂気とは忌《い》むものでなく麗《うるわ》しいものだと訴えかけているようだった。本能のままに生きた末にあるものが絶望ではないと、赤迫は、この男は感じさせてくれる。

樽木屋は、奇妙な、でも美しい瑠璃《るり》色の左目の光に近づきたくなった。この光を受け取り、自身も輝いてみたいと思うようになっていた。


屋形船は進んでゆく。

赤迫の落ちた小指の根元から赤いものが滴《したた》っている。樽木屋はそれを妙な気分で眺めていた。あれは何だろう。もちろん血には違いないが、自分や皆と同じものが赤迫にも流れているとは、どうしても思えなかった。

「誘いに乗ると、なぜわかった」樽木屋は訊いた。

赤迫はこたえなかった。代わりに「おまえには大事な頼みごとがある」と微笑《ほほえ》んだ。


逸次郎の馬は田所町《たどころちょう》から牧町《まきまち》へと走り抜けた。

右の二の腕から血が吹いている。土煙の奥から突かれたときの槍傷のようだ。

坂井町《さかいちょう》の裏長屋へと入った。「退《の》け」と叫び、馬をわずかに右に寄せる。蹄が路上の町人の顔をかすめた。皆の怒号を浴びながら、なおも進む。うしろでも蹄の音がけたたましく響いている。追ってくるのは鶴見宣衡の近習から選ばれた五人の精鋭。「両角に従え」という主人の命令は、今や遺命となり、宣衡に心酔していた五人の心を支配している。

五人の馬のさらにうしろ、もう一頭が走る。鞍《くら》の上には老いてはいるが引き締まった体の男、両角多気乃介。凶人帳《きょうじんちょう》にあった通り、両眉《りょうまゆ》の上に並んだ一対の大きなほくろが鬼の角のように見える。

この二つ角の鬼、元は出雲《いずも》周辺で逸次郎の祖父やがまくびと同じような人買いをしていた。鋭い商売勘と暴力で周囲の同業を駆逐《くちく》していった。異常なほどの腕力で、裏切者や従わぬ相手の首を片手で摑《つか》み、持ち上げ、よくそのまま握りつぶしていたという。多くの財を蓄え、出雲松江《まつえ》藩の藩庫も潤《うるお》したため、一時は郷士の身分も贈られていた。松江藩の権威を背に、山賊と変わらぬほどのひどい手段で、人を買いあさり、各国や、海の向こうのシャム、越南《えつなん》まで売りさばいていたという。しかし、幕府により人売買の禁令が出されると、両角はすべての悪行も商売も止め、縄張りも身内に分け与え、それから長く静かに隠居生活を送っていた。

だが、その眠りを赤迫が覚ました。

町人たちを巧みに避けながら進む逸次郎に対して、追う馬たちの脚は、男を蹴飛ばし、子どもを蹴散らし、慈悲も容赦《ようしゃ》もなく進んでくる。

低い軒《のき》の連なる下、逸次郎は自身と馬の頭を下げ、どうにか走る。梁《はり》に肩が触れる。向こうに大通りと道行く人が見えた。逸次郎は素早く手綱《たづな》を捌《さば》き、馬の頭を右に切った。四尺(約百二十センチ)もない脇道に馬体が吸い込まれてゆく。

追う者たちも馬を曲げた。が、一頭が曲がり切れず、蹄を横滑りさせた。倒れ、鞍の上の者もろとも長屋の壁に叩きつけられた。ようやく一人消えた。

肩幅ほどの脇道をすぐ抜け、また右へ。曲がった馬の尾の先を槍がすり抜け、長屋の戸を貫《つらぬ》いた。間隔が縮まる。追う者たちは、またも馬上で槍を構える。

逸次郎は馬体を右、左と小刻みに振りながら、袂《たもと》から包みをとり出した。間合いを計り宙に放り上げる。包みがほどけ、狭い路地いっぱいに黒い煙が広がる。すぐあとを追っていた一頭の馬と一人を目つぶしの粉が覆《おお》う。驚き怯えた馬が棒立ちになり、暴れ、乗り手は鞍からずり落ち、左右の長屋の壁に叩きつけられた。暴れる馬体の脇のわずかな隙間を、後続の馬たちが走り抜けてゆく。また一人消えた。残り四人。

志《し》たら町《ちょう》に入る。疲れてきた馬の首を、逸次郎はそっと撫《な》でた。その撫でた手が痺《しび》れた。毒ではない。まだ傷が回復し切っていない逸次郎の体には少しの出血でもひどくこたえた。堀沿いの広い道へ出る。行き交う人がわっと左右に割れた。「あぶねえぞ―」「ふざけるな」追う者たちの馬が、またも町人を蹴り上げた。

人混みで思うように進まない。逸次郎とうしろとの間隔が、またぐっと狭まった。馬上で槍をかざす姿が背後に迫る。

が、槍を突き出そうとしたその横顔に、頭に、続けざまに石があたった。ごつりと鈍い音が繰り返し響く。鎌平が狙った飛礫《つぶて》だ。道沿いの商家の屋根を、逸次郎の馬を追って走る鎌平が見えた。

槍を握る男は顔から血を流し、がくんと肩を落すと、そのまま馬の首にもたれた。脚が遅くなってゆく馬を、いきり立った町人たちが瞬時に囲み、鞍に跨《また》がっていた男を引きずり下ろした。残り三人。

道行く者たちの怒りはさらに高まった。町中を走り抜ける無茶な馬の前を塞《ふさ》ぎ「止まりやがれ」と一文銭《いちもんせん》や物を投げつける。だが、それが逸次郎の馬だと知ると、皆、急に手を止め、駆け去った。

逸次郎の目に大きな四辻（十字路）が見えてきた。そこを越えれば大伝馬町《おおでんまちょう》。が、長棒駕籠《ながぼうかご》が四辻に入ってきた。ゆっくり道を横切ってゆく。逸次郎は紋《もん》を見た。亀甲《きっこう》に花角《はなかく》。三葉の葵《あおい》ではない。逸次郎は疲れ切った馬を急がせた。またも蹄の音が慌ただしく響く。長棒駕籠の一行がこちらに気づいた。従者が驚き「退け」と叫ぶ。駕籠の担《かつ》ぎ手は大慌てで道を突っ切ろうとした。逸次郎の馬はその上を一気に飛んだ。屈強な担ぎ手の一人が「ひっ」と頭をかがめた。前脚が越え、うしろ脚がわずかに駕籠の屋根にかかり、ぐらりと揺れた。

すぐあとを走っていた追う者たちの馬も飛び越えようとした。が、馬が怯《おび》えて飛び切れず、棒立ちとなった。そのあとに続いていた一頭は、避けようと慌てて馬体を右に振った。しかし、避け切れず、駕籠から伸びる長い担ぎ棒のうしろの先端に、馬は首からぶちあたった。ぶちあたられた担ぎ手は跳ね飛ばされ、ぶちあたった馬も乗り手も道に転がった。勢いをつけられた駕籠の長棒は主《あるじ》の乗る駕籠を重心に独楽《こま》のようにぐるんと回った。大きく一回転した長棒の端が、その場に立ちすくんでいた残りの馬を乗り手とともに横からなぎ倒した。残り一人。

長棒駕籠の中から、その持ち主である武士が転げ落ちた。助け起こした家臣とともに、すぐさま「無礼なる乱気者」と逸次郎に怒鳴り、腰の刀を抜いた。

「小留間逸次郎である。とっとと退け」馬上から叫んだ。「死にたくなければ退け」

再度いった。武士は刀を収めず、腹を立て駆けてくる。が、その太腿《ふともも》に細い矢が突き立った。家臣の尻にも同じく突き立った。

両角が馬上から狙った短弓だった。

「何人《なんぴと》も水を差すなと予《あらかじ》め告げておいたであろう」いい終わるやいなや両角は振り向き、さらに射った。

「逃げろ」逸次郎の声より早く、屋根から飛礫で狙っていた鎌平の右胸を矢が射貫《いぬ》いた。

鎌平の体が瓦の上をゆっくりと滑り落ちてゆく。

「両角」逸次郎は怒鳴ると、疲れ切った馬の背を飛び降り、手槍を構えた。

両角も馬を下り、短弓を捨て、背に担いでいた鉄砕棒《かなさいぼう》を取り出した。長く、先端に小刃がちりばめられている。両角は体の前で棒を構えると、手首をこねるように返しながら回しはじめた。長い棒の両端が大きく旋回し、羽ばたく蝶《ちょう》のように見える。

逸次郎は手槍を真っすぐに突き出し、両角を見据えた。

晴れやかな午後。にもかかわらず大伝馬町から人が消えた。

路上には逸次郎と両角。矢が刺さった武家とその家臣は、血を流し這いつくばりながらも路地裏へ逃げ込んだ。

本石町《ほんこくちょう》とは違いやじ馬は取り巻いてはいない。皆、何十間も離れた遠くから、身を隠すように眺めている。幕府は赤迫らの要求通り市中での戦いを何人も邪魔してはならぬと広く通達していた。本石町騒動と小塚村《こづかむら》の惨事を見せられ、聞かされ、町衆も逸次郎の近くにいては命が危ういのを思い知らされていた。

逸次郎が手槍を突く。旋回する鉄砕棒がはじき返す。再度突く。また棒がはじき返す。

逸次郎がうしろに跳ぶ。両角が追って棒で殴《なぐ》りつける。

逸次郎は身をかわす。両角が再度殴る。

またも逸次郎は身をかわし、懐から取り出した寸鉄《すんてつ》を投げた。

両角が避ける。逸次郎は二つ三つと続けざまに投げ、すかさず自身も前に飛び、手槍を突き出した。槍先が両角の腕をかすめ、裂いた。が、両角の振り下ろした棒も逸次郎の右側から迫る。腕を上げかばう。しかし、鉄砕棒は逸次郎が腕に巻いた鋼《はがね》を裂き、体を大きく横へ跳ね飛ばした。地面を転がる逸次郎を両角が追い、さらに棒を振り上げる。

逸次郎は転がりながら近隣の商家へ飛び込んだ。

両角も追って飛び込む。中には誰もいない。綿や布地を扱う店のようだ、使用人たちが慌てて放り出していった端切れや糸束が床に散らばっている。

両角が変わらず鉄砕棒をこねるように回す。棒の先端が、狭い店の壁や柱にぶちあたり削ってゆく。

逸次郎はまたも手槍を構えた。両角が間合いを詰めてゆく。

戸口に一瞬人影が見えた。鎌平だ。小袋を続けざまに投げつけ走り抜けていった。とっさに振り向いた両角の顔、肩、胸にあたり、袋が開く。狭い店の中にもうもうと黒煙が広がった。

「鉄粉と、火薬――」両角がいい終わるより早く、逸次郎は懐から火入れを出し、蓋を開け、飛びながら投げつけると、そのまま孔雀《くじゃく》が描かれた古びた衝立《ついたて》の裏へ飛び込んだ。真鍮《しんちゅう》の火入れが両角の脇を通った瞬間、ぼうんと破裂音が響き、両角の上半身を大きな青い炎が包んだ。すぐに消えたが、両角の頭と首は赤く焼け、目が霞《かす》み、店の外へ転げ出た。

逸次郎も追う。そして飛びかかる。突き出した手槍が、両角の左の手の甲を貫き、握っていた鉄砕棒が地に落ちた。

だが、両角の投げた鉄針《てっしん》も腰を貫いた。逸次郎ではなく鎌平の腰だった。店から出たのも逃げたのではなく鎌平を追うためだった。二人の策にはまった両角だが、ただではすまさなかった。脇道に逃げ込もうとしていた鎌平は倒れ、胸に続き腰からも血を流した。

「小細工を重ねおって」両角は焦《こ》げた顔で笑った。胸のあたり、着物の焦げ穴から逸次郎と同じような鎖帷子《くさりかたびら》が覗いている。

逸次郎は手槍を突き出す。両角は避ける。再度突き出す。両角は避けながら血にまみれた左手で手槍の柄《え》をがっと摑んだ。強く握り放さない。逸次郎も放さない。双方引き合う。だが、奪えぬと感じると両角は自分の右拳《みぎこぶし》を手槍の柄に振り下ろした。続けざまに三度振り、柄はみしりと折れ、曲がった。

まるで枯れ枝のように槍を砕いた。

「化物」逸次郎の口から思わずこぼれた。

両角は折れた手槍を放し飛び退くと、刀を抜いた。逸次郎も手槍を投げ捨て、長太刀を深紅《こきくれない》の鞘《さや》から抜いた。

両角が構える。

逸次郎も構える。が、狂犬《たぶれいぬ》どもに嚙《か》み裂かれた左肩の傷が開き、血が滴っていた。傷を巻いたさらしが赤く染まり、着物裏の薄い鋼と鎖帷子を通り越し、表にまで滲《し》み出している。軽くめまいがする。しかも焦げ臭い。両角を焼いた火薬の残り香ではなかった。

逸次郎たちが飛び出てきた商家の戸口から煙が流れ出している。火薬の炎が店の中の物を燃やし、黒い煙の量はすぐに増え、焦げた臭いとともにあたりに広がった。

両角と逸次郎は見合っている。人のいない大伝馬町の路上に火の粉が舞う。

遠くから眺めていた誰かの叫ぶ声がする。炎はついに商家の屋根まで達し、ゆらゆらと躍っている。半鐘《はんしょう》が鳴り響く。

「このまま二人、ここで焼け死ぬか」両角はまたも笑った。

「死んでたまるか」逸次郎は心の中でいった。

空気が熱くなる。両角は燃え広がるのを待つように、決して打ち込まず、構えている。

両角は待っている。逸次郎は急《せ》いている。

逸次郎は長太刀を前にぐいと突き出し、踏み込んだ。

両角も刀を大きく振りかざし、待ち受けた。

長太刀は両角の胸を外れ、右の二の腕を裂いた。両角の刀は逸次郎の首の横をすり抜け、左肩を激しく打った。鋼と鎖帷子が受け止めたものの、傷を激しく打たれた逸次郎は耐えられず、その場に片膝《かたひざ》をついた。

逸次郎の頭目がけ、両角は即座に刀を振り下ろした。

広げた左手をぐんと突き上げ、逸次郎は素手《すで》でその刀を受け止めた――刃は手のひらを斬り、腕に巻いた鋼も斬り、親指と人さし指の股《また》から肘《ひじ》まで一気に裂いた。

逸次郎は絶叫したが、両角も絶叫した。

逸次郎の右手の長太刀が、両角の陰茎《いんけい》を裂き陰嚢《いんのう》を潰し、股間《こかん》から串刺していた。

逸次郎は握った柄《つか》をぐりんと回し、両角の体内で長太刀を掻《か》き回した。

両角は「ごおお」と咽の奥から声を出し、目を剝《む》いたまま仰《あお》向《む》けに倒れた。

逸次郎は脇差《わきざし》を抜くと、倒れた両角の喉《のど》に突き立てた。裂けた喉から息が漏れ、血も溢れる。震《ふる》えていた両角の体が止まる。逸次郎は二度三度と喉を突き、両角が息絶えたのを確かめた。そして立ち上がり、「があぁ」と絶叫しながら左手に喰い込んだ刀を外した。手のひらから肘の関節近くまで裂け、石榴《ざくろ》のように中の砕けた骨や肉が覗いている。逸次郎は袂《たもと》から白帯を引きずり出すと、悶絶《もんぜつ》しながらも腕と手首、肩を固く縛り、鎌平の元に駆け寄った。まだかすかに息があった鎌平を背負い、さらに火に怯《おび》える自身の馬の手綱《たづな》を引き、その場から逃げた。

火元の店を焼き、炎はその両隣の店に今にも燃え移ろうとしている。男衆が駆けつけ、延焼を防ぐため周囲の商家を打ち壊しはじめた。逸次郎は遠くへとひたすら走り、火の粉と黒い煙の届かぬところまで来ると、鎌平を背から下ろした。鎌平の胸の矢は肺《はい》を突き通し、腰の矢は肝《きも》を突き通していた。瞳は裏返り、白目を剥いている。

逸次郎は鎌平をきつく抱いた。

「痛《いと》うございます」鎌平は消え入るような声でつぶやいた。

「かわいそうに」

「苦しい痛い、死にたくありません」

「おれだって死なせたくない。だがな、傷は深く、多くの血を流し過ぎた。助からん」逸次郎は血だらけの手で鎌平の頬を撫《な》でた。

「せめて若様の御手で御介錯《ごかいしやく》を」

「してやりたいのはやまやまだが、もう寸鉄も小刀も何も残っていない」逸次郎は鎌平の体をきつく抱き続けた。

「痛い……痛い……痛い」声が次第に小さくなり、呼吸が止まった。開いたままの両目を閉じてやると、逸次郎自身も路上に倒れた。

周りをやじ馬が遠巻きにしている。だが、仰向けに倒れたまま動けない。肩が、左手がたまらなく痛い。目に映る空は青かった。

冷えた冬の風が吹いている。

正代《しょうだい》、稲津《いなづ》、両角は死んだ。卯之助《うのすけ》も死んだ。梅壺《うめつぼ》も牢で死んだ。だが、あと一人いる。

「まだ終わらぬのか」逸次郎は意識が薄れゆく頭でぼんやりと考え、そして気を失った。

夏笛《かてき》という名の馬が、起きあがらぬ主人の顔に鼻を寄せていた。

十九　初雪

大伝馬町《おおでんまちょう》の火事は二十七軒もの商家や長屋を焼いたが、どうにか市中に広がることは防げた。死人も出ず、奇跡のようだと誰もがいった。逸次郎《いつじろう》は駆けつけた金森《かなもり》と盃《はい》庵《あん》により止血を施されると、急ぎ八丁堀《はっちょうぼり》中屋敷に運ばれ、本格的な治療を受けた。

夕刻の紺屋町《こんやちょう》を立太《りった》は歩いていた。人もまばらな裏通りを、前後を四人の配下に囲ませ急ぐ。

その前を、路肩の薄闇から老いた男が急に湧《わ》き出し、遮《さえぎ》った。

立太はすぐさま振り返り、逃げた。

「斬りに来たのではない」赤迫雅峰《まさみね》はいった。

配下たちが長短刀《ながどす》を抜き、構える。立太も赤迫を見つめたが、両足はゆっくり動かし続けた。

「逸次郎に伝えてほしいことがある」

「逸次郎様に頼まれた仕事は終わった」

「わかっている。早くて無駄がなく、見事な仕事ぶりだった」

「見事なものか、払った代価が大きすぎた」

「おまえの配下の死んだ四人のことか。連中の命を代価に、おまえに探し物のありかを教えてやったのだが、気に入らなかったか」

立太は黙ったが、足は動いている。

「これはわたしからおまえに頼む仕事だ」赤迫がいった。

「代価は高いぞ、払えるか」立太がいった。

「代価は、おまえの命、さらにここで長短刀を構えている手下どもの命もつけよう」

「どんな仕事だ」

「逸次郎に会い、『傷が癒《い》えるまで待つ、楽しみにしている』と伝えてくれ」

「それだけか」

「それだけだ、楽で割のよい仕事だろう」

赤迫は無防備に背を向け、歩き出した。

宵闇の道を悠然と去ってゆくうしろ姿を、立太もその配下も、ただ怯えながら見送った。

大手御門の下馬札前には、宵闇の中、またもおんぼろが書状を握り立っていた。

書状には赤迫《あかさこ》一派に略取された四人のうち、福居《ふくい》藩主嫡男万千代丸《まんちよまる》、津山《つやま》藩主嫡男森忠継《もりただつぐ》の居場所が記されていた。

城内より知らせを受けた福居藩江戸藩邸、津山藩江戸藩邸は即座に使者を出し、中仙道《なかせんどう》をひた走り、真夜中過ぎ、大宮《おおみや》宿の外れの草庵《そうあん》にたどり着いた。

中へ踏み込むと、万千代丸とその乳母《うば》、加えて森忠継がいた。穏やかな顔で迎えの者たちを待っていた。傷もなく病みもせず、長く囚《とら》われていたとは思えぬほど健やかだった。

襖《ふすま》一枚を隔《へだ》てた隣の部屋には、死体が三つ。かつて目を潰されたにもかかわらず赤迫らを慕った二人と、武家に無礼討ちされた亭主の仇討《あだう》ちを赤迫らに願い、果たしてもらった女だった。使者たちが踏み込む直前、まるでその到来を計ったかのように、三人は揃って短刀で喉《のど》を突き自害していた。驚くほど安らかな死に顔だった。略取され怯《おび》え切っていた万千代丸、乳母、忠継を、この三人が細やかな気遣いで癒《いや》し、心を込めて世話し続けたという。万千代丸と乳母は三つの死体に手を合わせ、涙を流し別れを惜しんだ。

逸次郎は夢の中にいた。

無数の蟹《かに》がうごめく上に、身動きできず逸次郎は横たわっている。こんな光景を見るのは盃庵が痛み止めに使った阿片《あへん》のせいだ、ぼんやりした頭でも、それだけはわかった。蟹が脚を、腹を、顔の上を這《は》う。それでも動けない。だが、見上げている夜空は、星と月が淡く七色に輝いている。人の愛も憎悪も、生も死も、すべてが霧散した心無き世界。何の感情にも縛られることなく、透明で、とても美しい。その美しい夜空が崩《くず》れ、溶け出し、顔の上にゆっくりと滴《したた》り落ちてきた。そこで意識が戻った。

目を覚ますと盃庵の顔があった。

「よい朝だぞ」盃庵がいった。「どこを巡ってきた。極楽か地獄か」

まだ地獄でもがいている、と逸次郎はどうにかつぶやいた。

「それはよかった」盃庵は笑って障子を少し開いた。雪が降っている。火鉢《ひばち》で温められた暖気が外の冷気とゆっくり入れ替わってゆく。逸次郎は起き上がれず、寝たまま訊いた。

「音羽《おとわ》は」

「死んだ」

「樽木屋《たるきや》は」

「行方知れずだ」

「そうか」

「立太がな、赤迫に会ったそうだ。『傷が癒えるまで待つ』と、楽しげに語っていたらしい」

逸次郎は少しだけ黙り、また続けた。「この腕、どうなる」

「縫い合わせ、見てくれだけはどうにか元に戻った。だが動かん」

「この先、動く見込みは」

「ない」盃庵はきっぱりいった。「治りの具合が悪ければ、指先から腐ることもあるだろう。そうなったら切り落とすしかない」

「ならば頼みがある、よく聞いてくれ」逸次郎はいった。

盃庵が枕元に顔を寄せる。話す二人の向こう、障子の隙間から見える庭には変わらず雪が舞っている。この冬はじめての雪は翌朝まで続き、市中を淡く白く覆《おお》った。

二十　血途《けつず》

明けて翌年、寛永《かんえい》十七年。

両角《もろずみ》との戦いからひと月が過ぎた正月七日、人日《じんじつ》の朝。

八丁堀中屋敷《はっちょうぼり》の庭は雪に覆《おお》われていた。まだ降り続いている。逸次郎《いつじろう》は右手に握った長太刀を構え、何度も振り下ろした。体からは、ほのかに湯気が立ち昇っている。

左腕は体の横に垂らしたままだった。肩も肘《ひじ》もどうにか動く。だが、そこから先は、手首も指先もまるで動かなくなっていた。感覚もほとんどない、ろう細工でもついているかのようだった。

たつととらが朝の膳を運んできた。汗を拭《ふ》き、縁側に座る。逸次郎は熱い七種《ななくさ》がゆをさじですくい、口に運んだ。

「あいにくの空でございますね」舞い散る雪を見上げてたつととらはいった。

七日前の大晦日《おおみそか》の夕刻、逸次郎の回復を見越したように、見知らぬおんぼろが中屋敷の門前に書状を携えやってきた。

赤迫雅峰《あかさこまさみね》からだった。七日後の人日、正午に迎えにゆく、とだけ書かれていた。

きょうがその日。

赤迫らに略取された武家の子息のうち二人は戻ったが、残りの一人、寺社奉行松《まつ》平出雲守景隆《だいらいずものかみかげたか》の嫡男だけはまだ戻らぬまま。樽木屋《たるきや》の行方もわからない。

逸次郎は食後に茶をゆっくりと飲み、それから着替えた。両腕と脛《すね》に鋼《はがね》を巻き、さらに籠手《こて》と脛当てをつける。上半身には鎖帷子《くさりかたびら》、腰には下散《げさん》を巻く。最後に丸に木瓜《もっこう》の紋所《もんどころ》と北斗《ほくと》七星《しちせい》の合印《あいじるし》の入った、銀に輝く胴服《どうぶく》を着た。

馬に跨《また》がり、八丁堀中屋敷の表門で待った。

約束通り正午に赤迫はやってきた。屋敷の塀沿いの道を静かに進んでくる。騎馬で、胴鎧《どうよろい》に仕《し》付袖《つけそで》。下散を巻き、胴服を着て長巻《ながまき》を手にしている。

表門近くで一度馬を停め、逸次郎を見ると「行こう」といった。

「どこへ」

「ついてくればわかる」

逸次郎も門を出た。門の奥から、大貫《おおぬき》、金森《かなもり》、盃庵《はいあん》が見つめている。三人とも「屋敷で待て」と逸次郎から命じられていた。離れてゆく背を無言で見送るしかなかった。

赤迫の馬、逸次郎の馬、揃って雪の道を進んでゆく。

「よくぞ誰にも止められず、ここまで来たな」逸次郎がいった。

「やりようなど、いくらでもある」赤迫がいった。

堀沿いに進み、木挽町《こびきちょう》に入る。

「その瑠璃《るり》色の目、見えぬのか」

「おまえのようには見えぬが、違うものが見える。この光景を、いつかおまえにも見せてやりたい」

末次橋《すえつぐばし》を渡る。

「この戦い、止めないか」逸次郎がいった。「おまえがここで略取された残り一人の居場所を教え、腹を切れば、すべて丸く収まる」

「だめだ」赤迫は笑いながらいった。

「どうしてもだめか」逸次郎は食い下がる。

「どうしてもだめだ」赤迫はさらに笑った。

新両替町《しんりようがえちよう》を抜け、二人は東海道に入った。

二騎並んで天下の往来を堂々と進む。途中から二人を追って歩く姿がちらほら見えはじめ、今では十数人。幕閣の指示で中屋敷を見張っていた幕府徒目付《かちめつけ》らによって、二人の動向はすでに城内へも伝えられていた。新橋《しんばし》を渡るころには、周囲を取り巻く連中は数十人に増えていた。皆の足が雪でぬかるむ道をさらにぬかるませる。町人だけではない、武士も多くいる。これから二人が何をするかは市中の誰もに知れ渡っていた。

だから誰もが眺めるだけだった。赤迫をこの場で討ち取ろうなどという者はいない。下手に手を出せば寺社奉行の息子は戻らなくなる。赤迫を捕らえ拷問《ごうもん》したところで何も吐《は》かないだろう。略取した者を道連れに死ぬのを喜びとするような男だ。赤迫の目的が小留間《こるま》逸次郎と戦うことなら、二人を戦わせてやればいい。どちらが死のうが生きようが、略取された者は戻る。赤迫が約束を守るのは、福居《ふくい》藩主と津山《つやま》藩主の嫡男たちが無事に戻ったことで証明されている。

露月町《ろうげつちょう》に入るころには道いっぱいのやじ馬が二人を眺めていた。幕府の指示を受けた与力《よりき》や同心《どうしん》、目明《めあか》したちが、鞭《むち》を振り棒を振り、皆を蹴散らす。「何人《なんぴと》も水を差すな」という赤迫の注文を幕府は市中のすべての者に守らせるつもりだった。

町衆も心得たもので「斬り合いさえじゃましなければ、よろしいんでしょう」と大声で同心たちにいい返している。町衆は赤迫に拍手を送りたかった。拝《おが》みたいと思っている者さえいた。だが、そんなことをすれば即座に縄をかけられる。だから町衆は皆、神輿《みこし》を眺めるような心持ちで騒ぎ立てた。それが感謝の証《あかし》だった。

武家や武家奉公の連中も沿道に並んだ。身分の高い者の駕籠《かご》も脇に寄り、逸次郎と赤迫が通り過ぎるのを待った。騒ぐ町衆のうしろ、紋付き二本差したちはただ静かに見ていた。

そんな中、一人の若い武士が、赤迫の馬の横に並び走りはじめた。

「ようやく整ったこの世を、なぜまた壊そうとする」追いかけながら声をかけた。同心に制されても止めない。

「勝者は定まり、もう動くことはない。なのに、なぜまだ血を流したがる」

「壊すのが武士だからだ」静かに手綱《たづな》を握っていた赤迫がいった。

「おまえの祖先は、祖父は、どうやって武士として生きてきた。敵の屍《しかばね》を積み上げてであろうが。他人を壊し、財を領地を剝《は》ぎ取り、己《おのれ》の利として生きる、それが武士だ」

「武士とは不正と不浄を駆逐《くちく》する者、武により善を為し、人を感化する者であろう」

「そんな虚飾に逃げ込む武士どもの醜《みにく》さ、おまえにもわかるであろう。嘘を捨てろ。己の家柄にしか価値を見出さぬ存在に成り下がった武士など、一刻も早く駆逐し、新たな世を呼び込んだほうがよい。真に人を導きたければ、おまえも変われ。変われぬなら死ね」

「何を狂ったことを。おまえは狂っている」

「そうとも狂っている。武士などという狂った存在は、この太平な世に必要ない」

「狂っている狂っている狂っている」若い武士は叫び続けたが、目明したちに前を遮《さえぎ》られ、囲まれ、連れ去られていった。

赤迫と逸次郎はさらに進んでゆく。増上寺《ぞうじょうじ》を過ぎて右に曲がり、いくつか坂を上り下りし、高輪《たかなわ》に入った。雪が積もった田んぼの先、またも大乗寺《だいじょうじ》跡が見えてきた。焼け残った柱や石灯籠《いしどうろう》を雪が包み、焦《こ》げ跡をすべて消して白く染めている。

真白の中に二騎。

「はじめよう」赤迫はいった。

「その前に、略取された者はどこだ」逸次郎はいった。

「卯之助《うのすけ》のときと同じく、わたしの懐に居所を記した書状が入っている。おまえが勝てば持ち去るがいい。わたしが勝てば、死んだおまえの懐に入れておく」

二人の馬は遠く離れ、向き合った。

逸次郎はほとんど動かぬ左腕に手綱を巻きつけ、右手で槍を構えた。赤迫も手綱を握り、長巻を構えた。

互いの馬が走り出す。雪の上に真新しい蹄《ひづめ》の跡を残し、真っすぐに駆けてゆく。

二頭の馬がすれ違う。逸次郎が槍を突く、赤迫が長巻で払う。

すれ違った直後、逸次郎は身体をひねり赤迫の背後を狙った。赤迫も馬上で振り向き、長巻を振るった。刃先が逸次郎の馬の尾をかすめる。

二頭は大きく離れ、向きを変え、そしてまた向き合った。

またも走り出す。雪が巻き上がり、またも二頭がすれ違う。

逸次郎が槍を突いた。が、赤迫は避《よ》けない。槍先が赤迫の右肩の鎧袖《よろいそで》に突き刺さる。赤迫の振るった長巻が、逸次郎の馬の首を斬った。血を噴《ふ》き崩《くずお》れる馬、逸次郎も落ちる。だが、素早く鐙《あぶみ》を外し、走り去ろうとする赤迫の馬のうしろ脚の間へ槍を差し込んだ。

槍の柄《え》をみしりと折り、脚をもつれさせ赤迫の馬も倒れてゆく。

赤迫も鐙を外し馬から飛び降りた。

逸次郎は倒れたまま寸鉄《すんてつ》を投げた。一つが赤迫の背に刺さった。さらに投げる。だが、赤迫はまるで意に介さず振り返り、飛んでくる寸鉄を長巻で打ち払った。

逸次郎は倒れた愛馬の横に立ち、左腕に巻いた手綱をほどくと、深紅《こきくれない》の鞘《さや》から長太刀を抜いた。

赤迫は突き進んでくる。逸次郎も構える。長巻が振るわれる。逸次郎の頭を狙い、足下を狙い、高く低く振り回される。逸次郎は右、左と飛び退《の》く。が、雪でわずかによろけた左足を長巻が捉え、脛当ても鋼も裂かれ、ふくらはぎを斬られた。

しかし、逸次郎はすぐ飛び退き、右手に握った長太刀を雪が覆《おお》う地面に突き刺すと、懐から取り出したものを投げた。先に鉤針《かぎばり》のついた細い鎖だった。真っすぐ伸び、赤迫の長巻に絡む。逸次郎は鎖を力いっぱい引いた。赤迫も鎖の絡みついた長巻の柄を力いっぱい引いた。

互いに引き合った。互いに汗が噴き出し、着物を濡らす。肌を伝う汗が、ふくらはぎの斬傷に沁《し》みる。赤迫がさらに力を込め引いた。

その瞬間、逸次郎は前に飛んだ。赤迫の懐に飛び込み、髭《ひげ》に覆われた顔に思いきり頭を打ちつけた。鼻血が飛び、うしろへのけ反る赤迫。逸次郎は長巻を握る赤迫の手に嚙《か》みつき、顔を殴《なぐ》りつけた。唇《くちびる》から血が飛ぶ。赤迫も殴り返す。逸次郎の頭に二度三度と拳《こぶし》を打ちつけ、腹を強く蹴りつけた。飛ばされ転がる逸次郎。が、赤迫は握っていた長巻を落とした。逸次郎は慌てて鎖を手繰《たぐ》り、赤迫の長巻を遠くへ投げると、さっき地面に突き刺した長太刀のところまで這《は》いつくばるように走った。

赤迫は急ぎ袖を引き裂き、左手の指に巻きつけると、腰の刀を抜き、逸次郎を追って駆けた。追いつかれる寸前に逸次郎は長太刀にたどりつき、柄《つか》を右手で握ると、すかさず振り向いた。

互いに構える。

赤迫が左手に巻いた布が、みるみる血に染まってゆく。

逸次郎は赤迫の左の中指と薬指の先を噛み切っていた。べっと自分の歯三本とともに噛み切った指先を吐き出す。歯と指が雪の上に落ちる。唇の横から滴《したた》る血を手で拭《ぬぐ》う。殴られた頭からも血が滴り、逸次郎はめまいがした。

赤迫は前に駆け、刀を振るった。逸次郎はどうにか避ける。間合いが詰まる。赤迫はなおも斬りつけ、さらに間合いが詰まる。逸次郎は刃を紙一重で避け、含み矢を吹いた。

が、同時に赤迫も吹いた。

逸次郎の矢は外れた。赤迫の細く短い鉄矢は逸次郎の右の頰に突き刺さった。よろける逸次郎に赤迫はさらに刀を振るう。逸次郎は赤迫の脚を狙い蹴った。

赤迫の刀が激しく逸次郎の肩を打ちつけ、着物と鎖帷子を裂いた。逸次郎が足袋《たび》と草鞋《わらじ》の先に二重に仕込んだ鉤刃《かぎば》も、赤迫の太腿《ふともも》を裂いた。

逸次郎の右肩から血が流れる。赤迫の太腿からも血が流れる。

互いに雪と泥と血にまみれ、肩で息をしている。

赤迫は「があ」と大きく吠え、前へ駆け、刀を振り下ろした。逸次郎も頬の鉄矢を引き抜くと、叫び、駆け、長太刀を振り下ろした。

逸次郎の長太刀が赤迫の二の腕に食い込み、血しぶきが上がった。赤迫は構わず逸次郎の額を狙って渾身《こんしん》の力で刀を振り下ろした。

目前に迫る刀を逸次郎は左腕を振り上げ受け止めた。籠手を砕き鋼を裂き、刃が逸次郎の左腕に食い込む。赤迫は刀を振るう腕に満身の力を込めた。そのまま腕の肉と骨を叩き斬り、逸次郎の額を割るはずだった。

だが、赤迫の刀は止まった。止められた。逸次郎の左腕の皮と肉が裂け、中から木《き》鞘《ざや》に包まれた小太刀が覗いた。赤迫は目を見開いた。逸次郎はすかさず右手で自身の脇差《わきざし》を抜くと、胴鎧の隙間から赤迫の脇下に刺し込んだ。

赤迫は飛び退き、離れた。

逸次郎の手首から先の半分がずるりと落ち、腕の肉の中に刃がはっきりと見えた。

「小太刀を仕込んだのか」赤迫はいった。いってから大笑いした。

「腕の中に小太刀を。やはり、おまえが一番狂っている」

赤迫は生きている。瑠璃《るり》色の瞳孔《どうこう》を大きく開き、左の脇下に突き刺さった脇差を右手で引き抜くと、投げ捨てた。まるで逸次郎が腕に埋め込んだ小太刀が、新たな力を注《そそ》ぎ込んだように奮い立った。左腕、脇下、太腿の三つの傷口から血を垂らしながら、それでも突進してくる。

逸次郎は落ちた長太刀を急ぎ拾い上げようとした。が、蹴り飛ばされた。倒れ、雪の上に大の字になる逸次郎。すかさず赤迫が覆いかぶさる。二人もみ合う。逸次郎は赤迫の太腿の斬傷に、自身左腕の小太刀を突っ込み、裂いた。小太刀の中子《なかご》（刀身の柄に入った部分）を埋め込んだ左腕の骨がきしみ、砕け、血しぶきとともに小太刀が抜け落ちた。

それでも赤迫は生きている。馬乗りになり、渾身の力で逸次郎の頭を押さえつけ、近くの雪の中を手で探り、中から石を拾い上げた。

逸次郎は右腕で殴り、左足で蹴り上げ、あがき、唾《つば》を吐いた。

赤迫の顔にねっとりと唾がかかる。だが表情を変えず、左目の瑠璃色だけをひときわ輝かせながら、石を握った手を高々と上げた。

「死にゆくおまえは何を見る、生き延びるわたしは何を見る。さあ、確かめよう」

逸次郎の頭を狙い石を振り下ろした。

その瞬間、爆音が響いた。

赤迫の動きが止まった。

続けざまに響いた。火縄銃《ひなわじゅう》だ。一挺ではない。

六人の射手が銃を次々と持ち替え、三十六回の銃声が響き、三十を越える弾丸が赤迫に撃ち込まれた。逸次郎の顔を押さえつけていた赤迫の手から力が抜け、そのままゆっくりと上半身を逸次郎に重ねるように倒れた。逸次郎は即座に撥《は》ね除《の》けた。逸次郎の体のすぐ横に、頭や首や胸や背を撃ち抜かれた赤迫の体が、ごろりと転がった。

逸次郎は倒れたまま目を見開いた。まだ雪が舞っている。灰色の空が見える。空はずっと高く遠いはずなのに、まるですぐ目の前に薄い灰色が広がっているようだ。

数人の武士たちが駆け集まってきた。支配役らしき紫紺《しこん》の羽織《はおり》の男が赤迫の死を確かめると、倒れた逸次郎に歩み寄り、上から見下ろしながらいった。

「書状はどこだ」

「まだ赤迫の懐の中だ」逸次郎は倒れたまま いった。動けなかった。

この紫紺の羽織の男、見覚えがある。そうだ、江戸市中に入ったとき、絵地図片手にしつこくいい寄ってきた、あの売り子だ。身なりも顔つきも町人そのもの、見事な化けぶりだ。まるで気づかなかった。ずっと動向を探られ、一部始終を見られていたようだ。

「ございました」配下が赤迫の懐から書状を取り出す。手渡された紫紺の羽織の男は即座に開き眺めた。配下が逸次郎の左腕やふくらはぎや、体中に膏薬《こうやく》を塗りつけ、さらしを固く巻きつけてゆく。「命じたのは松平伊豆守《いずのかみ》か」逸次郎は敬称もつけず呼び捨てた。

「わかっているなら訊くな」男はいった。

「何者だ」

「本丸書院番組頭川崎和哉《かわさきかずや》」

「書状の在処《ありか》はわかっていただろうに」逸次郎は続けた。「なのに、なぜ早く撃たなかった。なぜ戦わせた」

「もっとも確実に撃ち殺せるときを待っていた。赤迫が興奮の絶頂に達し、われを忘れる瞬間をな」川崎はいった。

逸次郎は黙って睨《にら》んだ。睨み続けた。

「安心しろ、貴殿の屋敷までは送り届けてやる。盃庵はいい医者だ、必ずや回復するだろう。それまで静かに寝ているがいい」川崎は睨む視線を気にもとめずいうと、背を向け、去ろうとした。

逸次郎は右手で雪と泥を摑《つか》み、倒れたまま投げつけた。川崎の背にあたり紫紺の羽織は泥と雪にまみれた。配下たちが瞬時に逸次郎を取り囲む。

「馬の屍もいっしょに運べ」と逸次郎は自分を囲む者たちにいった。

「運んでやれ」川崎はいった。「何があろうと無事送り届けるのだぞ」皆に念を押すと、雪と泥にまみれた羽織の背を見せながら遠ざかっていった。逸次郎は、自分が餌《えさ》であり走狗《そうく》であったことを、改めて、痛いほど思い知った。

「ようやく終わった」幕府鉄砲百人組の連中が遠くで話している。

だが、終わりではなかった。

二十一　水面《みなも》

略取され行方知れずになっていた寺社奉行松平出雲守《まつだいらいずものかみ》の嫡男、隆晃《たかあき》は、戦いの翌日、赤迫《あかさこ》の懐の書状通り安房《あわ》国内で見つかった。

小湊《こみなと》の近くの草庵《そうあん》。福居《ふくい》藩と津山《つやま》藩の嫡男たちが見つかったときと同じく、傍《かたわ》らには目を潰されながらも赤迫らを慕った者たちの自害した姿があった。だが、隆晃の様子は略取される前とは明らかに違っていた。阿片《あへん》や酒を絶え間なく与えられ、心を削り取られていた。ぼんやり宙を眺め、駆けつけた使者たちが何のために来たのかさえわからぬまま、呼びかけられた言葉に力なく笑ってみせた。

それから三月《みつき》が経った——

逸次郎《いつじろう》は中屋敷の縁側に座り、山桜を眺めている。芽が大きく膨《ふく》らみ、中にはいくつか花開いているものもある。

逸次郎は左腕を失い、体中に無数の縫い痕《あと》ができた。だが、生きている。

冷たい潮風が心地よい。たつととらが茶を運んできた。

生き残った守備組たちはその仕事を終え、多くの金子《きんす》を手にした。ほとんどの者がそれを仕官のための賄賂《わいろ》に使い、上手く取り入り、八割方がどこかの藩の藩士の地位を得て、屋敷を去っていった。

金森《かなもり》と大貫《おおぬき》だけが今も残り、逸次郎の横で静かに茶を飲んでいる。

通いの老婆たちも、もういない。盃庵《はいあん》は得た金子で早々と神田《かんだ》に小洒落《こじゃれ》た家を借り、往診と称して、ときおり訪ねて来ては、たつととらと酒を酌《く》み交わし、酔いつぶれている。宇吉《うきち》と佐平《さへい》は相変わらずたつととらに叱りつけられている。

また風が吹いた。山桜が大きく揺れ、春の海の香りとともに、桜の香りが縁側まで流れてきた。


隅田川《すみだがわ》岸に吹く風も、まだ少し冷たかった。

紀州徳川《きしゆうとくがわ》家当主徳川頼宣《よりのぶ》の次男、光輝《みつてる》は多くの近習《きんじゆ》とともに屋形船に乗り込んだ。

渡り板が外され船が岸を離れてゆく。警護の小舟二艘《そう》もあとを追い離れてゆく。

船は川下へと静かに進む。光輝は舳先《へさき》近くに座り、周りを眺めた。御三家当主の子息として、この世に生まれた日から御身の安全を第一に育てられた。過保護にされ、籠《かご》の鳥のように日々を過ごしてきた。けれど、元服《げんぷく》し迎えたはじめての春、ようやく監視役の目を離れ、近習だけを引き連れ方々に出かけることができるようになった。光輝はわずかばかりの自由を手にした。この日も、以前からの思いが叶っての、はじめての船遊びだった。

春の陽が照らしている。光輝は水面《みなも》を走る春の風に包まれた。

遠く右に薄汚れた小舟が見えてきた。船頭の姿がない。岸から流されたようだが、ゆっくりとこちらに近づいているようにも見える。近習たちが用心のため屋根の下に戻るよう促した。光輝は嫌がった。この世に敵など、徳川の姓を持つ者に歯向かう連中などいるものかと思っていた。小舟と屋形船の間に、警護の一艘が割って入る。左にも同じような小舟が見えた。近習たちの顔が険しくなる。左の小舟との間にも、警護のもう一艘が割って入る。光輝は重ねて促され、仕方なく屋形に入った。

そのとき、「どうん」と爆音を響かせ右の小舟が破裂した。立ち上がる水柱、大波が警護の一艘を横から大きく揺さぶり、転覆させた。屋形船も大きく激しく揺さぶられている。

続けざまに左の小舟がさらに大きな水柱を立て破裂した。

警護のもう一艘も瞬《またた》く間にひっくり返り、乗っていた者たちは投げ出された。泳げいる者も泳げない者も、水を吸い一気に重くなった羽織袴《はおりはかま》のせいで沈み、もがいている。水面より上に口を出そうと、手足をばたつかせ体をのけ反《ぞ》らせる。大きく揺れている屋形船の中の近習たちは、溺《おぼ》れる同僚を助けようと船べりから身を乗り出した。伸ばした手の指先に、溺れている者の手が触れた。瞬間、船上の近習を一本の矢が射《い》貫《ぬ》いた。矢の突き立った体が、船べりから「どぶん」と音をたて川に落ちた。

川上の小舟から射られていた。矢は続く。櫓《ろ》を握る船頭を、他の近習たちを次々と射貫いてゆく。矢を放ちながらも小舟は屋形船の船尾へと突き進む。間が詰まり、がつんと音を立て屋形船にぶつかった。屋根の下、障子の中で近習と小姓たちは光輝を囲み、身構えた。

小舟から屋形船へと一人の男が槍を携え、飛び移った。

樽木屋《たるきや》悠里《ゆうり》だった。

もう一人が多くの武具を担《かつ》ぎ飛び移った。瞼《まぶた》の上に一文字の傷が見える。槃次《はんじ》だった。

樽木屋は障子越しに近習の一人を突いた。叫び声が上がり、血が障子を染める。近習の一人が飛び出し、樽木屋に斬りかかる。樽木屋は身をかわし、またも槍を突き刺すと、川の中へ蹴り落とした。

近習はすべて消えたようだ。樽木屋は槍を捨て、刀を抜いた。残っているのは二人の小姓と一人の女中と徳川光輝。光輝をかばい懐刀《かいとう》を構えていた女中が、一人、金切り声とともに斬りつけてきた。樽木屋は女中を刀の峰《みね》で打つと、さらに尻を蹴った。女中は倒れ、懐刀が船内の畳の上に落ちた。

「其方《そなた》にしよう」樽木屋は倒れた女中の奥襟《おくえり》を摑《つか》み、立たせた。

「この有様とともに樽木屋悠里が会いたがっていることを、八丁堀《はっちょうぼり》に住む小留間《こるま》逸次郎殿に伝えてくれ。そのあとは紀州藩江戸屋敷に駆け込もうと、町奉行所に助けを求めようと、好きにすればいい」

いい終えると女中を船尾まで連れてゆき、帯を抱え担ぎ、自分たちの乗ってきた小舟へと投げ込んだ。

「舟は漕《こ》げるか」離れてゆく小舟に樽木屋は叫んだ。

「漕げませぬ」女中は青ざめた顔で叫んだ。

「ならばこれから覚えろ」樽木屋は笑って手を振った。

川の両岸には爆音を聞き多くの者が集まっている。川に落ちた近習たちが、逆さになり沈んでゆく船底に必死でしがみついている。それらの者たちを残し、屋形船は進む。

二人の小姓は腰の刀に手をかけているものの、なかなか抜かず、歯を鳴らしながら樽木屋を見ている。「主人を護ろうともせぬ屑《くず》どもが」樽木屋は怒鳴りつけると二人をあっさりと斬り、帯を持ち、まだ息のあるまま川へと投げ込んだ。

「さて」樽木屋がいうと槃次が縄と布を渡した。樽木屋はそれで呆然《ほうぜん》と自分の顔を見ている光輝の足、胴、口を縛った。「苦しいでしょうが、舌を嚙《か》み切られては困ります。どうか御辛抱《ごしんぼう》ください」樽木屋は微笑《ほほえ》みながらいった。

「どこへ参りましょう」槃次が訊いた。

「春の海でもたゆたうか」樽木屋がこたえた。屋形船は河口へと下っていった。

知らせを受けた逸次郎は最後の仕事をかたづけるため海に漕ぎ出した。

小舟は波に揺られながら江戸湾を進んでゆく。

櫓を漕ぐ逸次郎。舟の中には他に二人、宇吉と佐平が青い顔をして舟べりにしがみついている。遠くに樽木屋たちの乗る屋形船が見える。さらにその向こう、屋形船を挟んだ反対側で、逸次郎とともに漕ぎ出た大貫と金森が乗る舟が波に揺られている。

春の海に浮かぶ一艘の屋形船と、二艘の小舟。

屋形船の舳先には徳川光輝が立っている。腰の大小を取り上げられ、怯《おび》え切った顔で手に長い棹《さお》を握らされている。天に伸びる棹の先には扇。光輝の手の震《ふる》えが伝わり、棹も扇も震えている。樽木屋は光輝に刀を向け、ときおり刃先で光輝の肩や背中を突いては笑っている。船尾で櫓を握る槃次も同じく笑っている。

勝負の前の余興のつもりらしい。源平《げんぺい》の屋島《やしま》合戦よろしく、舟を寄せ乗り移り、互いの刀で斬り合う前に、この扇を射貫き己《おのれ》の武運を占ってみよ、と煽《あお》り立てている。

「どうなさるんでございますか」宇吉と佐平はいった。

「やらねば光輝様の首が落ちる」逸次郎はいった。

逸次郎は楽しみを待ちかねている樽木屋を焦《じ》らすように、ゆっくりと櫓を漕いだ。自分たちの背後から太陽が照らすよう、なおかつ風上の位置になるよう、静かに舟を進めた。

樽木屋は屋形船の舳先から、変わらぬ笑顔で眺めている。

逸次郎は失った左腕の代わりに宇吉と佐平に大弓を握らせた。

「しっかり踏ん張り支えろ。そのために来たのであろう」

「若様が無理やり連れて来たのではございませんか」

「文句をいうな。生きて帰れたら五両ずつやる」

「生きて帰れなかったら、どうするんでございますか」

「そのときは、そのときだ」

宇吉が弓を持ち、宇吉の腰を佐平が支え、逸次郎が弦《つる》を引いた。強く引き狙いを定める。舟はゆっくりと波に揺られている。遠く先の屋形船も波に揺られている。

「踏ん張れ。おまえたちに懸かっているぞ」宇吉と佐平にいった。半べそをかきながら二人が踏ん張る。弦がぎりぎりと音を立てる。「息を止めるな。素早く吸って、ゆっくり吐《は》け。もっとゆっくりだ。そうだ、上手いぞ。それでいい」

逸次郎の言葉が途切れた。弓はしなったまま、舟は静かに揺れている。

揺られながら逸次郎は待っている。

しばらく揺られたあと、ひときわ大きな波が舟をぐんと持ち上げた瞬間、矢を放った。

大きく緩やかな弧を描き、飛んでゆく。

逸次郎も、宇吉と佐平も、光輝も、樽木屋も、その軌道を追った。

矢は舳先に達し、わずかに扇をかすめ、揺らし、光輝の頭のすぐ上を通り過ぎた。

が、一引きで二本同時に放ったもう一本の矢が樽木屋に迫る。見透かしていたように樽木屋は首を大きく傾けると、顔の横を通り過ぎてゆく矢を横目で見送った。

外れた、どちらも射貫けず海に落ちた。樽木屋はすかさず上気した顔を振り上げ、遠く離れた逸次郎を見た。

　その額に矢が突き刺さった。

　陽光の中から降ってきた長く太い矢は、頭を射貫き、元結《もとゆい》のあたりから鏃《やじり》をわずかに覗かせた。樽木屋は一度だけ顎《あご》をがくんと揺らすと、目も口も開いたまま膝《ひざ》から崩《くず》れ落ちた。

　光輝もその場に倒れた。が、「あああああ」と悲鳴を上げ続けているおかげで、とりあえず生きているのはわかった。

　逸次郎は三本放っていた。前二本と同時に、しかし、より高みまで達し、よりきつく鋭い弧を描き、最後に届くよう狙って放った一矢だった。

　機を合わせて金森と大貫が放った矢も、船尾で笑っていた檠次の頭と胸を射貫いていた。

　勝ち目の薄い賭《かけ》だったが上手くいった。けれど、勝ったとはいえない。引き分けでもない。負けずにすんだ、それだけだ。

　逸次郎は腰から五金糸《ごきんし》の小筒を引き抜くと、海へ投げた。そして舟の上に仰《あお》向《む》けに寝そべり空を見上げた。青く、まぶしかった。

ようやく終わった。何艘もの舟が、波に静かに揺られ流されてゆく屋形船へと急ぐ。大勢の声がする。紀州藩か幕府の連中だろう。が、そんなことはどうでもよかった。逸次郎は構わず寝そべり、空を見ていた。

二十二　周縁

庭先で蟬《せみ》が鳴きはじめた中屋敷に、まだ逸次郎《いつじろう》はいた。梅雨《つゆ》に入る前、長崎《ながさき》奉行の父は非番の年に入り、山王町《さんのうちょう》の上屋敷に戻っている。梅雨に入る前、いや、梅雨が明けたら、と長崎への旅立ちを延ばすうちに、この時季になってしまった。今は秋風が吹くまでに旅支度を整えればいいと思っている。

左腕が消え、右腕だけの毎日にも慣れはじめていた。

たつとらは逸次郎がいることを喜んでいる。宇吉《うきち》と佐平《さへい》はあの波間の三本射《う》ちの一件以来、江戸市中の者たちに広く知られるようになった。ときおり役者気分で町を歩き、皆の視線を浴びていい気になっている。

大貫多江蔵《おおぬきたえぞう》は幕府より御家人《ごけにん》に取り立てられ、市谷《いちがや》にわずかばかりの屋敷地を拝領した。

金森藤孝《かなもりふじたか》も御家人に推されたが、辞し、剃髪《ていはつ》入信した。

がまくびも、まだ元気にしている。

夕刻になり、暑い陽射しがようやく翳《かげ》りはじめたころ。また盃庵《はいあん》がやってきた。静かな酒宴がはじまり、盃が進み、皆が頬を赤らめてきたところで表門が騒がしくなった。

誰かが呼んでいる。たつととらが玄関まで急いだが、呼ぶ声の主は構わず上がり込み、もう廊下を進んでいた。響く足音のずっとうしろから従者の声がした。

「松平伊豆守《まつだいらいずのかみ》様、御成《おなり》」

伊豆守は驚く逸次郎に「来い」と声をかけ、奥の間まで連れてゆくと、得知昌《えちまさ》の書の掛け軸の前にどっかと座った。

「必要ない、呼ぶまで来るな」

慌てて酒を運んできたたつととらにいうと、逸次郎を見た。

「妖術使いが出た」

逸次郎は声が出なかった。

「大宮宿《おおみや》で一つ、上尾宿《あげお》で二つ、一滴残らず血を抜かれ、頭、胸、腰、脚と全身をきれいに切り分け詰められた箱が見つかった。浦和宿《うらわ》でも飯盛り女を買いにいった武士の首が、ふいにごろりと落ちたそうだ。怪《あや》しい者を見つけたが、追うと、沼の水面《みなも》を駆け抜けていったらしい」

聞き終わってしばらくしてから、逸次郎はようやく話した。

「おれにどうしろと」

無礼極まりない口調だったが、伊豆守は構わなかった。

「行って騒ぎを収めてこいということもできるが、考えておる」一度区切り、また話しはじめた。「わたしの配下にならぬか、逸次郎」

逸次郎は伊豆守の顔を見た。

「屋敷の奥にいて、すべてを差配《さはい》しろ。公儀の職ほど堅苦しくない、食うにも困らん、何より畳の上で死ねる。おまえは優れているが、優れ過ぎて常軌を逸している。理屈や法に収まらぬ者を、首輪もつけずに放っておくのは、わたしが許しても、幕閣も大名連中も町衆も、この世がこぞって許しはしない。いい時機だろう、人殺しを命じられるより、命じる者になれ。人を逸して別のものになり変わる前に」

人斬りもせず、配下にもならない——口からこぼれ落ちそうになったが、こらえた。ただ、なくしたはずの左腕の重みを感じながら、この先、人として生き続けてゆく理由をぼんやりと考えはじめていた。

「得知昌はいい時に生まれ、いい時に死んだ。残念だが、おまえはそうはいかん。おまえにとってどちらも地獄に変わりはないが、どちらか選べ。死を期待されながら使い古され、ぼろ布のようになって死ぬか。飼い馴らされ、安穏と生きて死ぬか」

厳しい目で見る伊豆守の向こう、祖父の書が掛かっている。

身の終り深紅《こきくれない》に彩《いろど》られ燃え尽きたきや錆《さ》び果つる前

他のすべてが滲《にじ》んで、掛け軸の荒々しい文字だけが見えた。

参考文献

江戸城——本丸御殿と幕府政治　深井雅海　中央公論新社
新版 日本の伝統色　長崎盛輝　青幻舎
江戸藩邸物語　氏家幹人　中央公論社
寛永江戸図　古地図史料出版
江戸城の昔と今　望月アート企画室
一目でわかる江戸時代　竹内誠（監修）／市川寛明（編）　小学館
見る・読む・調べる 江戸時代年表　山本博文（監修）　小学館
江戸の組織人　山本博文　新潮社
日本甲冑史 下巻　中西立太　大日本絵画

解説

香山二三郎

小説現代長編新人賞は二〇〇六年から続く長編のエンタテインメント小説を対象にした新人賞だ。前身は一九六三年から二〇〇五年まで続いた小説現代新人賞。こちらは短編小説が対象で、五木寛之を始め錚々《そうそう》たる作家を輩出したが、長編新人賞もその伝統を受け継いで、作品のジャンルは問わず、二〇一五年の第一〇回（受賞者は坂上琴「ヒモの穴」）まで、さらなる新人を生み出し続けている。

ノンジャンルだから、当然ながら作品は現代ものでも歴史・時代ものでも構わない。実際、第一回の奨励賞、中路啓太『火ノ児の剣』や第二回の受賞作、田牧大和『花合せ——濱次お役者双六』を始め、歴史・時代ものも毎回のように最終候補に残り、賞を獲得している。さすが数多の応募作の中から選ばれるだけあって、完成度の高い端正な作品が多いが、中には破格といおうか荒唐無稽といおうか、トンデモない傑作もないではない。

吉村龍一『焰火《ほむらび》』とともに、第六回の同賞受賞作となった本書『赤刃《セキジン》』がまさにそれだ。

帯の惹句にいわく、「心せよ、これは江戸市中にて行われる合戦である！」。

いやこれだけでも、読む気が大いにそそられるというものだが、なるほど出だしからして迫力満点。

時代背景は徳川治世下の寛永一六年（一六三九）。荒々しい気風が残る江戸市中では辻斬りが横行しており、浅草の隅田川河畔でも血気にはやる青年武士たちがおんぼろ（物乞い）相手に試し切りをしていた。だがそこへ左右の瞳の色が異なる異形の老武士が現れ、たちまち青年たちを斬り伏せてしまう。のっけから一〇人近くが殺されるが、これを契機に辻斬りは一気に拡大、「二日に一度は市中のどこかに死体が転がるようになった」。町奉行所の捜索も進まず、二ヵ月後には「斬殺された数が百二十を超えた」。

いやはや剣戟ものとはいえ、開巻一二ページにしてこの死者の数はやはり尋常ではない。

辻斬りは自分たちの犯行をおんぼろの「語り部」を通して広めており、彼らが六人から成る一味であることもわかるが、やがて幕府老中首座・松平伊豆守《まつだいらいずのかみ》に書状を送りつけてきたことから、主犯が判明。送り主の名は元津藩藩士・赤迫雅峰《あかさこまさみね》。豊臣秀吉の朝鮮出兵時に初陣を飾り、関ヶ原の戦いや大坂夏の陣では羅刹《らせつ》のごとき働きをした伝説の武士だった。その当時から赤迫には、逃げまどう女子供や味方の足軽まで手当たり次第斬ってしまう狂気の一面があったが、徳川の世となり平和な時代が続くようになってそれはさらに悪化。ついには藩家老たちの怒りを買い座敷牢に押し込められ、斬首が決まるが、その後助命されて丹波の古刹に引き取られることに。その後長らく平和に暮らしていたものの、一七年後のある日、突如悟りを開いたと称して周囲の人々を惨殺して姿を消したのだった。

この尋常ならざる経歴もまた、読んでいて眩暈《めまい》がしてくる感じ。

事態を憂慮した伊豆守たち幕閣は彼らを謀反人とみなし、掃討使という特別職を設けて殲滅《せんめつ》を図る。かくて前出の「心せよ、これは江戸市中にて行われる合戦である!」という台詞が飛び出すことになるのだが、赤迫たちには大名たちの屋敷に押し入り、嫡男たちを次々と拉致。掃討使も鬼神のごとき赤迫たちには歯が立たず、伊豆守はついに遠国奉行の父について長崎に滞在していた旧知の旗本・小留間逸次郎《こるまいつじろう》を呼び戻す。この逸次郎がまた、眉目秀麗、幼き頃から武芸に秀でた逸材であったが、凄腕ゆえに一〇代半ばで人を斬殺する羽目になるという死に取り憑かれた男なのであった。長崎では父のトラブルシューターを務め、天草島原一揆では指揮官として着任した松平伊豆守の右腕となって獅子奮迅の活躍を見せるものの、それは女子供にも手をかける非道な所業にほかならなかった。

逸次郎の凄みは日比谷で因縁をつけてきた傾奇《かぶき》たちが再び小留間家に押しかけてきたとき、彼らを平然と殺す場面でも発揮されるが、まあこれくらいでないと赤迫たちにはかなわないということですね。

ところで、この序盤の展開から何を思い浮かべたかというと、まずは映画の〝集団時代劇〟だ。集団時代劇は一九六〇年代前半、それまで時代劇映画をリードしていた東映がマンネリ化から成績不振に陥り、黒澤明監督の『用心棒』や『椿三十郎』の人気にあやかって打ち出したリアルにして残酷なタッチを前面に押し出した作品のこと。その代表作、工藤栄一監督の『十三人の刺客』は、弘化元年（一八四四）、幕府から明石藩の暴君の暗殺を命じられた刺客たちが決死の覚悟で使命を果たそうとするお話で、クライマックスでは一三人対二〇〇人というハンデある戦いに勝つべく、暗殺隊は中山道の宿場町を要塞化して立ち向かうことになる。

暗殺隊に対して暴君側にも切れ者の軍師が付いており（暗殺隊リーダーの友でもある）、人数の問題を別にしても戦いは予断を許さない――って、集団抗争劇のありかたとしては、まさに本書のお手本ともいうべき設定ではあるまいか。

次に思い浮かべたのは、ガラリと変わってTVや映画でお馴染み『アンタッチャブル』。といっても山崎弘也と柴田英嗣のお笑いコンビではなく、一九三〇年代のアメリカ・シカゴを舞台にFBIとギャング組織の抗争を描いた犯罪ドラマのこと。その当時のアメリカには禁酒法が敷かれていたが、アル・カポネ率いるマフィア組織は密造酒の販売で暗躍していた。それに対抗するべく酒類取締局のエリオット・ネスは特別捜査隊を組織、カポネたちの脅迫や買収にも屈せず立ち向かった。タイトルのアンタッチャブルとは、悪の手の及ばない特捜隊のガチな戦いぶりを意味している。本書における掃討使と赤迫たちとの死闘でも飛び道具が駆使されるが、こちらは文字通りの銃撃戦が繰り広げられる。

個人的には子供の頃に見たアメリカのTVドラマの白黒映像が焼き付いているが、本書や『十三人の刺客』のような仕掛けに富んだ趣向はない。してみると、仕掛けという点でも、やはり真先に引き合いに出すべきは山田風太郎の忍法帖シリーズか。忍法帖シリーズは一九五八年（昭和三三）に刊行された『甲賀忍法帖』から始まる一連のシリーズで、山田はこの大ヒットで一躍ベストセラー作家に躍り出た。その特徴はといえば、やはり忍者同士が死闘を繰り広げる集団抗争劇という演出や、科学的常識を超越した奇っ怪な忍術合戦にあった。甲賀十人衆と伊賀十人衆が戦う『甲賀忍法帖』からして、容貌を自在に変えたり毒息を吐いたりするのは序の口。中には四肢がないのに誰よりも速く移動、喉には三〇センチほどの槍を呑んで不意打ちをするという怪人まで出てくる。

本書の小留間や赤迫たちは時代小説のキャラクターとしては剣豪に属しよう。当然ながら、剣や槍を持って正々堂々と決闘するのかと思いきや、最初の戦いは要塞化した小留間の屋敷が火矢攻めにあうところから始まる。その後の小留間と正代真兵衛の対決でも吹き矢は使われるわ、火薬をまぶした綿球の目くらましは飛び出すわで、互いに卑怯者呼ばわりするありさま。むろんそれは邪法でも卑怯でもない。合戦、戦争というのはそういう情け容赦のないものであり、小留間も正代もそれは充分承知のうえなのである。

その後の死闘の行方は読んでのお楽しみだが、いずれもありがちなチャンバラとは一線を画した演出が工夫されている。その何でもありの戦法の原点はどこにあるのかというと、やはり風太郎忍法帖にあるのではないか。考えてみれば、黒澤映画も集団時代劇も風太郎忍法帖がベースになっていたといっても過言ではあるまい。主役たちの造形も影響を受けていよう。

忍法帖と相通ずるのは、それだけではない。命じられるがままに死闘を繰り広げる忍法帖シリーズの忍者たち。権力者の手先として、その内面はニヒリスティック極まりない。いっぽう、育ちはいいけど、非道の限りを尽くした祖父の血を引き、虚無的な戦士へと育つことになった小留間逸次郎。そして超スパルタ教育を受けたあげく戦場で人間性を破壊された赤迫雅峰とその仲間たち。こちらもまた、敵も味方もノワールこのうえないキャラクターである。小留間のかつてのライバル、藤堂卯之助いわく、「逸次郎、おまえはなぜそんなにも空虚なのだ。（中略）赤迫も空虚だが、おまえのほうが暗く、底知れぬほど深い。一閃の光も残さず飲み込んでゆく闇の穴だ」。まさに人間ブラックホールといった体だが、戦争の最前線を潜り抜けてきた英雄がそうした闇にとらわれがちなのは、ヴェトナムや中東はもとより、古今東西を問わない。むろんそこに戦争の恐怖とそれを忌む反戦への思い、さらには人を思いのまま操ろうとする権力者たちへの嫌悪が込められているのはいうまでもないだろう。

本書にはかように古今東西の傑作の型が受け継がれているわけだが、個々の要素を丹念に組み合せてダイナミックな抗争劇へと膨らませた演出はこの著者独自のものだ。本書のラストからして、当然続編への期待も膨らむところだが、実は待望の長編第二作がすでに待機している。それも、時代小説ではなく、凄腕の元諜報員の女と謎を秘めた少年が関東大震災後の東京を生き抜いていくアクション巨編らしい。忍法帖から『警視庁草紙』を始めとする明治開化ものへとステップアップしていった山田風太郎もびっくりのチャレンジ。コンパクトに仕上がった本書とは対照的に五〇〇ページ前後の大作になるとのこと。四年ぶりとなるこの新作にも乞うご期待！

最後に著者紹介。長浦京は一九六七年、埼玉県生まれ。法政大学経営学部を卒業後、出版社勤務を経て放送作家になるが、難病指定の病で闘病生活に入り、退院後初めて書いた本書で二〇一一年、第六回小説現代長編新人賞を受賞した。作家としての活躍はこれからである。どうか健康に気をつけ、執筆に励んでいただきたい。

本書は二〇一二年一月に、小社より単行本として刊行されました。

|著者| 長浦 京　1967年埼玉県生まれ。法政大学経営学部卒業。2011年『赤刃《セキジン》』（本書）で第6回小説現代長編新人賞を受賞。'17年デビュー2作目の『リボルバー・リリー』で第19回大藪春彦賞を受賞し、一躍ハードボイルド・冒険小説の名手として注目を集める。'19年『マーダーズ』で第2回細谷正充賞を受賞。'21年『アンダードッグス』（KADOKAWA）では第164回直木賞、第74回日本推理作家協会賞の候補となる。他の著書に『アキレウスの背中』（文藝春秋）『プリンシパル』（新潮社）がある。

赤刃《セキジン》

長浦《ながうら》 京《きょう》

2015年11月13日第1刷発行
2023年6月21日第2刷発行

発行者――鈴木章一
発行所――株式会社 講談社
東京都文京区音羽2-12-21 〒112-8001
電話 出版（03）5395-3510
販売（03）5395-5817
業務（03）5395-3615

Printed in Japan

講談社文庫
定価はカバーに
表示してあります

KODANSHA

デザイン―菊地信義
製版―――大日本印刷株式会社
印刷―――株式会社KPSプロダクツ
製本―――株式会社KPSプロダクツ

ISBN978-4-06-293262-2

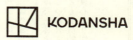

講談社文庫刊行の辞

二十一世紀の到来を目睫に望みながら、われわれはいま、人類史上かつて例を見ない巨大な転換期をむかえようとしている。

世界も、日本も、激動の予兆に対する期待とおののきを内に蔵して、未知の時代に歩み入ろうとしている。このときにあたり、創業の人野間清治の「ナショナル・エデュケイター」への志を現代に甦らせようと意図して、われわれはここに古今の文芸作品はいうまでもなく、ひろく人文・社会・自然の諸科学から東西の名著を網羅する、新しい綜合文庫の発刊を決意した。

激動の転換期はまた断絶の時代である。われわれは戦後二十五年間の出版文化のありかたへの深い反省をこめて、この断絶の時代にあえて人間的な持続を求めようとする。いたずらに浮薄な商業主義のあだ花を追い求めることなく、長期にわたって良書に生命をあたえようとつとめるところにしか、今後の出版文化の真の繁栄はあり得ないと信じるからである。

同時にわれわれはこの綜合文庫の刊行を通じて、人文・社会・自然の諸科学が、結局人間の学にほかならないことを立証しようと願っている。かつて知識とは、「汝自身を知る」ことにつきていた。現代社会の瑣末な情報の氾濫のなかから、力強い知識の源泉を掘り起し、技術文明のただなかに、生きた人間の姿を復活させること。それこそわれわれの切なる希求である。

われわれは権威に盲従せず、俗流に媚びることなく、渾然一体となって日本の「草の根」をかたちづくる若く新しい世代の人々に、心をこめてこの新しい綜合文庫をおくり届けたい。それは知識の泉であるとともに感受性のふるさとであり、もっとも有機的に組織され、社会に開かれた万人のための大学をめざしている。大方の支援と協力を衷心より切望してやまない。

一九七一年七月

野間省一

中島京子ほか 黒い結婚 白い結婚
奈須きのこ 空の境界(上)(中)(下)
中村彰彦 乱世の名将 治世の名臣
長野まゆみ 簞笥のなか
長野まゆみ レモンタルト
長野まゆみ チマチマ記
長野まゆみ 冥途あり
長野まゆみ 45°〈ここだけの話〉
長嶋有 夕子ちゃんの近道
長嶋有 佐渡の三人
長嶋有 もう生まれたくない
永嶋恵美 擬態
永井均 内田かずひろ絵 子どものための哲学対話
なかにし礼 戦場のニーナ
なかにし礼 生きる力〈心でがんに克《か》つ〉
なかにし礼 夜の歌(上)(下)
中村文則 最後の命
中村文則 悪と仮面のルール
中田整一 編/解説 真珠湾攻撃総隊長の回想〈淵田美津雄自叙伝〉

中田整一 四月七日の桜〈戦艦「大和」と伊藤整一の最期〉
中村江里子 女四世代、ひとつ屋根の下
中野美代子 カスティリオーネの庭
中野孝次 すらすら読める方丈記
中野孝次 すらすら読める徒然草
中山七里 贖罪の奏鳴曲《ソナタ》
中山七里 追憶の夜想曲《ノクターン》
中山七里 恩讐の鎮魂曲《レクイエム》
中山七里 悪徳の輪舞曲《ロンド》
中山七里 復讐の協奏曲《コンチェルト》
長島有里枝 背中の記憶
長浦京 赤刃《セキジン》
長浦京 リボルバー・リリー
中脇初枝 世界の果てのこどもたち
中脇初枝 神の島のこどもたち
中村ふみ 天空の翼 地上の星
中村ふみ 砂の城 風の姫
中村ふみ 月の都 海の果て
中村ふみ 雪の王 光の剣

中村ふみ 永遠《とわ》の旅人 天地の理《ことわり》
中村ふみ 大地の宝玉 黒翼《こくよく》の夢
中村ふみ 異邦の使者 南天の神々
夏原エヰジ Ｃｏｃｏｏｎ〈修羅の目覚め〉
夏原エヰジ Ｃｏｃｏｏｎ２〈蠱惑の焰〉
夏原エヰジ Ｃｏｃｏｏｎ３〈幽世の祈り〉
夏原エヰジ Ｃｏｃｏｏｎ４〈宿縁の大樹〉
夏原エヰジ Ｃｏｃｏｏｎ５〈瑠璃の浄土〉
夏原エヰジ 連理の宝〈Ｃｏｃｏｏｎ外伝〉
夏原エヰジ Ｃｏｃｏｏｎ〈京都・不死篇—蠢《しゅん》—〉
夏原エヰジ Ｃｏｃｏｏｎ〈京都・不死篇２—疼《とう》—〉
夏原エヰジ Ｃｏｃｏｏｎ〈京都・不死篇３—愁《しゅう》—〉
夏原エヰジ Ｃｏｃｏｏｎ〈京都・不死篇４—嗄《か》—〉
長岡弘樹 夏の終わりの時間割
西村京太郎 華麗なる誘拐
西村京太郎 寝台特急「日本海」《メモリー・トレイン》殺人事件
西村京太郎 十津川警部 帰郷・会津若松
西村京太郎 特急「あずさ」《アリバイ・トレイン》殺人事件
西村京太郎 十津川警部の怒り

楡　周平　修羅の宴(上)(下)
楡　周平　バ ル ス
楡　周平　サリエルの命題
西尾維新　クビキリサイクル〈青色サヴァンと戯言遣い〉
西尾維新　クビシメロマンチスト〈人間失格・零崎人識〉
西尾維新　クビツリハイスクール〈戯言遣いの弟子〉
西尾維新　サイコロジカル(上)〈兎吊木垓輔の戯言殺し〉／(下)〈曳かれ者の小唄〉
西尾維新　ヒトクイマジカル〈殺戮奇術の匂宮兄妹〉
西尾維新　ネコソギラジカル(上)〈十三階段〉
西尾維新　ネコソギラジカル(中)〈赤き征裁 vs. 橙なる種〉
西尾維新　ネコソギラジカル(下)〈青色サヴァンと戯言遣い〉
西尾維新　ダブルダウン勘繰郎《かんぐろう》 トリプルプレイ助悪郎《すけあくろう》
西尾維新　零崎双識の人間試験
西尾維新　零崎軋識《ぜろざきぎししき》の人間ノック
西尾維新　零崎曲識の人間人間
西尾維新　零崎人識の人間関係　匂宮出夢との関係
西尾維新　零崎人識の人間関係　無桐伊織との関係
西尾維新　零崎人識の人間関係　零崎双識との関係
西尾維新　零崎人識の人間関係　戯言遣いとの関係

西尾維新　xxxHOLiC アナザーホリック　ランドルト環《かん》エアロゾル
西尾維新　難 民 探 偵
西尾維新　少 女 不 十 分
西尾維新　本　題〈西尾維新対談集〉
西尾維新　掟上《おきてがみ》今日子《きょうこ》の備忘録
西尾維新　掟上今日子の推薦文
西尾維新　掟上今日子の挑戦状
西尾維新　掟上今日子の遺言書
西尾維新　掟上今日子の退職願
西尾維新　掟上今日子の婚姻届
西尾維新　掟上今日子の家計簿
西尾維新　掟上今日子の旅行記
西尾維新　新本格魔法少女りすか
西尾維新　新本格魔法少女りすか2
西尾維新　新本格魔法少女りすか3
西尾維新　新本格魔法少女りすか4
西尾維新　人類最強の初恋
西尾維新　人類最強の純愛
西尾維新　人類最強のときめき

西尾維新　人類最強の sweetheart
西尾維新　りぽぐら！
西尾維新　悲　鳴　伝
西尾維新　悲　痛　伝
西尾維新　悲　惨　伝
西村賢太　どうで死ぬ身の一踊り
西村賢太　夢 魔 去 り ぬ
西村賢太　藤澤清造追影
西村賢太　瓦 礫 の 死 角
西川善文　ザ・ラストバンカー〈西川善文回顧録〉
西川　司　向日葵《ひまわり》のかっちゃん
西　加奈子　舞　台
丹羽宇一郎　民主化する中国〈習近平がいま本当に考えていること〉
貫井徳郎　新装版 修羅の終わり(上)(下)
貫井徳郎　妖 奇 切 断 譜
額賀　澪　完 パ ケ！
A・ネルソン　「ネルソンさん、あなたは人を殺しましたか？」
法月綸太郎　法月綸太郎の冒険
法月綸太郎　新装版 密 閉 教 室

2023年3月15日現在